李汉荣 著

动物记

天津出版传媒集团

百花文艺出版社

图书在版编目（CIP）数据

动物记 / 李汉荣著. -- 天津：百花文艺出版社，
2019.12（2024.8 重印）
ISBN 978-7-5306-7793-3

Ⅰ.①动… Ⅱ.①李… Ⅲ.①散文集–中国–当代
Ⅳ.①I267

中国版本图书馆 CIP 数据核字(2019)第 264848 号

动物记
DONGWU JI

李汉荣　著

出 版 人：薛印胜
选题策划：汪惠仁　张　森　　**封面制作：**任　彦
责任编辑：沙　爽
出版发行：百花文艺出版社
地址：天津市和平区西康路 35 号　　**邮编：**300051
电话传真：+86-22-23332651（发行部）
　　　　　　+86-22-23332656（总编室）
　　　　　　+86-22-23332478（邮购部）
网址：http://www.baihuawenyi.com
印刷：山东临沂新华印刷物流集团有限责任公司
开本：787 毫米×1092 毫米　　1/32
字数：220 千字
印张：12.25
版次：2019 年 12 月第 1 版
印次：2024 年 8 月第 2 次印刷
定价：58.00 元

如有印装质量问题,请与山东临沂新华印刷物流集团有限责任
公司联系调换
地址:山东省临沂市高新技术产业开发区新华路 1 号
电话:(0539)2925886　邮编:276017

目　录

第二辑 写给猪狗的赞美诗

第三辑　小兽们

第四辑　飞鸟与鱼

第五辑　对不起,虫儿

多识鸟兽草木之名 | 自序

两千多年前，孔夫子曾说过，"多识于鸟兽草木之名"。我想孔子这句话的本意有二：一是多识草木鸟兽，便于对人进行"诗教"，也即是审美教育，因为要识草木鸟兽，就要贴近自然、观察自然，进而受到大自然的启示、感染和熏陶，内心变得纯洁、丰富而富于美感；二是这多识草木鸟兽的过程，也就是进行生态教育的过程，在这一过程里，人不仅了解自然物种的某些特征和规律，也知道了人所置身的生存环境原来是由众多物种共同营造的，人进而对其他物种有了尊重、同情和护惜的感情。后面的这个理解，猛一看好像有些牵强附会，似乎硬要把孔子说成是"环保"的先知先觉者——其实正是这样，孔子等古代圣贤在"环保"方面确有超前自觉的一面，试读《论语·述而》，"子钓而不纲，弋不射宿"（孔子钓鱼从不用网取鱼，从不射归宿的鸟），这反映了孔子的爱物护生美德，这种美德表现为遵守古代取物有节及资源保护的社会公约，同时也透露出孔子对生灵的同情：不用密织的渔网捕鱼，避免捕捞和伤害了小鱼；不射归宿的鸟，那鸟或许是母亲鸟，它要喂养巢中的孩子，它带着倦意和情意从黄昏飞过，这黄昏也变得格外有情意，人怎忍心戕害它呢？

重温孔夫子的这段教诲，感到很亲切。而当我把这段教诲向自己的孩子讲解时，又觉十分愧疚：我们的孩子是不是也该"多识鸟兽草木之名"？又该如何"多识鸟兽草木之名"？

当然孔夫子是两千多年前的孔夫子，他没有见过飞机火车飞船，也没有玩过电器电脑，他没有赶过我们的时髦，当然他的肺叶里也没有我们的雾霾废气，他的耳鼓里也不会有那么多噪音。但是照过孔夫子的太阳仍然照着我们，在孔夫子头顶奔流的银河仍然在我们头顶奔流，在可预见的时间里，太阳不会过时，银河不会断流，有些真理也永远不会过时和失传，那是关乎生命和宇宙之本源的终极真理。"多识鸟兽草木之名"，应该是永不会过时的审美教育方式和生态教育的方式。

现今的孩子，尤其是城市的孩子，还识得多少鸟兽草木呢？还认得多少风花雪月呢？

我的孩子一直盼着养一只狗，却又不喜欢太乖巧的狮子狗，想养一只忠诚又有几分野性的狗，这在如今当然已是不容易实现的奢侈理想。最后终于得到了一条狗，那狗不吃不喝却又在胡吃海喝，不见形迹却又有踪影，它是"电子宠物"，是靠一小片电池喂养的"狗"。孩子却把对生灵的全部爱心和关切都献给这电子幻影了：每天准时"喂"它吃的喝的，准时让它散步，准时让它睡觉，半夜做梦也梦见他的可爱"宠物"死了,哭得好伤心。孩子们远离了大自然,失去了多少与其他生命交流的机会,看着孩子把爱心和泪水都献给那个"电子幽灵",我真的非常可怜孩子们。

让孩子明白"井""泉""瀑布""溪流"是个什么样子,也是很困难的事,因为他没有见过井和泉,没有见过瀑布和溪流,没有在那深深的或清清的水里凝视过自己的倒影,没有照过井的镜子,没有听过泉的耳语,这不只是知识上的缺憾,更是内心经验的遗憾:他的心里永远少了井一样幽深的记忆和泉一样鲜活的美感,也少了瀑布一样的壮丽情怀和溪流一样的清澈灵性。

同样,让城市的孩子明白"虹"是什么,"鸟群"是什么,"雁阵"是什么,"蝉声如雨"是什么,"蛙鼓"是什么,"天蓝得像水洗过一样"的那个"天"是什么,也是困难的;让他们理解"草色遥看近却无"的微妙春意,理解"可惜一溪风月,莫叫踏碎琼瑶"的天人合一的意境,也是困难的。因为他们没有见过这些事物,更没有亲临过这些情境。

我时常想,孩子们在享用现代城市物质文明之宠爱的同时,也失去了更多的、更为根本和珍贵的来自大自然的启示、感染和熏陶,而正是这些,才是作为自然之子的人的心灵和情感的永恒源泉。

每当这时候,我就仿佛听见孔夫子站在时间的那边,站在草木深处,语重心长地叮咛我们:"多识于鸟兽草木之名……"

一 动物记 一

第一辑

向牛羊致敬

放　牛

大约六岁的时候,生产队分配给我家一头牛,父亲就让我去放牛。

记得那头牛是黑色的,性子慢,身体较瘦,却很高,大家叫它"老黑"。

父亲把牛牵出来,把牛缰绳递到我手中,又给我一节青竹条,指了指远处的山,说,就到那里去放牛吧。

我望了望牛,又望了望远处的山,那可是我从未去过的山呀。我有些害怕,说,我怎么认得路呢?

父亲说,跟着老黑走吧,老黑经常到山里去吃草,它认得路。

父亲又说,太阳离西边的山还剩一竹竿高的时候,就跟着牛下山回家。

现在想起来仍觉得有些害怕,把一个六岁的小孩交给一头牛,交给荒蛮的野山,父亲竟那样放心。那时我并不知道父亲这样做的心情。现在我想:一定是贫困艰难的生活把他的心打磨得过于粗糙,生活给他的爱太少,他也没有多余的爱给别人,他已不大知道心疼自己的孩子。

我跟着老黑向远处的山走去。

上山的时候,我人小爬得慢,远远地落在老黑后面,我怕追不上它我会迷路,很着急,汗很快就湿透了衣服。

我看见老黑在山路转弯的地方把头转向后面,见我离它很远,就停下来等我。这时候我发现老黑对我这个小孩是体贴的。我有点喜欢和信任它了。

听大人说,牛生气的时候,会用蹄子踢人。我可千万不能让老黑生气,不然,在高山陡坡上,它轻轻一蹄子就能把我踢下悬崖,踢进大人们说的"阴间"。

可我觉得老黑待我似乎很忠厚,它的行动和神色慢悠悠的,倒好像生怕惹我生气,生怕吓着了我。

我的小脑袋就想:大概牛也知道大小的,在人里面,我是小小的,在它面前,我更是小小的。它大概觉得我就是一个还没有学会四蹄走路的小牛儿,需要大牛的照顾,它会可怜我这个小牛儿的吧。

在上陡坡的时候,我试着抓住牛尾巴借助牛的力气爬坡,牛没有拒绝我,我看得出它多用了些力气。它显然是在帮助我,拉着我爬坡。

很快地,我与老黑就熟了,有了感情。

牛去的地方,总是草色鲜美的地方,即使在一片荒凉中,牛也能找到隐藏在岩石和土包后面的草丛。我发现牛的鼻子最熟悉土地的气味。牛是跟着鼻子走的。

牛很会走路，很会选择路。在陡的地方，牛一步就能踩到最合适、最安全的路；在几条路交叉在一起的时候，牛选择的那条路，一定是到达目的地最近的。我心里暗暗佩服牛的本领。

有一次我不小心在一个梁上摔了一跤，膝盖流血，很痛。我趴在地上，看着快要落山的夕阳，哭出了声。这时候，牛走过来，站在我面前，低下头用鼻子嗅了嗅我，然后走下土坎，后腿弯曲下来，牛背刚刚够着我，我明白了：牛要背我回家。

写到这里，我禁不住在心里又喊了一声：我的老黑，我童年的老伙伴！

我骑在老黑背上，看夕阳缓缓落山，看月亮慢慢出来，慢慢走向我，我觉得月亮想贴近我，又怕吓着了牛和牛背上的我，月亮就不远不近地跟着我们。整个天空都在牛背上起伏，星星越来越稠密。牛驮着我行走在山的波浪里，又像飘浮在高高的星空里。不时有一颗流星，从头顶滑落。前面的星星好像离我们很近，我担心会被牛角挑下几颗。

牛把我驮回家，天已经黑了多时。母亲看见牛背上的我，不住地流泪。当晚，母亲给老黑特意喂了一些麸皮，表示对它的感激。

秋天，我上了小学。两个月的放牛娃生活结束了。老黑又交给了别的人家。半年后，老黑死了。据说是在山上摔死的。它已经瘦得不能拉犁，人们就让它拉磨，它走得很慢，人们都不喜欢它。有一个夜晚，它从牛棚里偷偷溜出来，独自上了山。第二天有人从山下看见它,已经摔死了。

当晚,生产队召集社员开会,我也随大人到了会场,才知道是在分牛肉。

会场里放了三十多堆牛肉,每一堆里都有牛肉、牛骨头、牛的一小截肠子。

三十多堆,三十多户人家,一户一堆。

我知道这就是老黑的肉。老黑已被分成三十多份。

三十多份,这些碎片,这些老黑的碎片,什么时候还能聚在一起,再变成一头老黑呢? 我忍不住号啕大哭起来。

人们都觉得好笑,他们不理解一个小孩和一头牛的感情。

前年初夏,我回到家乡,专门到我童年放牛的山上走了一趟,在一个叫"梯子崖"的陡坡上,我找到了我第一次拉着牛尾巴爬坡的那个大石阶。它已比当年平了许多,石阶上有两处深深凹下去,是两个牛蹄的形状,那是无数头牛无数次踩踏成的。肯定,在三十多年前,老黑也是踩着这两个凹处一次次领着我上坡下坡的。

我凝望着这两个深深的牛蹄窝。我嗅着微微飘出的泥土的气息和牛的气息。我在记忆里仔细捕捉老黑的气息。我似乎呼吸到了老黑吹进我生命的气息。

忽然明白,我放过牛,其实是牛放了我呀。

我放了两个月的牛,那头牛却放了我几十年。

也许,我这一辈子,都被一头牛隐隐约约牵在手里。

有时,它驮着我,行走在夜的群山,飘游在稠密的星光里……

牛的写意

牛的眼睛总是湿润的。牛终生都在流泪。

天空中飘不完的云彩，没有一片能擦去牛的忧伤。

牛的眼睛是诚实的眼睛，在生命界，牛的眼睛是最没有恶意的。

牛的眼睛也是美丽的眼睛。我见过的牛，无论雌雄老少，都有着好看的双眼皮，长着善眨动的睫毛，以及天真黑亮的眸子。我常常想，世上有丑男丑女，但没有丑牛，牛的灵气都集中在它的大而黑的眼睛。牛，其实是很妩媚的。

牛有角，但那已不大像是厮杀的武器，更像是一件对称的艺术品。有时候，公牛为了争夺情人，也会进行一场爱的争斗，如果正值黄昏，草场上牛角铿锵，发出金属的声响，母牛羞涩地站在远处，目睹这因它而引发的战争，神情有些惶恐和歉疚。当夕阳"咣当"一声从牛角上坠落，爱终于有了着落，遍野的夕光摇曳起婚礼的烛光。那失意的公牛舔着爱情的创伤，消失在夜的深处。这时候,我们恍若置身于远古的一个美丽残酷的传说。

牛在任何地方都会留下蹄印,这是它用全身的重量烙下的印章。牛的蹄印大气、浑厚而深刻,相比之下,帝王的印章就显得小气、炫耀而造作,充满了人的狂妄和机诈。牛不在意自己身后留下了什么,绝不回头看自己蹄印的深浅,走过去就走过去了,它相信它的每一步都是实实在在走过去的。雨过天晴,牛的蹄窝里的积水,像一片小小的湖,会摄下天空和白云的倒影,有时还会摄下人的倒影。那些留在密林里和旷野上的蹄印,将会被落叶和野花掩护起来,成为蛐蛐们的乐池和蚂蚁们的住宅。而有些蹄印,比如牛因为迷路踩在幽谷苔藓上的蹄印,就永远留在那里了,成为大自然永不披露的秘密。

牛的食谱很简单:除了草,牛没别的口粮。牛一直吃着草,从远古吃到今天早晨,从海边攀缘到群山之巅。天下何处无草,天下何处无牛。一想到这里我就禁不住激动:地上的所有草都被牛咀嚼过,我随意摘取一片草叶,都能嗅到千万年前牛的气息,听见那认真咀嚼的声音,从远方传来。

牛是少数不制造秽物的动物之一。牛粪是干净的,不仅不臭,似乎还有着淡淡的草的清香,难怪一位外国诗人曾写道:"在被遗忘的山路上,去年的牛粪已变成黄金。"记得小时候,在寒冷的冬天的早晨,我曾将双脚踩进牛粪里取暖。我想,如果圣人的手接近牛粪,圣人的手会变得更圣洁;如果国王的手捧起牛粪,国王的手会变得更干净。

在城市，除了人世间混浊的气息和用以遮掩混浊而制造的各种化学气息之外，我们已很少嗅到真正的大自然的气息，包括牛粪的气息。有时候我想，城市的诗人如果经常嗅一嗅牛粪的气息，他会写出更接近自然、生命和土地的诗；如果一首诗里散发出脂粉气，这首诗已接近非诗，如果一篇散文里散发出牛粪的气息，这篇散文已包含了诗。

故乡的牛

一

我曾经骑在黄牛背上看故乡的日落。时至今天，几十年过去了，我在任何地方看落日，都觉得唯有童年的那个落日最圆，落得最慢，落下去的弧线也最好看、最有诗意——那是沿着一头牛脊背的弧度落下去的温柔弧线。

二

我骑在牛背上，走在故乡原野，一只紫色燕子降落在我八岁的肩上——它误以为我是牛背上刚刚生长出来的春天的一株小柳树(而我是熟悉并喜欢它的，它是我家屋梁上的燕子)。我静静地接受它温柔的站立。这美丽的邂逅，使它在我肩上站立达一分钟之久。那短暂的一分钟，是我比许多人的一生里多出的奇异的、不可思议的一分钟。即使我的一生都是失败的,但有了这最天真、最纯洁、最美好的一分钟,我的生命依然值得肯定,因为,曾经,有一分钟,我的生命完全变成了一首诗。

三

在我不认识几条路的时候,我放牛,我跟着牛走,牛准确地领我到达青草最茂密的山梁,牛吃草,我就站在高高的山上遥望故乡。后来,我离开了牛,离开了故乡,我再也没有到过那座山岗——此刻,透过城市的雾霭,穿越岁月的失地,我久久仰望我的童年和我的牛——我看见,他们还站在当年的山岗,久久眺望着我,眺望着他们的后来。

四

我曾经用大人的鞭子打过牛,在布满伤痕的牛身上,我又制造了细小的红肿。那痛上的痛,引起一头牛的战栗和它对一个小孩的吃惊。那一刻,我多多少少加剧了世界的痛感。但是,忠厚的牛很快原谅了我,与我和好如初。后来,这头可怜的牛老了,不能拉犁了,人们杀死了它,我们就吃掉了那头老去的牛的最后一点肉,包括它的肉里藏着的那些痛,都被我们吃掉了。似乎,我和一头牛的关系早已了结了,然而,几十年过去了,我心里仍深藏着对一头牛的一份愧疚——那头牛，它没有丝毫对不起我的地方，而我,却是实实在在对不起它。

五

我六岁时,放了两个月牛。我感到牛的本领比我大多了,我不认识的路牛认得,我跟在牛后面,准能找到青草茂密的山湾,在大地湾,我看到了我一生里见过的最好看的草坡和春光;我不敢爬的坡牛敢爬,牛用它结实的尾巴拉扯我爬上山梁,在凤凰山山顶,我到达了我童年最高的海拔;我不敢走夜路牛就给我壮胆,它走一会儿就哞哞喊几声,把密集的星星都喊到了我们头顶,月亮就挂在它弓一样的犄角上,一路都打着灯笼为我们照明。

六

我觉得牛唯一的缺点是不太讲卫生,走到哪里都要在地上拉些或稠或稀的牛粪,就像我长大后看见有人到了一个地方就要写上"到此一游"以示留念,我曾建议牛改掉这个缺点。但是,后来我明白了,那不但不是牛的缺点,实在是牛的优点和美德:牛不愿意将珍贵的牛粪固定存放在一个地方——在牛的心里,它一定认为它到处吃了那么多可口芳香的青草,才酿造了肚子里的这些宝贝,它既不能私藏,也不能浪费,它要均匀地返还给它曾吃过草的一切地方,让它们都变得肥沃,多生些草木,多开些花朵,多长些庄稼,算是它对吃过草的地方的报偿。

七

当我在几千里之外的地方旅行,看见这里的商店也在卖着我家乡出产的"巴山美味牛肉干",心里就会"咯噔"一下,涌起难以名状的心绪。也许,我的乡亲们放的那些牛,我小时候放过的那些牛的后代,就装在这些密封的塑料袋子里。一头头牛,它们生前足不出山,死后却驰骋万里,以"美味"的方式,改变着人们的口感,并深入他们的身体。牛在死后得以漫游天下,这是不幸的牛比人幸运的地方:人死了,立即埋进土里,彻底消失;牛死了,却漫游四方,被万人分享。假若"万物有灵"这古老的信仰是真的,那么,牛的灵魂已遍布天下,驻扎在所有人的身上。

八

很难说,我买的这双牛皮鞋,也许就是我山里的亲戚、我那年迈的姑父养的那头黑牯牛身体的一部分。那年我去看他,他正在坡地放牛,他为牛身上被荆棘划破一点皮而叹息,他说牛命苦,不该让牛再受疼。他小心体贴着他的牛,但他不知道,他最终只是体贴了一双毫无知觉的皮鞋。

九

多少人一辈子也没见过牛,不知牛的忠厚和辛劳,也根本想象不出牛那诚实悲苦的眼睛。我们只见过牛皮鞋、牛皮带、牛奶、牛肉干。我们只是在消费牛的制品。我们没见过大自然,没见过牛,没见过真正的生灵,也从没有被生灵身上透露的生命境遇所触动,从而深化对生命的理解和同情。牛到达我们的时候,早已被冰冷的制造业和商业剔除了一切自然和生命的内涵和气息,而仅仅是一件精致商品,被购买被消费。现代商业和消费主义彻底斩断了人和自然的原始联系,人与万物之间丰富的生命关联和精神关联没有了,仅剩下:消费。

唐朝的牛

当然,唐朝的牛是辛苦的,也没什么文化,这一点,与现代的牛相似。

但是,唐朝的牛背上,经常有牧童跳上跳下,含着一枚柳笛,有时是一支竹子做的短笛,被他们信口乱吹起来。有时,对着河流吹,把一河春水吹成起皱的绸子;有时,对着新月吹,把月牙儿逗得久久合不上嘴;有时,竟对着彩虹吹,把天上那么好看的一座桥就眼睁睁吹垮了;有时,竟对着不远处的大人吹,你骂他吧,又怕他不小心从牛背上滚下来。听着,倒是觉得不错,还算悦耳,尾巴就轻轻卷起来,摇啊摇,春天或五月的夕阳,就缓缓地从牛背上摇落进了小河,牛和牛背上牧童的倒影,倒影里的涟漪,一直在夕光里持续了好长时间,被一位散步的画家临摹下来,成为一幅名画,至今还收藏在博物馆里。

唐朝的牛,有时拉犁,有时拉车,还曾拉过婚车。你想想,一千多年前的那位新婚女子,坐在牛拉的车子上,她曾有过怎样的心情？不像马车走得飞快，不像驴车走得颠簸，牛走得很稳很慢，这正暗合了女子的心事：谢谢你，牛，就这样慢慢走吧，让时光慢慢走，让我一步一回头，看清楚我青春的容颜，看清楚老家的炊烟，在门口大槐树上转了几个弯，才慢慢散入屋后的远天……牛啊，再慢些，忘不了你送我最后一程，我青春的最后一程，是你陪我走过的。但愿千年之后，还有人记得你，还有人记得，一个小女子慢慢走远的年华。

　　唐朝的牛，辛苦难免辛苦，但早餐、午餐、晚餐都是相当不错的，那"草色遥看近却无"的隐隐春色，那"离恨恰如春草，更行更远还生"的萋萋芳草，那"离离原上草，一岁一枯荣，野火烧不尽，春风吹又生"的古原春草，除了一小部分被踏青、采青的人们采走了一些，被重逢、惜别的人们撩乱了一些，被马和驴吃过一些，大部分都做了牛的美餐。吃饱了，就在原野上卧下，反刍一阵，觉得韶光不可蹉跎，就又站起来，在无垠旷野里漫步闲逛，向远方发出几声深情长哞。这时，就看见几位游吟的诗人迎面走了过来，牛觉得应该为这些儒雅的人们让路，就静静地站在一旁，诗人走过去，回过头目送牛，却发现牛正回过头目送诗人。呀，他们互相目送，人与生灵互相凝视，诗与自然互相目送。于是诗人感叹：是这遍野芳草，养活了牛，也养育了诗歌的春色啊。

　　我们只知道唐人的诗好，却不知道，唐诗的深处，有青翠的草色，有鲜美的春色，有旷远的天色；而且，我们读过的某几首春意盈盈的诗，正是诗人在牛的背影里构思的，是在牛的目光里写成的。你知道吗？唐朝的牛，辽阔旷野里漫步的牛，是经常会碰见几位诗人的，它们常常主动为诗让路，诗也主动为它们让路，这时，诗，就停下来向它们致意。

那么，现在呢，被囚禁在饲养场里的牛，被饲料、抗生素、激素反复刺激、毒害的牛，被市场的屠刀宰来宰去的牛，被疯牛病恐吓、折磨的牛，牛啊，你们那辽阔的旷野呢？你们品尝过，同时也被白居易先生欣赏过的那无边春草呢？

你们曾经听过的牧童短笛，已成绝响，永远失传，只在那些怀古水墨画的皱痕里，隐约残留着古典的诗意和牛的气息。

你们还曾见过诗人吗？诗人和他的诗，一转身早已消失在田园牧歌的深处，背影越来越模糊。我断定，如今，全世界的牛，亿万头牛，很可能，再也不会有一头牛能与诗人相遇，与诗相遇。自然死了，生灵死了，田园死了，旷野死了，山水死了，语言死了，再没有什么与诗相遇，诗也不再与什么相遇，与它相遇的恰恰是它质疑和拒绝的。就这样，诗人死了，诗死了。

再不会有一头牛与诗相遇了。曾经，诗与一头牛相遇，与许多牛相遇，诗与牛，诗与自然，诗与生灵，互相守望、互相目送、互相致意——这样的情景，已成传说和神话。但是，的的确确，这曾经是真的。

如今，这个世界，有牛，但牛背上没有牧童短笛的风情，牛的身影里没有漫步沉吟的诗人的踪影。

这个世界的牛依然很多，但大致只有两类，一类是供吃肉的牛,一类是供挤奶的牛。

这个世界的人当然更多,但大致只有两类,一类是杀牛的人,一类是吃牛的人。

真正的牛,真正的诗,已经死了。

牛的身后,诗的身后,是一片由化学、商业、皮革、利润组成的现代和后现代荒原,虽然它有时貌似郁郁葱葱,但毫无疑问,它是真正的荒原。

牛角号

我确信万物有灵。尽管有人一再声称世界只是一堆物，宇宙只是一堆物；人与世界相遇只是物与物相遇，宇宙运动只是物质生灭的过程……浅陋的人就这样拒斥了宇宙的大神秘和无限丰富性，也拒斥了灵魂的存在，拒斥了精神性在人性中的重要性和决定性——因为正是精神使人成其为人，使人成为宇宙精神和天地之心的感应者和呈现者。当拒斥了精神属性，人性就简化和退化为单一的"物性"，拜物教就成为人的唯一宗教，人的精神运动和心灵历程被截断了，人生，蜕变为原始而浅陋、粗鄙的对物的追逐、占有和消费过程。

我确信万物有灵。一头公牛也绝非仅仅是一头公牛，一堆等待宰割的脂肪和骨头。一头公牛也以它的憨厚、忠勇、气魄呈现了大自然的意志，呈现了宇宙秩序中的某种均衡结构和美学原则，呈现了一种并非人的理念能够完全理解的更高更原始的理念。一头公牛来到这个世界的牧场，它不只带给母牛们对于雄性的渴慕和对于生殖的冲动，一头公牛来到我们中间，也带给我们对这一威猛物种之身世的猜想：它那唐朝的祖先是否也是一头健美的公牛，或温柔的母牛，曾驮过一个牧童涉过春水走过秋山，把一首童谣从江北驮到江南？它公元前的祖先是否曾与孔夫子擦身而过？是否曾是黄帝胯下的英雄猛士，逐鹿于中原，凯旋于文明的前夜？它的更古老的祖先是否曾目睹过"人猿相揖别"的情景，眼看着一群狡猾的猴渐渐站立起来，渐渐消失了尾巴，渐渐就分割了牧场，渐渐就骑上了它们的背？……如此追问下去，就走到了智力的尽头，唯见一派苍茫，苍茫里，生命的气息在微微吹拂，旷古的荒原上不见人也不见牛，只有密集星光窃窃私语，酝酿着绝大的秘密。

呜——呜——呜——

牛角吹奏，我听见无数头公牛奔走于万古莽原，踏平英雄的坟墓，将生的意志、将宇宙的一部分激情洒向万物……

公牛之死

有一种营养学:吃一物,补一物。在享乐的年月,谁都知道最应该得到呵护的是哪一样秘密之物。据说公牛的阳物可以壮阳,这伟大的物质的真理很快得到普及,公牛,你的灾难和不幸也得到了普及。

你山脉一样雄壮伟岸的仪态,曾令我赞叹不已。我想,谦卑柔弱的野草能造就如此阳刚的生命,这真是大自然的奇迹之一。

记得那一年,我躺在草地上阅读一部史书,历史上那些著名的奴才和汉奸,他们令人恶心的嘴脸从纸页里时隐时现,我忍不住就啪地合上史书。我不愿意呼吸那发霉的气息。忽然,我看见了你:一头公牛,一个素食的英雄,一个莽原上散步的大丈夫,从文字的远方向我走来。

奴才们吃再多的肉,都长不出英雄的骨头。

柔软的草是怎样一点点建筑起雄伟的魂魄——这是大自然不曾披露的秘密学问。

我对牛始终怀着由衷的尊敬。不仅是你们的吃苦耐劳,更因为你们那忠厚耿直的品格,自从开天辟地以来,已经有无数的牛走过草莽大野,天敌和灾难始终伴随着你们,但是,你们的种族里不曾出现过一个败类,古今中外的牛群里,没有一头奴颜婢膝的牛。

当然,这也许可以说你们没有自己的灵魂——但只能说你们没有卑鄙的灵魂。

或者,这只能证明你们没有什么思想——但只能证明你们没有低下的思想。

你们山脉一样健伟的生命里,回荡着阳光的瀑布、草木的呼吸、天地的正气。

在正午,你们静立于原野,阴囊悬垂下来,被覆盖的地面,涌起怀孕的欲望。而母牛在远处眺望,幸福的鼻息吹动草浪。

……我的记忆戛然而止。

沸腾的火锅里,是什么在沸腾?

我们围绕沸腾的火锅,我们也沸腾着。

我们像朝拜圣物一样,围坐在你的四周。

我们伸出筷子、叉子,优雅地邀请你进入我们的身体,进入充血的夜晚。

沸腾的火锅里,我们不停地搅动起欢乐的泡沫。

突然,我听见一串哀号……

牛　背

温热、宽厚,稍稍有些摇晃。其实是摔不下来的,却总有点担心被摔下来。

这都是因为你对牛不理解造成的不信任,由这不信任造成了不安全感。

你爬上牛背的时候,牛看见你吃力,牛俯下身子让你跳上它的脊背,觉得你已经坐稳了,牛才慢慢挪动脚步,慢慢加快速度。

你不理解牛,牛是多么理解你啊。

这才发现牛身上有那么多的伤痕。脖子、背上、腹部、腿腕,都是鞭痕和牛轭磨出的伤痕和蚊虫叮咬的伤痕。说不定,你此时正坐在它的伤疤上。你伸出小手,轻轻触摸它肩上的伤痕,牛竟停下来,回过头看了你一眼,那眼神里充满了感激。牛也有对痛苦的感觉,也渴望被爱护和心疼。牛慢慢走着,好像怕走快了,走完了这段时光。不时地,有蚊虫飞来袭击牛,牛用尾巴轻轻拍打着,当牛的尾巴触到你的腿,牛立即收回了尾巴,怕拍疼了你,很准确地减小了尾巴摇动的半径。牛也心疼人,心疼心疼它的人？牛也懂数学？是一种很深的、隐藏在生命深处的情感,使事物之间有了分寸,使牛有了分寸？

我们不心疼牛,牛是多么心疼我们啊。

你骑在牛背上,慢悠悠走着。近处的水、远处的山、身旁的电线杆,都慢悠悠走着。天上的云也慢悠悠飘着。你想起古代的日子,田园的日子,山水的日子。那透明宁静的时光,缓缓地,酿造了多么幽深的古意和情思。返回去不可能,但是,当你慢下来静下来,就好像来到古时候的某一刻。忽然牛不走了,抬起头,你看见:你和牛都掉进水里了。回过神,原来是你们两个在河水里的合影。

在河的眼睛里,你就是古代的牧童。

小时候看见阉牛

小公牛被牵了出来,用绳子绑在大碾盘上。

几个大人按着它,阉匠掏出一把明晃晃的刀子。

不知道小公牛犯了什么错,五花大绑,还要向它动刀子。

问大人,大人说:"也没犯什么错,它多长了一个东西。"

又问大人:"没犯错,为什么这样对待它?"

大人说:"多长了一个东西,就是它的错。"

正想问:"它多长了一个什么东西?"刀子已刺进了牛的身体。

一声惨叫,又一声惨叫,又一声惨叫。

地上一摊血,一坨肉。

小公牛被解了绳子,站直,腿抖了几下,慢慢地走到柳树下。

它的眼睛潮潮的,它在流泪,在哭。

我知道它一定很痛很痛。

我并不知道它内心的悲愤和耻辱……

卡车上的牛

这是它们有生以来第一次乘车。

乘上这文明的车,它们要到远方的城市。

当然它们不知道这叫作车。只觉得一切都有点不对劲,蹄下踩踏的不再是松软的泥土,青山和原野越来越远,竟至于看不见了;想随时啃一口野草,扭过头来,却是另一颗与自己一样的牛的头,都是一脸的茫然,满眼的惊恐。

一头一头紧挨着。黑牛、黄牛、老牛、小牛。那一公一母对望着的,是夫妻吗? 那半大的少年牛,是它们的孩子吗? 我看见母牛在仅能容身的位置吃力地侧过头,爱怜地,用舌头舔它孩儿的脖颈,那孩儿舒服地感受着母亲粗粝舌苔传达的细腻温情,却同时漫不经心地摇着尾巴,似乎还有许多母爱和幸福在等着它。

并排站在一起的那两头壮年公牛,样子似乎有些尴尬,目光里有着克制的气愤,接着是谅解和宽恕,我看见它们的尾巴互相拍打着对方的身体。我猜想它们曾经是一对情敌,为争夺一头漂亮的母牛,发生过不愉快的事,它们身上的某些伤痕,就是那浪漫岁月的纪念。现在相逢在一辆车上,前路未卜,共同的恐惧化解了昔日的恩怨。

那几头老年牛一律垂着头,反刍着对青草的记忆和对乡野的缅怀。它们脖颈上的毛都已脱落,那是负重拉犁拉车造成的,它们的腿都有些发颤,一生出入于水深火热,跋涉于泥泞坎坷,风湿关节炎折磨着它们的后半生。身上布满各种伤口,鞭伤、跌伤、冻伤、蚊虫的叮伤、劳累过度的损伤,它们不曾向谁诉说一生的伤,或许,伤,就是这个世界留给它们的档案。

那一头年轻的牛,一身的黑里点缀着白的图案,其中一幅很像澳大利亚地图,另一幅像加拿大,小一点的像蒙古。它身上集中了这个星球上最大的草原,或许这正是它的梦想:一生一世都在绿色里漫游?然而此刻,它已失去了最后一寸土地和最后一片草叶,在高耸的城市面前,它的梦想彻底坍塌,唯有它的身体,悬空在去向未卜的路途。我看见它仰起的头旋即低下来,前后左右除了令它伤心的牛,已看不见别的什么,它索性什么也不看了,低下头来闭目凝思,也许在回想远去的青山。

我不忍再看它们了。换上了饱满轮胎的车又发动了。车轮转动,车身颠簸,我猜想,满车的牛们,一定感到了地震的来临。

但我还是禁不住抬起头又看了它们一眼。我看见它们中有几位也抬起头看我,眸子里似乎有着茫然中无助的期待。我小时候是放过牛的。我能读懂牛的眼神。牛是有感情通灵性的生命。但是我无法帮助它们。我不能劫持了这辆车,让它们重新返回青山大野。我无法打开商业的牢笼,我无力修改无情的食物链。我甚至无法改变我自己的某些貌似合理的恶习,比如吃肉的恶习,敲骨吸髓的恶习。就在车开动的时候,我为车让路,不小心踩着了一只塑料袋,险些被绊倒,低下头我忽然看见了自己脚上的牛皮鞋和腰里的牛皮带……

还说什么呢,我什么都不能说了。

还写什么呢,我什么都不想写了……

堂哥李自发和牛

堂哥李自发,已去世多年,他在世的时候,我还小,不太懂事,对他有些印象,但不曾往深处想,觉得他就是个一般的人。如今我已活到他在世的那个岁数,终于懂了些事,回过头想些旧人往事,就时常想起自发哥,觉得他是个很有意思的人。他最有意思的事,是他年年都要为牛过生日。

自发哥养了一头黑牯牛,个子高高的,很壮实,走路的样子极威风,好像认定了一个值得专心奔赴的目标,好像要去做一件极其重要的大事,步子很稳很有力,我们放学路上遇到它,总是赶紧提前让路,怕挡了路惹它发脾气。其实呢,它却比我们更提前靠向路边,主动为我们让路,它在另一边走着它那很稳的步子。我很自然地对这所谓的"畜生"有了好感,觉得它是懂道理、有感情的。

我也见过自发哥用它犁田的情景,自发哥跟在牛后面,一手扶着犁把,一手举着鞭子,那鞭子只是一根青竹条,并不打牛,时扬时放,倒像我后来在电影上看见的音乐指挥手中的指挥棍,在为他哼着的牛歌打拍子,那歌词我至今还记得几句:"牛儿牛儿莫嫌苦,我扶犁来你耕土,五谷丰登忘不了你,青草任你吃,豆浆喝个够;牛儿牛儿莫嫌累,你耕土来我扶犁,自古百姓离不开你,太阳在看你,月亮在夸你……"牛歌很长,调子是固定的,歌词即景而编,脱口而出,有夸奖牛的,有批评牛的,有说田园景色的,有说村里趣事的,有说古今传闻的,幽默风趣,边唱边续,越续越长,就像田垄和阡陌,不断延伸。那牛似乎听得很入迷,随了歌的节奏迈着起承转合的步子,卖力地拉犁。歇息的时候,它站在犁沟里,有时也哞哞几声,好像觉得听了主人那么多好听的歌,也想唱一首表示回敬,但却不成腔调,于是刹住,头低着,沮丧的样子,感到对不起人。

到了冬天,记得是腊月初,这一天是牛的生日,自发哥就为牛脖子上系条红布带,让牛吃最好的草料,招待它吃麸皮、喝豆浆,还要放一挂鞭炮,牛圈门上贴着红纸对联,记得有一年的对联是:种地不负天意,吃粮谨记牛恩。横批:感念生灵。

这一天,再忙也不让牛干活,让它彻底休息,自发哥陪牛晒太阳,为它梳理卷曲的毛,擦洗牛眼角的眼屎。我不能得知牛到底知不知道这一天是自己的生日,但是能看出来,这一天,牛是高兴、温顺、满足的。四季辛劳,牛总算过了个干干净净安安闲闲的日子。

与一头驴相遇

在建筑工地的角落,在钢铁、挖掘机、搅拌机、粉碎机的间隙,在大量尖锐事物的间隙,那仅有的一点柔软,是你战栗着的卑微身体。

你站在满载钢筋的架子车旁,这时我经过你,我看见你身上的鞭痕和伤痕,我看见你那谦卑温良的眼睛。

我是来这里看房子的,我已预订了九楼的一个套间,想不到,你早已在为我服役,在泥泞里、烈日下,你一直弓着腰,用力,用力,用力把我一寸寸、一寸寸驮上幸福的楼层。

我无法为你做点什么,虽然我对你心存感激。我甚至不能为你包扎你那还在流血的伤口。

我实在找不到有效的药,治疗你一生的伤痛,连我自己也是你痛苦的根源。

我只能写下这首饱含歉意的诗,但是你不懂诗,我只能把这首诗读给自己,顺便读给郊外的青草,希望它能抚慰你荒凉的命运。

我也把这首诗顺便读给我们的文明,读给文明手里的鞭子和刀子:对那些柔弱的事物,请高抬贵手,下手时,请轻一些,仁慈一些……

驴背上的杨大爷

同村的杨大爷六十多岁了，身材高大，面容慈祥，特别是他的眼神，很亮，很深邃，看人的时候很专注，但又没有窥视或逼人的目光，总是柔和的，仿佛用眼睛与你商量一件愉快的事情。所以，他的眼睛，在我看来是我们那一带最有感情最有智慧的眼睛。他是一个仪表堂堂的人，那迷人的眼睛，是他最吸引我的"亮点"。

不过，我这里不说他的相貌，我要说的是他特立独行、惊世骇俗的一个习惯：他晚年一直骑驴。他在驴背上眺望人世和山川。

我那年中学毕业，回到家乡务农，算是一个"回乡知识青年"。以前没有留意过乡村的事物，在学校念书，正是满嘴"学生腔"、满心理想梦的年纪，书本里的知识、理念，搅和着年少轻狂的梦想，总把人带往乡土之外炊烟之外，在缥缈里飞翔着，脚下的乡土、身边的事物就被忽略了，以为这一切都是要告别的，要扬弃的。就这样，我们青春的眼睛常常逗留在云端，种植在"山那边"，而对眼皮底下的事物，却是"视而不见"。青春的眼睛其实是盲目的，因为激情的燃烧,火光炽燃,过于明亮、缭乱,近处和周围反而看不清楚,于是就成了盲区,比如:父母就在身边,我们并不明白"父母心";水井就在家门口,我们根本不知道它的深度,更不知道它是几百年前的先人留给我们的深长眼神和记忆恩泽。

当我返回故土,也算是从书本里走出来,真正把双脚踏到生活的地面,睁开眼睛,忽然一下子看见了那么多生活的真相,贫穷、辛苦、纷争、卑微的希望,同时,也看见了暗淡背景里的点点亮色,这包括那些古朴的自然美景,一些有趣的事物,虽然不多,但也足以让我开了眼界。

其中最耀眼的,就是杨大爷和他的小毛驴。

每天凌晨,天刚蒙蒙亮,村头就响起铃铛,接着由远而近,踏着一串蹄声,那就是早起的杨大爷,他骑在驴背上,驴尾巴摇晃着,他也摇晃着,星星们也摇晃着,夜色就渐渐褪完了,"嘭"的一声,第一道阳光就落在驴的身上。他们是最先看见日出的人物。

他就这样骑着心爱的小毛驴到十里外的山上,驴儿吃带着露珠的青草,他坐在高处的岩石上,就着泉水,吃一块馒头,一根黄瓜(冬天就吃一个红薯)。他说:清晨的露水、泉水,最干净,最有营养,养身,也养心。

骑驴归来,他就下田劳作,种菜,种水稻,那驴儿,就游荡在附近的田埂上,却绝不吃田里的庄稼。人们都感到奇怪,问杨大爷,他说:人有驴性,驴也有人性,这叫教养,一头有教养的驴,它知道人在护惜它,它也就懂得护惜人。

一到黄昏，杨大爷又骑驴到漾河岸边沿河堤溜达，河水哗啦啦流得欢快，杨大爷跳下驴背，让驴儿散步休息，它就伴着河水声撒欢儿，小跑一阵，停在杨大爷面前，杨大爷打一个呼哨，驴又小跑起来，接着就扯开嗓子嘶叫，驴的叫声不大好听，是很吃力的、哽咽的、压抑太久的苍老的声音。但杨大爷不这么认为，他说：驴的声音是沉郁顿挫的，是感伤主义的，是对命运最深沉的表达，而别的声音，比如鸟的、狗的、猫的、虎的、鸡的声音，要么太华丽，要么太凶狠，要么太乖巧，要么太甜腻，要么太霸道，要么太琐碎，都敷衍了生存的真实处境，都太自我美化和夸张，只有驴叫，是最深刻的，你们听听，驴叫，那是沉郁顿挫的叫，是岁月在叫，命运在叫。什么叫声都能模仿，谁能模仿驴的叫声呢？谁模仿两声让我听听，我就认他为上上高人。

我渐渐和杨大爷熟了，知道了他的一些身世。他是我们这里有名的大户人家的后代，年少时读过私塾，因是书香人家，藏书很多，他就熟读了经史子集，又酷爱诗词，特别喜欢李白的浪漫和杜甫的沉郁，后来被专政、抄家，藏书都被烧了，幸亏他早年读书扎实，下过背功，几百篇古文、两千多首古诗词都收藏在记忆里，据上了年纪的人说，他能把《古文观止》倒背如流，谁如果随便说一句古诗，他就能完整背出那首诗来。他也很有才情，悄悄写了几大本诗，"文革"时抄家也被烧了。一切自由都被剥夺了，"只许规规矩矩，不许乱说乱动"——这就是他这一类"阶级敌人"的奴隶般的处境。只是在背着人的时候，他的嘴里常常念念有词，有人说他在诅咒革命,有人说他在发神经,也有人说他在背古代诗文。他确实在背古代诗文,有一天他对我说:那时候我已经成为一个奴隶,无处可逃,又不愿去死,我只有用这种办法,也算是一种逃跑,逃到孔夫子那里去,别人对我不仁不义,孔夫子那里有仁有义。有时就逃到唐朝去,世道晦暗,天日昭昭只照亮了我身上的镣铐,我只好背转身,逃到唐朝的某座庙里,听那老僧参禅吟诗,或逃到李白诗中的某个渡口,掬水赏月,饮酒听潮,醉眼看那一河满荡荡的月光。他说,多亏他们没有抢劫记忆的本事,抄家,把啥都抄走了,记忆里的好东西,一样也没抄走,要不是记忆里存着孔夫子,存着诗,存着几千年的月光,我真的只有在那漆黑的夜里自杀了。我由此想到,杨大爷真是幸运人,在那些恐怖之夜,他有记忆里的好东西来援助他,安慰他,那好东西像救命筏子一样载他浮游在黑暗的河流上,使他免于沉没。而更多的人呢?他们未必都在记忆里存有这么丰富的东西,比如孔夫子,比如诗,比如几千年的月光,那么,他们的处境和内心,该是如何的阴沉、悲苦和绝望啊,难怪,有那么多人死去,或者身死,或者心死。

总算恢复了自由,杨大爷也六十多岁了,抬起头一看,太阳早已西斜,即将"青山欲衔半边日了"。一生就这么完了?到底是饱读诗书、性情浪漫的人,杨大爷写了一首咏怀诗,结尾两句是:半世呻吟囚笼中,黄昏骑驴踏歌行。

就这样,他把晚年放在驴的背上。他说,他喜欢李白,李白一生都骑马漫游,他老了,马的速度和彪悍,于他都不相宜了。他就学了陆游的样子,不过,不是"细雨骑驴入剑门",而是"细雨骑驴过农门",农业的门,农夫的门,我就是个老农嘛。

他说,驴这个生灵很重感情,很温柔,只是脾气有些犟,"犟"不是它的缺点,更不是品德上的毛病,"犟"说明它有操守,有尊严,它不喜欢的事情,它就拒绝;如果你尊重它、心疼它,它对你就很配合,也很能体贴你。有时,走上坡路,我就从它背上跳下来,可它偏偏不肯再走了,转过头用耳朵拂我的手,示意我骑上去,它知道我肺不好,经常气喘,它不让我受累,它情愿自己多受累也不让我爬上坡路。

他让我欣赏驴的长相。他说驴是很秀气、很美貌的,驴长着女相,嘴唇、鼻子、脸都儒雅,有风韵,特别是眼睛,透着一种妩媚,当你与它对视的时候,它总是用信任的目光诚恳地看着你,隐隐约约还含着几分少女的害羞。

这些用不着杨大爷叙说,驴就在我的面前,我当然能够看出驴的美貌,这真是一头美貌的驴。不过,哪一头驴不美貌呢? 难道还有丑驴吗? 但是,我从不打断杨大爷对驴的夸奖,我能体会到一个半世坎坷的老人对驴的那份知遇之情。他这一生,有谁爱护过他、欣赏过他、心疼过他? 还不是这头驴。虽然它不知道孔夫子,不知道诗,不知道命运,但它也不知道仇恨,不知道斗争,不知道用势利的眼光看人。它就是一头本本分分干干净净的驴,它一定也感觉到了,坐在它背上的,也是一个本本分分干干净净的人。

杨大爷骑驴时,手中从来不拿鞭子之类,他说,那是凶残之物,我怎能把凶残之物攥在手里,让自己的手变得凶残? 命运的鞭子抽打了我半生,我知道受难的滋味。驴是我的朋友,驴是我的兄弟,我只能用柔软的心对朋友待兄弟。杨大爷手里拿着的,有时是一根青竹条,有时是一根细柳枝,有时是一片芦苇叶,他说,这些绿枝青条,是我与驴儿交谈的手语,我半生都在荒漠中度过,我用青绿的语言与我的驴儿交谈,我知道驴儿与我一样,与我们人一样,喜欢这个世界柔软的东西。

那个黄昏,杨大爷答应了我的请求,我骑上了驴儿的背。我很快就找到了那个微妙的位置,是如此温润柔软,我感到了柔软的皮肤下面那正直的脊骨,那因为人世的重量而略微弯曲的脊骨,它宽容了这不存恶意的压力而让自己下陷;我的胯下是它均匀起伏的心脏,这是另一个生命的心,它与我的心这样近,几乎以同样的节奏在跳动,同样的血的颜色,我的心和它的心几乎快到一起了,只不过放在两个不太相同的胸膛里。两颗心贴得多近啊! 我感到了它身体的温暖,我和它在交换着各自的心跳和体温。不是幻觉,我真真切切地,坐在驴儿温暖的背上,感受着驴儿均匀的心跳。此时它稍稍有些摇晃,但它努力平衡着自己,美妙的摇动里,我有了重新回到摇篮的感觉。

在驴背上,在稍稍高出地面的地方看大地,看村庄,看河流,看远山,一切都有了微妙的变化:经过落霞浓墨重彩的涂抹和修改,它们都变得有如梦境里的景色,但仔细一看,它们基本上还是它们,只不过增加了唯美的色调;当几辆汽车快速从附近公路上驶过,受惊的驴儿很快镇定了自己,恢复了它慢悠悠的步子,而且与那扬尘鸣笛高速奔跑的铁家伙保持了相反的方向,这时候我感到了驴儿的安详和从容,感到了古老事物的魅力,它不急不躁不慌不乱地呼吸和行走,让我感到:夕阳,原来是慢悠悠降落的,星星是慢悠悠出现的,远山是慢悠悠退向远方的。而我知道:山外的世界,已经快速旋转,更远的世界,早就奔逐激荡。速度将载走万事万物和无数人生。而此时此刻,这个被山河、炊烟、夕光缭绕着的黄昏,我在驴儿的背上,体会到一种怎样美好的慢,怎样让人感激的温柔摇晃啊……

从那以后,我就出外读书、谋生了,在奔忙的人群里奔忙,在旋转的日子里旋转,在慌张的世界上慌张。这些年我格外怀念那驴儿,那驴儿背上的杨大爷,我怀念那安详的黄昏,那慢悠悠的落日,慢悠悠的时光。

但是,杨大爷和他的驴儿已经去世多年了。旧日的事物,古昔的风情,已随着最后一串蹄声远逝,变成传说,变成绝响。

此时我想,如今的大地上恐怕再难找到骑驴寻诗的身影了,落日里的市镇枕着机器和电流,做着商业的梦,做着升官发财的梦,一切似乎都围绕一个急功近利的轴心疯狂旋转,不停地推出乱人心性的时尚和炫人眼目的泡沫。这样的世界,该是何等的燥热,何等的混浊,又是何等的空洞,何等的迷乱,何等的魂不守舍。

我想有一头驴,我与它同行,或骑着它,与现代保持相反的方向,穿过机械的荒原,穿过豪华的废墟,它嚼着旷野的青草,我吟着怀古的诗篇,行囊里装满露水和月光,燕子声里,杏花村头,我们走进山深水碧的古道幽径,一转弯,我看见前面,骑马的李白刚刚转身的背影……

李贺与唐朝的那头驴

我们应该记住那头驴。

它背上的那个忧郁瘦弱的青年，他的体重是微不足道的。

一边轻松地驮着他走路，一边品尝路边的青草。

驴儿是乐意驮着他四处漫步的。

驴儿当然不知道，这微不足道的体重的真正分量。

这样的情景时时出现在漫游途中：

缰绳忽然被拉紧，驴儿停下，诗人凝神于某个远处的幻象。

眸子深处有灵光四射，闪电出没，虹影飞升。

这一刻，唐朝走神，时光停下来，沉浸于迷狂的梦幻之思。

驴儿眼睛里的一切都是平常的,与史前没什么两样。

它以一颗平常心走路,走得温顺、平稳,路上没有出现大的颠簸。

史书里因此没有出现诗人被摔伤致残的记载。

全唐诗里也没有出现被摔伤致残的诗句。

(骑着这平常平稳的驴儿,驴背上的诗神因而可以心驰神游,揽四海于一瞬,抚千古于须臾。

遥隔千年,我对那头平常的驴,以及无数平常的生灵和事物,充满了尊敬和缅怀。

正是这平常的驴、平常的事物,帮助和成全了不平常的诗。)

我看见,那头可敬的驴,驮着一颗诗心,从春日桃林里走过,"桃花乱落如红雨",锦囊里顿时诗意缤纷;从鸡鸣声里走过,"雄鸡一声天下白",驴背上顿时霞光纷飞……

驴儿听见背上的主人念念有词,接着就把什么东西塞进破锦囊里,每当这时,它就停下来。

在这短暂的停顿里,时光静止,人类精神和语言的黄金正在生成。

驴背上,那位年轻人的体重是微不足道的。除了诗的风骨,他身上没有多余的脂肪。

他要把这个不可思议的宇宙,放进心炉里,炼成一首瑰丽的诗。

温顺的驴不懂诗,但它体贴诗人,殷勤帮助了它并不理解的诗。

当背上的诗人念念有词、凝神沉吟的时候,驴儿就放慢步子,这时,整个唐朝都慢了下来,日月星辰、山川草木都慢了下来。

慢下来的一切,都化成了瑰丽的意象,凝成了不朽的诗句。

就这样,驴背上的唐朝,从平平仄仄的幽谷,转了一个急弯,踏着险韵,走进了奇幻的意境。

那头驴越去越远。

唐朝越去越远。

诗人越去越远。

诗越去越远。

现代的饲养场上,没有一头驴见过诗人。

空空荡荡的驴背再也没有驮过诗的灵感。

养殖场的驴,都已被屠宰场和火锅店提前订购。

是的,除了想吃它的肉,我们对驴已没有别的想法。

飞机火车汽车驮着我们快速到达一个地方又快速离开。

我们以越来越快的速度远离万物也远离自己的内心。

我们到过很多地方,但从来没有到达过诗。

我们见过很多东西,但从来没有见过诗。

走在物质主义的大街上,我总是远远地绕开驴肉馆,我生怕遇见唐朝那头驴的后裔。

它的祖先,可是驮过诗的……

驴的内心生活

那天，在郊区，看见一头瘦弱温顺的驴拉着一辆载满钢筋的架子车在马路上艰难行走，驾车的人将鞭子频频地举起，有时轻轻地、有时狠狠地抽打驴的脊背。因了疼痛和恐惧，驴那本就弓着的腰更其认真地弓起，四根瘦蹄雨点般敲打着路面，而它的眼睛——我特别注意到驴的眼睛，总是那么温柔和诚恳，即便在竭尽全力爬坡的时候，它的眼睛里仍是一派温良柔和，没有半点怨尤和责备，倒是生怕有一点不满从眼睛里流露出来，那就真是对不起掌车的主人了——我不知道驴有没有内心活动，如果有，那么它也许时刻都在检讨自己有无过错。它或许这样想：这个世界能给它一把草就很不错了，能让它拉车也就很看重它了。

我或许曲解了驴的内心生活，驴不会如此自卑和奴性，因为我发现，驴在任何时候任何境遇里都是那么温顺诚恳，即使周围布满了令人厌恶和恐惧的目光（凶狠的，贪婪的，卑琐的，势利的，淫邪的），驴的眼睛总是那么温柔和顺从，而且透着小孩般的纯洁，还有一点羞怯。这时候，我心里掠过一缕对这个世界的感慨和对造物者的一点感激：毕竟，在这个充满血腥的生存的牧场上，有一种生物终生保持了与生俱来的良善天性，在竞争之外，在仇恨之外，在杀戮之外，是它，让我看到了不是得自修养而是纯粹出于天赋的与物无争的宽厚和纯真。

有几次，我看见驴拉着载满水泥预制板的架子车，行走在泥泞混乱的工地，上坡的时候，驴几乎是将前面的两条腿跪在地上，拼命挣扎着，超重的架子车随着它痉挛的身体缓缓前行，大粒大粒的汗珠从驴的脖子、脸上、背上滚下来，驴活着多么不容易啊，生命活着多么不容易啊。这时候，我真想代替那受伤的驴儿，拉起这超载的车，让它能够歇一会儿，让它喘口气，让它也分享一点人类的所谓博爱。

我们把生存的许多重量和痛苦都转嫁出去了，转嫁给牛马羊，转嫁给驴。它们是为人活着的，而人是为谁活着呢？为自己活着？为神活着？为宇宙的更高目的活着？

据说驴的归宿都很惨，当它不能负重的时候，就被宰杀，人们就吃掉它的肉。它负重的一生就这样结束了。

一位善画驴的画家曾对我说：他这一生绝不吃狗肉，绝不吃牛肉，绝不吃马肉，绝不吃驴肉，他说，狗是忠者，牛是圣者，马是勇者，驴是仁者，我绝不能吃它们的肉。

我又记起了驴那温柔诚恳的眼睛。

我不能设想让驴变成凶猛动物，以对抗这个嗜血世界的残酷和不义,那不符合驴的天性,也违拗了造物者的初衷。

那么,造物者造这憨厚诚恳的生命,就是让它毁于它的憨厚和诚恳?

驴没有错。我只能说,造物者一开始就错了,而后来,弱肉强食的世界更是错得无以复加。

也许,驴自始至终也不明白这个世界。

也许,驴自始至终也不愿意加入这个世界。

它温柔诚恳的眼睛,在劳碌悲怆的尘世匆匆闪过,然后熄灭,是否在告知:

在充满杀戮和血腥,而看不到慈悲的太阳普照众生的这个生存的牧场,在被弱肉强食的生物逻辑主宰的这个悲苦世界,毕竟,曾经走过那无害于万物的善良生命,曾经有过那温柔和诚恳……

说 羊

"善"和"美"这两个字怎么写？

都有"羊"在上，才是善的，美的。

我猜想造这两个字的古人，也许放过羊，至少经常观察和欣赏羊。

很可能他曾抚摸过羊。

他体会到了羊的温和、单纯。

他发现羊最没有侵略性，没有一点暴力倾向。

羊有锋利的角，但羊不曾攻击过任何生命，即使最温柔的生命，羊也不曾伤害过。

羊的角，很像是退役了的武器，只具有文物的意义。或许远古时代的羊，曾经是好斗的，但羊后来觉悟了，退出了生物界的战场，觉得互相争斗没有意思，争来斗去，最后都得在命运面前认输，都得完蛋。所以，羊在很早的时候就以和平立身，以温柔为德。

羊,是最早的和平主义者。

羊的角,是和平的装饰。

那个造字的古人,反复抚摸着羊角,反复揣摩着羊的思想。

要是都像羊这样本分地活着,做个素食主义者、和平主义者,生物界和人类,哪会有那么多的仇恨、苦难和不幸呢?

那个造字的古人,就提起笔来,在大地上写出了一个伟大的字——善。

接着,他站在"善"旁边,仔细欣赏低头吃草的羊。

他发现它们的形体、姿态、毛色是很好看的。

它们纯净的目光是动人的,它们与生俱来的胡须是动人的,它们吃草的样子是动人的,它们走路的样子是动人的。

特别是它们头上对称的角——本来用于争斗,而它们却把它改换成了装饰生命的艺术品——这艺术品是动人的。

善良的羊天生就懂得审美,而羊本身就有一种动人的美感。

那个造字的古人,又提起笔在大地上,在"善"字的旁边,写下了另一个伟大的字——美。

我们所追求、崇拜的真善美,其中两个字都是"羊"的意象。羊,是我们的古人最先发现的善和美。

一只羊,或一群羊走过来,它们是真的羊,也是善的羊,美的羊。

在世界的草场上,羊走过来,真善美走过来……

羊想对我们说什么

碧蓝的河水,嫩绿的草滩,缓缓移动着白色的羊群。

每当面对单纯、静美的自然景象时,我们似乎都回到了少年的时光,我们的表达也情不自禁地回到中学生那稚嫩清浅的腔调和语言:

"碧蓝的河水,嫩绿的草滩,洁白的羊群……"

是的,单纯和静美有一种强大的力量,它让人的心灵返回到饱经沧桑之前的那些纯真时光。

这柔弱、洁白的一群,此时,在我的心里唤起的,也是柔弱、洁白的情感,不停地在心里漫溢。

但是,我毕竟不是少年,过了片刻,我的心情就回复到成年人的状态,并且隐隐有暗流汹涌。

我抬起头,静静地看着它们。

它们多数都低着头默默吃草,有几只偶尔抬头望望远方,却发现同伴都在埋头进餐,忽然感觉到自己有些出格,于是赶紧将头偎向青草。你就再难找到方才抬头的那几只羊了，这时候，你心里竟有了一丝低沉情绪，虽说它们都在这移动的一群里，但你已经不可能再找到它们了。

其中有一只突然仰起头，抬起前面的右腿，使劲刨着自己的脸，可能是遇到蚊蝇或甲壳虫的袭击，造成了瘙痒和疼痛，它就快速启动了医治措施，用那数百万年来一直使用的简单按摩方式，为自己祛痒止痛。你以为这下认识它了，可是眨眼之间，它的简单按摩已经结束，它低头汇入它的群体，你再也认不出它了。

它们看起来缺少个性，好像是清一色的大自然的教徒。其实，你若细看，它们各有性格和趣味，也许各自都怀着隐秘的恋情和痛苦，只不过不为人知罢了，何况，人也懒得知道它们的秘密，人只关心它们肉的肥瘦和奶的产量。

同样是面对来人，这一只就显得特别有趣，它走近你，观察了一番，觉得你是一个好玩的伙伴，随即将头低下，而将两只角试探着抵向你，你就伸出两手各握一只角，用力做出顶的姿势，对方也用不大不小的力气顶着你，保持着"角斗"双方的平衡，但它并不真正抵向你的身体。显然，它是在和你开玩笑，和你做着有趣的游戏，以此来表示友好，同时为单调的生活增添一份乐趣。你想，你这是第一次也是最后一次与这有趣的哥们儿发生这友好的"角斗"，这单纯的游戏带给你别样的快乐，也让你产生了对短暂邂逅之后那永恒长别的隐忧，因为你不可能每天来和它做这游戏，即使你有这个耐心，也没有这种可能，说不定就在明天早晨，那两只和你交换过体温、比试过力气的可爱羊角，就已经鲜活地挂在羊肉馆门前。

另一些羊对人保持着不远不近、不热乎也不过分漠然的态度，冷静里夹杂着失望和无奈。也许它们已经知道了人的部分底细，隐约知道了它们和人的关系的本质和结局，但又无法改变过程中的任何程序和细节，只能默认和合作，与必然降临的命运达成某种无奈的默契。最初的磨合也许是极其痛苦的，时间久了，它们也就习惯了。这就如同每个人都知道自己的前面注定埋伏着一个死神，但你还得必须一天天一步步向前走去，这未必是主动投靠死神，更多的是你无法摆脱生命本身既定的程序。你看见的一部分羊，正是以这样的心情面对它们的死神——面对着它们面前的人。它们并不向你示好，也不示恶，只是淡淡地望着你，然后扭过头去吃草或走路，好像在说，各走各的路吧，这辈子遇见你们了，认了，下辈子就撇清了，接着，它们咩咩咩低语了几声，那意思像是说：谁知道下一辈子怎样呢，下一辈子的事就不想了。

另一些羊，它们有着庄重的仪表，有着沉思的表情，让你感到，你面对的绝对不是一个你可以小看和随便处置的生物，你面对的，是一个长者，一个智者，是一个思想者，是自然界中完全有别于人类思维，而用另一种也许更深刻更接近宇宙本质的思维方式思想着的大哲学家。你看，它向你走来了，它离开了鲜美的水草，小跑着靠近你，它要做一件比吃草更重要更有价值的"形而上"工作。它庄重地抬起头面对着你，用字斟句酌的语言向你连声打着招呼,也许是在谨慎提问什么,希望得到令它信服的回答,它为那疑问已经困惑许久许久了。它以为此时终于遇到一个能听懂它,也能解答它疑问的人,它那清澈的眼睛里满含着提前准备好的惊喜,它那诚恳的声音,显然是被一种酝酿已久的心情和想法控制和推动着的,它的语调那么恳切而急迫,它反复发问,而你却不回答,它不得不提高了音调,咩咩咩,咩咩……它的眼睛里渐渐有了焦灼,但是你实在不具备与它交流的能力和语言,你无法回答它,你无法缓解它的焦灼。这时你似乎明白了它那白胡子的由来,它们世世代代不得不为一个从来没有人回答的问题煎熬着,所以一生下来就老了,它们的疑问,它们的焦灼,几乎和这个世界是同样的苍老,而苍老的,也许还包括它们的智慧,那是苍老而深沉的智慧。一个古老的族群在这个世界跋涉了千年万载,难道它就没有心得和感受,没有自己的思想和智慧?千百万年的漫长日子,它们全都是糊里糊涂混过来的吗?千百万年的罪都白受了?千百万年被人开膛破肚剥皮饮血,千百万年都白死了?难道它们全都白活了?这可能吗?这是根本不可能的,除非它们没长眼睛没长心,除非它们没有情感和痛感。

很可能,它们的心灵和智慧,已经苍老和深邃得令我们根本无法理解,我们被自己发明的语言锁定和控制了我们理解力的半径和范围,对别的不借助语言而直接进入本质的思想失去了倾听和领悟的能力。这是我们作为物种的局限。而它们,在我们的局限之外,在我们的思想和智慧之外,拥有着另一个我们不能进入的思想和智慧空间。

就说我面前的这只羊吧，这正在向我提问的思想着的羊，当它最终没有听见也没能听懂我的回答，看得出它有几分失望和茫然，于是又带着那疑问低头返回到自己的生活，返回到自己深沉忧郁的内心。

是的，一个生下来都熬白了胡子、有着长老风度的族群，我相信它们不会没有自己的思想，不会对自己的命运浑然不觉，它们之所以万难不舍、万死不辞地悲凉而悲壮地活着，我想，这其中必有原因和隐情——

其一，是出于它们的美学。它们舍不得离开青草、流水和白云构成的这个还算生动的宇宙的牧场，它们喜欢以"思无邪"的纯净心灵鉴赏这一切。

其二，是出于它们的仁慈。它们不愿意抛下人类，虽说它们不理解他们，他们也不理解它们，但它们至少感觉到，在多数情形下它们面对的这些人类，并不过分邪恶和残忍，于是它们劝说自己，那就活下去，与他们做伴吧，他们也很不容易的，他们像我们一样也要一茬茬消失的，他们最后的结局也未必比我们好啊。那么，原谅他们并为他们做些牺牲吧，我们不下地狱，谁下地狱呢？

其三，是出于它们的信仰。它们相信，它们的族群世世代代追问却总是无人回答的那个"为什么"的疑问，终有一天会得到回答，为此它们带着那信仰般坚定的疑问，不辞辛酸和死亡，世世代代坚持在世界的牧场。

"碧蓝的河水,嫩绿的草滩,洁白的羊群……"

显然,少年过于天真的语言和过于抒情的描述,并不能触及生命和生存的真相,即使面对一群单纯的羊,它带给我的,除了单纯,更有忧伤。美学让我们具有了分享自然美感的目光和心智,使我们常常陶醉于生存牧场呈现的缤纷幻象和审美表象,而省略了表象后面残酷血腥的食物链的无情真相,从而为我们制造了所谓幸福啊快乐啊自在啊等等美好的幻觉和消费的快感;但是,在本质上,美学并不是世界的决定性因素,自然和生命,是被生物学的冰冷逻辑牢牢控制着的。对此我们真的无法改变,但对其中隐藏的疼痛,我从来就难以释怀。

对不起,我想多了,亲爱的羊们,我的朋友,我的菩萨,我的哲学家,我不打扰你们了,赶紧吃草吧,趁着阳光暖和,青草正香……

羊的幽默

在草地上，我遇见几只低头吃草的羊。

我站在它们面前。它们停止了吃草，抬起头来看着我，样子有些害羞，也有些胆怯。

我向它们鞠了一躬。我说，对不起，我向你们道歉。

它们纳闷，不明白我的意思。我于是翻开我的羊皮外衣让它们看。它们还是瞪着天真的眼睛，不明白我的意思。我又脱下羊毛袜子，让它们嗅。它们翘着幽默的胡子，不明白我的意思。我替它们遗憾，但又替它们欣慰。

它们或许并不知道有"死亡"这回事，它们相信生命是一直向前走的，直到自己也看不见自己。

就这样，造物者通过降低某些生命的感受力，降低了它生命付出时的精神成本，从而缓解了命运的过分不公。

但是我不能原谅我自己。虽然造物者似乎已给了我许多正当的理由。

但我以为怀疑这些理由的正当性，才能证明低劣的牧场之上，还存在一种更高的理由。

否则，如此低劣的理由竟然有了正当性和绝对性，我只能说，造物者还只是一个有待进化的低劣的神灵。

最后，我向这温顺的一群，认真地鞠了躬，又摸了摸那只头羊好看的犄角，挥了挥手，告别了它们……

多年以后，我已在地下定居很久了。这天中午，我听见我的上面有脚步移动的声音。我还隐隐听见有咩咩的叫声，传到泥土的深处，传到我居住的地方。我知道了，是几只羊在我的上面吃草。

其实也没有什么特别的感觉，它们在吃草，而草的根须，缠绕并通过了我的身体，接通了更广袤的水土。

我依然在一个适当的位置参与了阳光的作业，配合了泥土的功课。我既不高过天堂也不低于地狱，我只是恰到好处地隐藏了自己，又恰到好处地暴露了自己，当它们再次与我相遇，看见的已是鲜美的草叶，而且恰到好处地可口。

于是我宽慰地笑了，它们从摇曳的草叶上能感觉到我的笑。一切都恰到好处。真的。

哭羚羊

你们一直在逃离。世界之外，是否有你们的世界？

就像谦谦君子，躲过了恶人，又遇上了小人，你不祥的命运里，陷阱连着陷阱。

恐惧，是你对生存的第一印象、全部印象和终生印象。

善良的草喂养了你，也教诲了你，羊，是这个充满恶意的世界里仅存的善意，就像草是荒凉戈壁的温情。

草，在世界各地教导着形形色色的学生；羊，始终是最优秀的学生。

然而也是最悲苦的学生。

这个狭窄的世界拥挤着过剩的欲望，厮磨着过多的牙齿，碰撞着过量的仇恨，也发酵着过多的贪婪。

弱肉强食，一直是牧场里不变的公理。

上帝，只是人的上帝，他并不曾改造过一头豹子，让它对身边的弱者学会仁慈。上帝管理牧场的方法，其实很简单：让牙齿们自治。牙齿一律平等。但尖锐的牙齿比别的牙齿享有更大的平等。

但你只是草的学生。在血淋淋的牧场，你始终不会仇恨。在恶面前，你始终不放弃善，你始终不知道恶有什么价值，你始终不知道用恶来保护自己的善。在温柔的草面前，你用不着改变自己的生活方式。

然而，世界的秩序不只是草的秩序。世界比草复杂得多，也狰狞得多。

在你单纯的眼睛里，世界不就是风中摇曳的草吗？而活着，不就是欣赏草、品尝草、逐草而生、伴草而眠吗？

草之外，那么多牙齿向你包抄过来。

牙齿、牙齿、牙齿……

草的学生，善良、谦卑、柔弱的学生。

你选择了出让。

在逼仄和凶残的牧场，总得有出让者，总得有吃亏者，总得有一些心，把更多的苦吞咽下去，让牧场松一口气，不至于闷死。

你把森林出让给虎、豹。

你把旷野出让给狼、狐。

你把草原出让给炊烟、马蹄……

但是，得寸进尺的命运仍然不放过你。

你继续出让，你出让了最后一条溪涧，出让了最后一座青山，出让了最后一点草野。

这个穷凶极恶的世界，连一把草都不给你了。

最后,你准备出让整个世界。

你逃到了缺草、缺水、缺氧的生命禁区,世界把它仅存的善,抛到了险恶的高原。

然而,贪婪的人眼、钱眼和枪眼,仍不放过你,仍紧盯着你。

再无地方可逃了。下一步,只有逃向天空。

我真切地体会着也承受着一个孤弱生命的悲苦处境和悲凉心境——

羚羊啊,在鲜血浸染的高寒悬崖,你们一定含泪仰望着天空:天空啊,收走我们吧……

善良被逐出世界,还剩下什么?

——当然,还会剩下那条价值数万美元的羚绒披肩。尊贵的女士,我代表无数惨死的羚羊向你致意,血腥的美学装饰着你的身份你的虚荣。你陶醉于绅士们的恭维和调情,你当然听不见,在你美丽的肩膀之外,在海拔六千米之上,在寒冷的风里,那一声声惨烈的号叫,那剥皮的过程——

你知道吗? 你那天使般雍容华贵的形象,是由怎样的"美学家",进行了最凶残的设计……

从市场的羊到天上的羊

一

文明有其尴尬之处。文明的尴尬,就是文明的难言之隐和二律背反。

文明包括对营养的寻找和辨别。包括对营养来源的处理,包括猎获、放牧、加工和烹调的工艺。

文明包括对一只羊或一群羊的处理。

文明包括人的信仰,包括人对自己为了生存不得不采取的必要野蛮行为的制约、反省、净化,其中也有难以避免的掩饰和美化。

文明,包括欣赏和怜惜一只羊,也包括怀着不忍之心对一只羊的剥皮和烹调的过程。

文明的难言之隐,就是文明的二律背反:文明必须通过适度的野蛮和血腥,才能维系文明的进程、规模和水准。反过来,文明又必须对自身的野蛮和血腥做出真诚的反省和节制,才能保证文明的可持续性和文明的诗意含量,也即文明体系里要保持比较高级的心灵和情感含量,从而使文明不仅仅是物质的华丽而浅薄的堆积,不只是冷血的技术、狂热的消费和浮浅的娱乐,而且要有代表宇宙最高觉悟的精神元素、道德元素、智慧元素和诗意元素。

尽管如此,文明又永远无法完全摆脱自然的定数,无法超越生物链和食物链的圈套。

我们所谓的文明,是不得不在生物链和食物链的严酷规定下,展开的生存活动和对生存活动的反省、沉思、感激、忏悔和试图超越食物链而不间断进行的心灵的挣扎和飞翔。

世世代代的心灵都做着试图超越生物链的真诚努力,都试图高高地自由地飞翔,然而一次次又回到了生存的原地。

生而为人,我们向往纯粹的生命舞蹈,我们向往诗意的澄明状态,我们向往神性的完美境界,然而,我们无法企及神位,我们无法莅临仙境,大地的引力和生物链的囚笼,一次次让我们返回地面,返回尘埃,返回琐碎与苦恼,返回生存不得不面对的无穷麻烦和小小悲欢。

我们一次次回到原地,然而自由的心灵仍然与不自由的生物链做着严酷的拔河运动,我们的心灵继续做着泅渡的努力,试图抵达彼岸。

我们不甘于将唯一的此生,都抛掷在生存的尘埃里;我们不甘于将自己的灵与肉,全部交给生存的囚笼,我们的心灵总是做着自由的挣扎、超越和飞翔。

我们捕获了无尽的羊，又消失了无尽的羊，最后，连我们自己也一茬茬消失了，不知所终。

然而，羊又一茬茬回来了，我们也一茬茬登场了。

羊还是那些羊，人还是那些人，牧场还是那些牧场。

于是，我们继续放羊，继续欣赏和怜惜羊，同时，继续处理、加工和烹调羊。

我们继续在生存的牧场上反省、沉思、感激、忏悔，继续进行心灵的挣扎和飞翔。

于是，文明继续进行。文明的难言之隐和二律背反，继续进行……

二

为了谋生，一个十分善良的人不得不做了屠夫。

他每天杀羊不下五只，一年将近两千只，五十年，十万只羊，都在他刀下次第走失。

几乎是十个军的羊群，齐刷刷浩荡荡，十个军的大部队，从他手下开进了天堂。

一个善良的人，却不得不以杀戮为业，这是多么纠结和矛盾？

每天，他必须说服自己那难以被说服的不忍之心，然后，才开始磨刀。

他把刀磨得很锋利,锋利的刀刃上,有他的同情、怜悯和不忍。

"刀越锋利,它们走得越快,它们还没来得及恐惧和疼痛,就走了。"

在他的工具理性里,饱含着哲学的深度和宗教的情怀。

在他的貌似坚硬的刀把上,镶嵌着看不见的仁慈。

三

在市场上,我们只看见一个老练的屠夫在操刀杀羊。

我们看不见他柔软的心里,一次次被划伤。

刀举向羊之前,他首先因疼痛而战栗了,但他必须克制住自己的战栗。

一个老是战栗的人,无法扮演合格的死神。

一个克制了战栗的人,才是一个仁慈的死神。

"只有我的心不颤,手不颤,羊才不颤,羊才会平静地走到最后。"

"我的心变硬了吗? 其实不是。我的心的外面,可能包了一层薄薄的硬壳,但它更好地保护了我心里的柔软部分,避免了我的心完全变硬变冷。"

"有这点硬壳包着,我的心里面柔软的部分,可能更柔软了。"

"甚至比那些从来不曾操过刀的君子们的心肠,可能还更柔软些,因为我曾经听说,某些君子的心肠,是很阴冷狠毒的。"

四

他白天操刀杀羊,晚上,收拾了摊子,收拾了刀,他就读书、读诗,还不停地写诗。

操刀的手,握起了笔,这时候,他感到,那双真正属于自己的手,才返回到了自己的身上。

"这双手才是我自己的手啊。"

白天那双手就不像是自己的手。

再一想,不对,凭什么我就只能是这双手?而非要让自己不喜欢的手长在别人身上?

既保证自己吃肉,又保证自己远离操刀、杀羊、切肉的现场?

让别人去操刀? 让别人野蛮着别人的野蛮?

自己则只能握一支笔在手里? 文雅着自己的文雅?

这两双手,其实都是我的。

操刀的手,养活着我的身体,维持着生存的基础部分。

握笔的手,抚摸着我的心灵,打捞和记录着内心的倒影、内心的痛感和内心起伏的波澜。

这两双手,其实都是我的。

这两双手,其实是所有人的。

这两双手,其实都是人类的手。

这两双手，其实就掌控着我们的所谓文明。

五

白天，一个理性的我、工具的我、市场的我、谋生的我，在操刀忙碌，在忙着剥皮、放血、剔骨、切肉的琐碎工作。

而被压抑的那个感性的我、审美的我、哲学的我、信仰的我、诗意的我，则在市场的角落沉默着，疼痛着，战栗着，沉思着。

而当到了夜晚，黑夜拉开它永恒的大幕，星空点亮无数神灯，银河奔流着亘古的波涛，流过小小的尘世的屋顶，流过我小小的屋顶。

明月伏在我的窗口，北斗的酒杯递给我天国的美酒，此时，永恒赶来访问我，永恒就在我的窗口，永恒与我面对面碰杯。

当然，明月看不见那把杀羊的刀子，北斗也看不见人世的鸡毛蒜皮和琐碎的烦恼。但是，我，尘世的一个小小的屠夫，我看见了明月，我看见了北斗，我横渡着银河，我听见了永恒的暗示和呼唤。

于是，在这样的星月之夜，我写下了一行行诗句。

在刀的附近，我，一个屠夫写下的诗句，证明一个屠夫的身体里，居住的那颗心灵，是诗意的心灵。

诗意的心灵是远远大于屠夫的，也是远远高于屠夫的。诗意的心灵，高于市场、高于尘世，也远远高于古今中外的一切帝王。

这就是说,白天,操起屠刀,我是一个工具,我是一个养家糊口的屠夫,我是一个商人,我是一串冷漠的数字,我是一篇枯燥的应用文。

而在夜晚,我放下了刀,我那一直盯着羊皮羊骨羊肉的眼睛,此时才抬起来。我的目光,高出了市场,高出了尘世,我开始仰望星空,我开始倾听心灵,此时,我看见了无限,我看见了永恒,此时,我是情感,我是思想,我是同情和柔软,我是悲悯之心,我是一首意味深长的诗。

六

白天混迹市场,操刀杀羊,晚上仰望星空,提笔吟诗。市场与星空,买卖与审美,算计与灵思,卖肉与写诗,屠夫与诗人,这冲突的角色很难协调扮演吧?你的心情,怕是……怕是很复杂吧?

"岂止复杂,我的心情,时常起伏涨落,时常呼啸汹涌。"

"有时,我也羡慕那些完全把自己工具化的职业屠夫,他们用刀子一点点剔除掉自己内心里的那些与职业相冲突的情感和联想,因为这会影响他们杀猪杀牛杀鸡杀鸽子杀羊的效率,进而影响利润。他们当然不是人品有问题的人,他们只是以职业的需要和市场的逻辑,剔除了生命和情感中柔软的、深邃的、诗意的、微妙的部分,从而让自己符合标准化作业和格式化的市场要求。"

"但是,人的心灵和情感,只有在非标准化、非格式化的状态下,才会变得丰富、深沉、热烈、柔软、温存、浪漫和可爱。完全的标准化和彻底的格式化,是对生命的异化,是对心灵的钝化,是对情感的简化,也是对诗意和审美感受力的删除和取消。这对人的心灵和情感来说,是很可惜的,也是很荒谬的。"

"但是,由技术和市场主导的现代社会,就是一个标准化和格式化的社会。"

"这是人类文明的两难处境。文明的最高境界是实现人的解放和人的本质力量的全面发展。而技术要求从业者必须符合标准化要求,如同市场要求它的产品必须符合标准化的指标。无法标准化的心灵和同样无法格式化的感情,却不得不服膺标准化的技术和格式化的市场,从而情感被萎缩,心灵被打折,想象和诗意的翅膀被剪掉。人的本质力量不得不受制于物化的外在力量,从而,幸福感、自由度、舒适度、丰富度反而因技术和市场的升级而下降了。"

"当然,我只是有时候羡慕一下那些职业化标准化的已经不怎么动感情的屠夫,但是,回到我自己,我一方面不满意自己理性欠缺而感性有余,影响了我的市场效率,但另一方面,我又为此而庆幸,多亏了理性没有完全控制和绑架我,才使我的生命和内心里,还保持着较多的情感、思想和柔软的部分,也就是保持着一些诗意的部分。在标准化的技术和格式化的市场之外,我保持了一份诗意的情怀。"

"在冰冷的屠刀之外,我还有一颗柔软的诗心。"

"其实，我没有赚到多少钱，不过，我不在乎钱多钱少，能比较自在平安地活着就行。"

"在生存之外，我还保持着一颗柔软的诗心。这可能就是我此生赚取的最大也是唯一的一笔利润。"

七

五十年，十万只羊，十个军的羊，浩浩荡荡的大部队，都从你手下，浩浩荡荡开进了天堂。想到这儿，你的心里，怕也不是个滋味吧？

"很不是个滋味。你想想，嚓，那么一下子，一个个鲜活水灵的生命，就阴阳两隔，就生死交割，就走了。是我自己一直在做这个事情，我心里会有好滋味吗？"

"所以，每天晚上，我读书读诗写诗，我一方面是在过我的精神生活，满足我天性里精神的需要和审美的饥渴，另一方面，这也是一个仪式，一个忏悔的仪式，一个洗涤内心的仪式，一个为生命祈祷和送行的仪式。"

"我用诗为生命送行，为那些我对不起的羊送行。"

"你想想，它们欠我什么了？我却把人家命要了。怎么说，也是我对不起人家。"

"但是，就像我前面说的，我的两难处境，恐怕也是整个人类的两难处境，也是文明的两难处境。"

"我白天用刀杀了它们，晚上，我用诗来祭奠它们。它们为我们生，为我们死。我不忍心让它们白活了也白死了，我用诗来忏悔我自己，我用诗来追悼它们，祭奠它们。"

八

"我常常想，我们的文明应该变得更美好更高尚更善良一些，才对得起那么多为我们付出牺牲、为我们忍辱负重受苦受难的生灵们。在我们自己能够生存得不错的情况下，尽量不再伤害别的生灵，而是多给它们一些空间，多给它们一些尊重，多给它们一些福利。我想，我们这样做了，大自然和生灵都会感激我们，从而更好地庇护我们。这样，我们的文明，才会少一些血腥和暴虐，而多一些温暖和仁慈。宇宙和自然万物哺育和照料着我们，我们理应对宇宙和自然万物怀着一份敬意和感激。我想，古人说的'厚德载物'，不仅仅是说宇宙和天地厚德载物养育了我们，另一层意思是说，人反过来也要厚德载物，用感激之心、回报之德，反哺宇宙和天地万物。只有这样，人和万物才能彼此映照，互相搀扶，生生不息。"

"我这多半辈子，手里没有离开过刀，心里没有离开过诗。刀，让我反省和忏悔；诗，让我净化和升华。"

"在刀与诗之间，走过去一茬茬羊。那么，我写的诗对羊意味着什么呢？我有时就想，羊走了，其实它们没有消失，我把羊安葬在我的诗里了。"

九

我今年快七十了。已经放下屠刀,尚未立地成佛。因为,我还需要好好洗礼,好好修行,我身上的血腥味儿才能慢慢散去。人要做到身净如月、心清如莲、吐气如兰,才算有了佛性,他写的诗,才不是一行行没有灵性的句子,而是真正从心灵里开出的莲花。

几十年里,我长长短短写了将近十万首诗,有的十行八行,有的三言两语,有的是一声叹息,有的是一点感悟,有的是一种隐喻,有的是一句忏悔。也许不一定算是诗吧,只是一个屠夫的分行手记而已。

我用我写诗的手,洗刷和安慰我操刀的手;我用诗,为可爱的不幸的羊们安魂和送行。

大半生的日子变成了十万首诗,我算了一下,平均一只羊有一首诗。我要公平对待它们,它们一样的生死,每一只羊,都应该在我这里得到一样的诗,一样的悼词,一样的纪念。

我快七十了,人迟早都是要走的。那么多羊都走了,就我赖在世上? 我想赖,也不可能永远赖下去呀。

我就想,有一天我走了,那是我去天上向羊道歉去了。

十

我走的那天，我一定要把我为羊写的那些诗带到天上去，然后，我见到了那些羊，它们都是灵羊，我们不是一直这样叫它们是灵羊吗？到了天上，它们在天神的点拨下，果真都成了懂诗的羊，成了有智慧有仙气的灵羊了。我就一首一首向它们朗读，它们听着我为它们写的诗，一个个都很开心，很感动，很欣慰。

它们没有埋怨我，就像它们在尘世那样，它们善良到不知道埋怨，不知道记恨。

从它们安详、清澈、仁慈的眼睛里，我猜到了它们的心思：它们是这样想的——我这个送走它们的人，只是不得已执行了一种天命，并不是我跟它们有什么过不去，所以它们根本不怪我。而且它们宽厚地认为，我安排它们首先到天上去，而把我自己留在尘世里继续辛苦操劳，继续为执行天命而服役，它们认为这是我通过虐待自己而成全了对它们的一份厚爱。它们认为，我最终带着满身疲倦和尘土来到天上，是代表仁慈的人类来看望和问候它们。

羊，真善美的羊，就是这么真诚，就是这么善良，就是这么美好。无论在尘世在天上，它们都是真的羊，都是善的羊，都是美的羊。

看见羊对我这个屠夫如此宽厚善良，我泪流满面，我感激的泪水，洒满了银河两岸。

那天晚上,银河两岸的莲花都开了。

十一

于是,在天上,在我见到可爱的羊们的那天晚上,在我把心灵的诗篇读给羊们听的那个晚上,天上的四面八方都回荡着羊的诗篇羊的美谈羊的歌唱。我感激的眼泪和诗的潮水,漫过了宇宙的荒滩,天上第一次出现了心灵的海洋。同时,诗的深沉意境和温暖波浪,感染了许多野蛮星球和荒凉社区,首先引起了白羊星座的热烈反响,诗意的光芒照亮了这个星座的所有森林和牧场;接着,天狼星座的狼们,迅速弃恶从善,变成了善良的羊;而猎户座的猎户们,都放下了猎枪,第一次知道除了好吃的肉之外,宇宙中还有一种更高级更可爱的心灵食物——一种叫作诗的可爱粮食,于是,他们放弃打猎,放弃射击比赛和猎捕竞争,放弃酒肉拜物教、权力拜物教和金钱拜物教,开始培育绿色食品,开始研究精神哲学,开始追求心灵信仰。他们一边播种,一边沉思,很快学会了在辽阔星空下读书、吟诗,学会了为爱情和信仰而歌唱。

那个夜晚,整个银河都变成了诗的广场。

当时的天上,喜气洋洋,情意洋洋,暖意洋洋,爱意洋洋,诗意洋洋。

只是,我已经无法返回人间,向各位报告天上的盛况……

羊词典

【草地】天堂。今生和来世，我们只留恋这里。我们很少东张西望，我们很少去别的地方串门。

【河流】不只我们流泪，大地的忧伤由来已久。

【白云】我们的父母和兄长们，陆续都不见了，我们到处打听他们的去向。原来，他们去了那么高的地方，参观我们吃草哩。

【高山】山不在高，有草就是神山。自古以来，我们就是山神。

【牧羊人】它是上级任命的我们部落的首领，行政一把手；头羊是我们公选的，协助首领工作，负责日常事务，行政级别：二把手。

【公羊】多长了一件东西，惹出了很多麻烦，也制造了很多羊。

【母羊】少长了一件东西，多了很多责任、义务、辛酸和慈悲。

【闪电】上苍的手术刀，主要用于解剖乌云，也常常吓唬和提醒我们：非礼勿视，非礼勿听，非礼勿言，非礼勿想，非礼勿吃，非礼勿动。在黑夜的手术台上，高山、大地、河流，都被它做过切除手术,至于切除了什么,我没看出来,但是第二天我发现,宇宙的气色显然清爽多了。

【天空】假若天空倒扣下来做了土地,也能长出青草吗? 我很怀疑。所以,虽然我们经常仰望天空,但我们并不想上天。就待在地上还是不错的,一到春天,到处都是离离原上草。

【下跪】不是我们缺钙、痛风或患有腿疾。对我们的母亲和很多事物,我们都心存感激,我们让自己低到尘埃里,哪怕是一块土一片草叶一滴露珠,它们养育了我们,它们都远远高过我们自己。

【山泉】我们见过很多很多眼睛,这只大眼睛最好看,可是,它为什么老是哭呢?

【溪水】我们发誓,水不是我们搅浑的,不信?你去问问上游的水仙和蜻蜓。

【瀑布】看来,谁都有想不开的时候。性格那么开朗的水,硬是跳崖自杀了。唉,临走时那声叹息,到现在仍令人心惊……

【小路】路不在大小,踩着这条小路,我们找到了青青草地。这说明,羊肠小路,也能通向天堂。

【大路】路的确不在大小,沿着这条大路,卡车把我们押送到城市的屠宰场。这说明,高速公路,并不通向天堂,它通向与天堂相反的另一个地方。

【村庄】我们的故土、乡亲、相好,都在那里。故土已被拆迁,乡亲已经走散,相好也被拐卖,现在我们离乡背井,在乡土的废墟上苟延残喘。咩咩咩,咩咩咩,我们的乡愁,我们思乡的长叹,谁能听懂？

【牛】我们经常在草地上、在山上见到它们。我们语言不通，但信仰、品德和生活方式近似。善良是我们的别名，忠厚是它们的别名。虽说，善良是善良的座右铭，忠厚是忠厚的通行证——这是令我们欣慰的；然而，善良是善良的准死证，忠厚是忠厚的墓志铭——这却是我们没想到的。

【驴】我们是世交和朋友。当然，自古至今很少说话。我们语言不通，我们是忘言之交。君子之交淡如水，草民之交淡如草。我们在同一个草地遇见了，它让出一半春天给我，我让出一半夏天给它。我们心照不宣，我们心里有数，我们心里有感情。我们的友谊，如雨水后的青草，更行更远还生。它的脾气有点犟，我劝过它：我有犄角，都当作艺术摆设了，你连个犄角都没有，犟啥子啊？它笑话我：你娃白长个犄角，像邻居三岁小娃拿个玩具手枪，吓唬希特勒，把全人类都逗笑了。我说：驴兄，我就是逗人类发笑的，笑一笑，他们心肠就软了。驴兄，你也逗逗人类吧。驴哥听我的话，果然，它就立即打了几个伟大而可笑的喷嚏，把整个春天都逗笑了，把附近学校上学的小学生都逗笑了。十万群山都回荡着驴的豪迈悲怆的伟大喷嚏。

【猪】我和它们很熟，虽然见面机会不多。我牵挂它们，它们是厚道老实的兄弟。唉，我们命不好，它们命更苦，它们偶尔跑出来瞅瞅原野和春天长什么样子，多数时候都被软禁在猪圈里。读万卷书，可惜它们只浏览过一卷食谱；行万里路，可惜它们只丈量过一间黑屋。稀里糊涂活一世,见识和阅历是太少了些。不过,话说回来,我们翻山无数,涉水无数,受苦无数,一生吃斋食素,一生谦卑温良,一生对人感恩戴德,见多识多情多义多,到头来,还不是与猪啊,牛啊,驴啊,搭乘同一辆闷罐子卡车,齐刷刷送进城市,嚓嚓嚓,带电的死神来了。我们抖个不停,我们好害怕啊……

【鹿】可能是一种麒麟。它也吃草,经常和我在一个草地进餐。看来,神圣的事物,并不需要特供食物来喂养。你看它吃着草,却出落成了麒麟的形象,让我看到了天国里模范公民的范儿。

【人】天天吃肉喝酒,据说那是上帝批给他们的特供食物,据说上帝要把他们培养成高贵的天使。虽然他们吃香喝辣披金戴银,享受着上帝的特供和厚爱,然而,至今,他们还是两条腿撑着一堆赘肉在地上晃来晃去,他们始终没有长出天使的灵魂和翅膀,飞向更高尚更干净的净土或仙界。我很为他们遗憾。咩咩咩,咩——替他们惋惜的话刚一说出口,他们就不耐烦地打断了我,他们认为我在羡慕他们。我哪是羡慕啊?我是惋惜:上帝的特供和厚爱,都是白搭,你们白吃白喝白活了,你们生是地上的人,死是土里的土。你们注定成不了天使!

【兔子】短跑冠军,嚓,就从我面前跑过去了,箭一样射向草地那边。活着,真难啊,为了吃一点草,逃东逃西,躲这躲那。跑那么快又能怎样呢?能跑到天堂去?可是,不跑又咋办呢?狼来了,鹰来了,狐狸来了,你不跑,马上就下地狱。兔子弟弟,下辈子跑到月亮上去,月宫门前,桂花树下,吴刚爷爷护着你……

【蜻蜓】飞机的一种。古典机型，上帝亲手设计制造。机舱温润，机翼柔软，无声地驶过春天的领空，然后，降落在我的背上，我毛茸茸的停机坪，喜欢接待这种型号的古典飞机。此款飞机是和平号的，永不携带导弹之类武器，只运载草絮花粉露水等温柔产品，把河这岸的春光运到河的对岸。我也想乘坐一次春天的航班，可惜，我超重了。蜻蜓说：你嘛，你就别搭乘了，我载不动重磅乘客，你就做我的停机场吧。

【蝴蝶】我喜欢它，喜欢它的色彩，喜欢它的轻盈，喜欢它的近于虚幻的美。以前，我睡着了是不太会做梦的。我那无梦的睡眠寂静得就像荒凉的宇宙。自从它在我犄角上小立，在我脊背上午睡和做梦，它那盛大的梦境将我笼罩在天国的幻象中了。就这样，我被一只蝴蝶移民到天上的花园里了。从与它邂逅的那个下午开始，从它梦见我的那一刻开始，我也学会了做梦。不过，我的梦境很简单，我的梦里飞来飞去就只有那只蝴蝶。不过，有这只蝴蝶就够了。蝴蝶的梦境里盛开着人类和我们对天国的全部想象。所以，我不需要做太缤纷太复杂的梦，我只需梦见蝴蝶，我梦里的蝴蝶会替我做盛大的梦。

【蚂蚁】多少世纪了，从公元前，从黄帝和轩辕帝那个时候开始，到孔夫子、屈原、秦始皇、司马迁，到陶渊明、李白、杜甫、苏东坡、曹雪芹们，到此时此刻，山野和一切有草的地方可以作证，放羊的大人和孩子可以作证：我的嘴边和脚下，总是忙碌着这些黑点儿，这一粒粒文字，这一粒粒重点号，这一粒粒省略号！它们在叙述什么呢？它们在强调什么呢？它们都省略了什么呢？这是我永远弄不明白的。也许，很有可能，一切的生灵们，都被这重点号一再强调着，也被这省略号一再省略着。一千年，一万年，一亿年，都被这永恒的省略号永恒地省略了——虽然，在彻底省略我们之前，它们认真地打着重点号，认真地强调过我们的重要性……

【城市】钢筋水泥修筑的大型碉堡。汽车、火车、摩托车、消防车、灭火车，最落后的装备也是电气化的电动车。全体人类都是机械化部队和电子化部队的战士，都坐在战车上风驰电掣地狂奔啊狂奔。也许要爆发第三次世界大战了，但是，又不大像，因为，有时我看见他们坐在战车里嘻嘻哈哈地刷着微信微博。可是，他们如此全副武装，开着战车昼夜进军凶猛狂奔着，他们要向哪里冲锋呢？他们究竟要抢占什么呢？

【汽车】这个甲壳虫，比草地上我们见过的甲壳虫大多了。但也只是个大个子甲壳虫，而已。

哦，我看见了，甲壳里面坐着一坨软肉，在开着甲壳奔跑。哦，仔细一看，不是软肉，是牧羊人家里的大娃，我是看着他长大的，一不留神，他却钻到甲壳虫肚子里去玩耍了。在阳光下的草地上奔跑歌唱多有意思啊，钻进甲壳虫的肚子里有什么好玩的呢？看来，人长大了，就更没名堂了。

【火车】它从我旁边走过时，我停下来，让它先过去。它以为我很尊敬他，以为我在礼貌地为它让路，它汽笛长鸣，向我长时间连声感谢。其实，我并不尊敬它，我是怕它。我胆子小，草地上的节节虫,我害怕。铁轨上的节节虫,我更害怕。

【飞机】至今,我不羡慕任何交通工具。最好的交通工具,还是我忠实的腿和亲爱的蹄子,它把我从冬天运输到春天,从荒滩移民到草地。而且,我们自身携带的交通设施,不会导致任何交通事故,除非人类的车辆放肆捣乱。我们种族与人类的航空公司没有签订任何商务关系,所以我们的领空很安全,自古至今没有空难。

【钱】我看见那个人掏出几张彩纸,数了一下,递给我的主人,我的主人点点头,那人拉上我就走,我一眨眼就成了这个人的了。那几张纸上写的是什么呢? 那几张纸是上帝写的亲笔信吗? 那几张纸真厉害,就那几张纸,把我这一辈子,一笔就结算了。

【刀子】明晃晃的,像一种黑暗到极致的光明;冷冰冰的,像一种温暖到极致的冷酷;那么锋利,像一种关切到极致的疼爱;那么果断,像一种仁慈到极致的交付;那么精准,像一种思慕到极致的对灵与肉的最后认领和完全的占有——嚓,我的鲜血喷溅,我的身体抽搐,我的灵魂战栗——我的主人,我的恩人,再见了,我到你灵魂的客厅里做客去了,我到你身体的宫殿里报答你去了,我和你灵肉交叠融为一体了……

【屠夫】他一点也不残忍。我总会有这一天,有这一刻的。他是人间派来送我的人,他是天神派来接我的人。他赶来接我走远路呀。他若不来接我,我知道我该往哪走呢? 他若不来接我,万一我走不出自己的命运迷阵呢? 万一我走失了呢? 他是来接我上路的。我看了他最后一眼,他看了我最后一眼。我记住他了,我的天使,我的领路人，我知道你来领我上路了。我记住了你仁慈的形象和同情的眼神，我记住了你的手和你手上的温度，感谢你用温暖的手最后一次抚摸我。我看见了你手里的刀子，我知道你没有更好的办法领我走出命运的迷阵，我体谅你，那么硬的刀柄一次次硌疼了你的手，你慢些，不要划破了你的手，你的手还要翻书、记账、搀扶老人和孩子，还要偷偷擦拭眼泪，还要在老了后自己搀扶自己、自己抚摸自己的。你慢些，不要让刀子碰伤了你的握着许多责任和辛苦的手。我触到你手上的老茧了。我苦，难道你不苦？我艰辛，难道你容易？我有今天，难道你没有明天？我体谅你，你没有更好的办法领我走出命运的迷阵。我记住了这最后的仁慈的手温。我的天使，我的领路人，我走了，我记着你同情的眼神，我带着你的手温，我感谢你把我领出命运的迷阵，我感谢你把我领到天堂的门口。我的天使，我的领路人，感谢你用温暖的手最后一次抚摸我……

羊不需要向人学习

那天,我在郊外原野散步,远远近近散落着一些吃草的羊,昔日的旷野已被四周的水泥楼房蚕食得只剩下逼仄的几绺碎片,远远看去,羊不像是在吃草,倒像是在钢筋水泥缝隙里叹息和哭泣。

人是有乡情和乡愁的。我想,羊以及别的生灵也有自己的乡情和乡愁,因为它们唯一的故土和家园就是土地和自然,一旦故土遭沦陷,自然被洗劫,它们就彻底没有了安身立命之所,它们的乡思乡愁也许会比人的乡思乡愁更其浓烈、深沉和悲苦。人没有了故乡,人还可以借助文化的途径,在记忆里去缅怀故人和故园,也可以在文字里虚拟一个桃花源式的乌有之乡,以安慰心魂,寄托乡愁。那么,羊和别的生灵们失去了故土故乡怎么办呢?它们的乡情乡思乡愁何以安顿呢?

我一边散步一边想着,为羊们忧虑着。我知道我帮不了它们什么忙,想也是白想,但就是止不住替它们想着。此时此刻,我这个失去故乡的人的心里,除了自己无处安放的乡愁,又笼罩了羊以及别的生灵们的乡愁。

咩,咩咩,咩咩咩……

几声羊叫打断了我的思绪。抬起头,我看见一只羊从远处向我迎面走来。

它谦恭地站在我面前,天真的眼睛里满是期待。

它要对我说什么呢?它显然是羊们派来的代表,它们可能觉得我不像是坏人,不像是贪官、贼和强盗,此人手里没拿刀子、鞭子和绳子,嘴里还念念有词,不像是在计算羊排和羊头的价钱,可能是在背诵古代的诗词——它们在古代是见过很多诗人的,李白、杜甫、李贺、李商隐、陆游、辛弃疾、苏东坡、柳永、马致远等等,它们都见过,也听过那平平仄仄的话语——所以,它们判断我不是坏人,也不是个忙人,是个闲人,于是就派了一个善于表达的羊来找我闲谈。

它们有什么事要和我商量?它们有什么心事要对我倾诉,要和我掏掏心窝子?

咩咩咩,咩咩咩……

哦,我听出来了,它是说,咩咩咩,我要学,要上学。

你向谁学呢?到哪里去上学呢?

咩咩咩,咩咩咩,向你学,向人学,到人群里去上学。

它们要向我学?向人学?要到人类的大学里留学深造?

我吓了一跳。我,以及我们,有什么值得你们学习的?学习升官发财学？学习溜须拍马学？学习趋炎附势学？学习贪婪挥霍学？学习嫌贫爱富学？学习多吃多占学？学习金钱拜物教？学习权力拜物教？学习制毒吸毒？学习坑蒙拐骗？学习坐吃山空？学习贪污盗窃？学习行贿受贿？学习买官卖官？学习吃祖宗饭断儿孙路？学习只管我活着洪福齐天哪管它死后洪水滔天？学习……我们人类的大学，有什么值得你留学和深造的？你也想弄一顶博士或博士后帽子？

眼前这位谦恭好学、对人类充满好奇心和敬畏心的哥们儿，是代表羊群来咨询我的。我得赶紧把真实的情形告诉它，我不能误导了它们，它们的生存本已十分艰难和愁苦，我不能往它们的苦海里加盐，在它们的热锅里添炭。

我说，羊，我的贤弟，其实，你过于高看我们了。你们根本不需要向人学习什么，你们天生都是很好的羊，都是善良的羊，都是优秀的羊。谦卑、善良、诚实、温和、恭敬、忍让、节俭、朴素、低碳、环保、友爱、厚道、纯洁、天真、知恩、念旧、外憨内秀、抱朴守真，等等美好的天性和品德，都在你们身上完好地保持着。你们身上天赋的美德比我多了好多。你们天性好，在后天也不会沾染什么恶习和污秽，而变成不好的羊，或变成恶劣的羊、贪婪的羊或下流的羊。你们，一辈子都是善良、温和、诚恳、本分、端庄的羊。你们不需要向我等人类学习，相反，我等人类，倒是需要好好向你们学习，弃恶从善，弃奢从简，弃伪从真，弃浊从清。

咩咩咩，咩咩，它半信半疑地望着我，以为眼前这高级的两条腿生物在故作谦虚。

这时,手机响了,短信通知:"大地伦理学和人与生灵伦理学"研讨会,定于明天准时在奄奄一息之河、摇摇欲坠之山、步步萎缩之野、岌岌可危之乡召开,为节约资源保护生态,务请低碳参会,连夜步行赶赴会场。

我只好长话短说,我摸了摸羊的犄角,俯下我麻木的老脸,挨着它清瘦的哲学之脸亲了一下,我说,亲爱的贤弟,听我的真心话吧——

不只你们羊如此,其他动物都是如此,你们都不需要向人类学习什么。比如:狗不需要向人类学习忠诚,忠诚就是狗的灵魂;牛不需要向人类学习厚道,厚道就是牛的品格;马不需要向人类学习正直,正直就是马的风骨;蚕不需要向人类学习怎样开拓丝绸之路,蚕的心里就藏着一条丝绸之路;雄鸡不需要向人类学习守时守信,守时守信就是雄鸡的天性和生活方式;母鸡不需要向人类学习母爱啊,奉献啊,热情啊什么的,母爱、奉献、热情,就是母鸡的天赋美德;燕子不需要向人类学习贞洁的婚姻观,不需要到街道办事处领取一纸婚姻证书来保证夫妻恩爱,贞洁和恩爱,就是燕子的生活态度和爱情信仰。鹰也不需要接受人类的励志教育和志存高远、志在必得的所谓成功学,这种成王败寇的成功学,误导了多少人,逼疯了多少人,把多少人教成了唯利是图、唯权是拜、唯名是追的丧失了平常心的疯子、狂人和空心人。鹰以天空为家,以宇宙为视野,以日月星辰为路灯,以风雨雷霆为教科书,以悬崖峭壁为课堂，以幽谷旷野为修身养性之地，它们独与天地精神往来，不喜欢弄一些小资情调的鸡汤啊鸭汤啊毛毛虫汤啊，弄一点雨丝云絮杯水微澜在小圈子里刷微信，不喜欢凑热闹博得几个廉价的点赞，也不喜欢向其他鸟们炫耀自己登上了万米雪山和九霄云天的惊天业绩或惊人壮举。鹰不需要用任何虚妄的成功感来自欺欺人，来证明自己的所谓存在价值和生命意义。鹰看不起任何虚名浮利，看不起任何团团伙伙，看不起任何做了一点事生怕别人不知道的小家子气和小人得志。鹰就喜欢孤独，你见过成群结队的鹰吗？成群结队的只能是麻雀。鹰就喜欢孤独，孤独地独往独来，孤独地消化风暴，孤独地历经沧桑，孤独地穿越银河，孤独地穿越生存的长夜，孤独地抚摸和自愈伤口，孤独地消化难以消化的食物，孤独地面对生死，孤独地聆听无限和永恒的呼唤，最后孤独地消融于无限和永恒。有时我想，要是人群中有人真的有了一只鹰一生里的百分之一的云中穿越和绝壁冒险的经历，那这人不知道要嚣张成啥样子，不知道要把自己膨胀成啥样子？连篇累牍的传记、讲演、视频、微博、微信、音像、广告，不知道他把自己要卖成啥天价？看看鹰吧，在天地间凌空散步的孤独而寂静的鹰，天空伟大的骑士和独行侠，它做过一次广告吗？它吹过一次牛吗？古往今来，它开过一次《鹰的冒险经历和成功传略》的首发式吗？雕虫小技，英雄不屑；虚名浮利，壮夫不为。大哉，鹰！

　　羊，我亲爱的贤弟，多亏了你们，多亏了各位动物们不善于也不屑于向人类学习，否则，这个地球早就完蛋了。你想想，狗若学会了人的虚伪多变,牛若学会了人的奸诈和不劳而获,马若学会了人的趋炎附势奴颜婢膝,蚕若学会了人的浮华懒惰,雄鸡若学会了人的言而无信,母鸡若学会了人的自私自利,自己不下蛋却借人下蛋,燕子若学会了人的见异思迁,撂下自家燕窝,却钻进别的燕窝里插几竿子,鹰若学会了人的以占有和攫取为宗教的励志学和成功学,从此只为名利金钱而战,只为升官发财而翱翔,翻一次悬崖要领十万奖金,上一次云霄要提拔成厅局级,搏击一次风暴要立一座纪念碑……

贤弟啊,你想想,要是动物兄弟们都学人类的样子,同志们,朋友们,也想一想吧,要是动物兄弟们都学人类的样子,那么多可怕,这个世界早就被吃干了,喝尽了,玩完了,早成疯人院了,早成废墟了,地球,早完球了。

贤弟,再见啦,我去开会呀。你还是去找点草吃吧,并代我向羊哥羊弟们问好致意。请放心,你们的困境和悲苦,我要写进参会的论文里,争取在"大地伦理学和人与生灵伦理学"论坛上,向大家宣读。

咩咩咩,咩咩,我走了好远,身后,一只羊还在诚恳地说着,感谢着,叮咛着……

羊与狼

狼是凶残的，羊是温柔的。但是，狼已基本灭绝，羊的家族仍然十分盛大。

狼以凶恶著称，以凶恶立身，最终也以凶恶而失败，而濒于绝境。有时，我在动物园里看见一两头狼，显得孤单恓惶，不禁有点可怜这曾经十分厉害的凶残动物，也思考这动物为何竟险些绝种？它不是那么凶吗？或许，凶，本身就是凶兆，凶者，必毁于其凶。狼是肉食动物，其基因里就种下了嗜血的本性，除了不敢吃比它更厉害的老虎、豹子、狮子，别的，它什么都想吃，什么都敢吃，吃鸡、吃猪、吃兔、吃人，当然它的家常便饭是羊，"狼来了"的故事，"披着羊皮的狼"的俗语，都记录了狼的嗜血生涯。

当然，狼的本性是造物者安排的，不是狼的过错，狼未必就心甘情愿做狼，它或许羡慕别的，但狼不能自己决定自己不做狼而成为别的，如同我们人也不能自己决定自己不做人而去做神做仙。所以，从人的眼光来看，狼身上好的品性不多，它太凶残了，也许一头完美的狼恰恰就是一头凶残的狼。没有办法,谁让它是狼呢?

我在这里指责狼似乎没有任何道理。我是想说:狼的悲剧、狼的失败,说到底是因为它太凶残。谁都怕它,羊怕它,猪怕它,狗怕它,人怕它,甚至老虎、豹子、狮子也怕它,怕它把天下的肉都吃完了,它们吃什么? 由怕而厌烦之、提防之、由怕而躲之、避之、杀之、灭之。众多生物的意志会合成大自然的意志,狼终于被淘汰出局。在生物大合唱里,狼如今只能发出微弱的悲声。太凶了,凶必毁于凶;太狂了,狂必败于狂;太贪了,贪必死于贪;太硬了,硬必折于硬;太猛了,猛必溃于猛。侵略性太强,仇恨和敌意太多,不说一般的生命承受不了,接受不了,就是万能的大自然又怎能接受得了太多的狰狞太多的贪婪太多的强暴? 可以说,狼除了爱自己,对其他生命,对整个世界从来是怀着仇恨和敌意。仇恨和敌意,本身就是一种毒素。一个物种,如果老是怀着仇恨和敌意,它就不仅毁损别的事物,最终它会毁掉自己。因为说到底,整个大自然,看起来万物都是自生自灭的,其实都遵循着一种庄严而恒定的"道",才形成一种伟大而和谐的秩序。某个物种,某种生命,某种存在,如果过于强悍、过于霸道,超出了大自然的"道",就必然受到抑制或惩罚,大自然正是通过这种方式,不断修复、调适和维护自己的秩序。

谁愿意与狼交朋友呢? 谁敢养个宠物狼呢? 你敢吗? 谁敢与仇恨和敌意做邻居呢?

"上善若水,水利万物而不争""厚德载物""德不孤,必有邻",是古圣先贤的教导,是古人推崇的高尚道德境界。

狼显然既不"上善",更非"不争",更无"厚德",因而注定无邻。狼似乎不具备大自然和生命的任何美德。

相反,羊是善的化身,一生一世以草为口粮,素面朝天,素食养生,素心处世,渴了只要几口清水,饿了只要一把青草,困了只要一场无梦的睡眠,除此之外,不要任何多余的东西,不存任何非分的妄想,不伤害任何生灵,它跪着吃奶,低着头领取大地的礼物,对养育它的一切,都懂得珍惜和感恩。它真正做到了:生时只要一把草,死后不占半寸地。

羊的简单、纯洁、善良、无害的一生,实践了最高尚的生命道德。羊,是一种伟大的动物。

我有一个习惯,常常在夜深人静时,熄了灯,默默地沉思冥想一会儿,想想无边的宇宙,想想大自然和万物,想想许多生灵对我们的恩情,想想它们世世代代对我们付出的牺牲,思到深处,我不禁心肠柔软,满心慈悲,眼睛潮湿。

只要大地上有草、有雨水,就必然有羊。

我们应该感谢,在人的短暂的一生中,遇到了很多好伙伴,它们陪伴着我们,也养活了我们,它们身上禀赋的那些美好的天性,也教育着我们——

我当然说的不是狼,而是羊——那善良的、纯真的、温和的,热爱着青草和露水,热爱着清洁、简单生活的羊。

人群跟随在羊群后面,漫过去,又漫过来,构成了世界牧场的风景……

羊的眼睛

羊的眼睛单纯极了,那真正是孩子的眼睛。我多次站在或蹲在羊面前,看它的眼睛,那是一片晴空和月色,那是没有被污染的大自然的眼睛。奸商、奸臣、恶棍、市侩、势利眼、骗子,在这样的眼睛面前应该感到自己是多么脏,多么混浊,多么邪恶,多么不地道,不仅失去了人之为人的本真,而且连动物也具有的纯朴的自然属性都丧失了,说他不是人,是在骂他;说他是动物,简直是抬举了他——动物所具有的诚实、质朴、单纯,他有吗?我最爱看羊低头吃草的样子,它咀嚼得那么认真,仿佛不是在为自己,而是为着一个更遥远的目的,它最喜欢有露水的青草,它带着欣赏的神情品味着大自然的礼物。我忽然明白了,一个以露水、青草为食物的生命,它的性情里肯定也带着露水的纯洁和青草的芳香。我想,这大约是羊天性良善的原因,这大约也是羊总被狼吃的原因。食草动物常常要输给食肉动物。我不禁为羊忧虑起来:羊的悲剧就这样演下去?但是,羊对此浑然不觉,羊的那双孩子般的眼睛,仍在寻找露水和鲜美的植物。

一 动物记 一

第二辑

写给猪狗的赞美诗

小 白

我怀念那条白狗。

它是我父亲从山里带回来的。刚到我家,它才满月不久,见人就跟着走。过了几天,它才有了内外之分,只跟家里人走,对外人、对邻居它也能友好相处,只是少了些亲昵。我发现狗有着天生的"伦理观"和"社交能力",不久,它就和四周的人们处得很熟,连我也没有见过的大大小小的狗们也常在我家附近的田野上转悠,有时就汪汪叫几声,它箭步跑出来,一溜烟儿就与它的伙伴们消失在绿树和油菜花金黄的海里。看得出来,它是小小的狗的群落里一个活跃的角色。我那时在上高中,学校离家有十五里,因为没钱在学校就餐,只好每天跑步上学,放学后跑步回家吃饭,然后又跑步上学,只是偶尔在学校吃饭、住宿。我算了一下,几年高中跑步走过的路程,竟达一万多华里。这么长的路,都是那条白狗陪我走过来的。每一次它都走在我前面,遇到沟坎,它就先试着跳过去,然后又跳过来,蹭着我的腿,抬起头看我,示意我也可以从这里跳过去。到了学校大门，它就停下来，它知道那是人念书的地方，它不能进去，它留恋地、委屈地目送我走进校园，然后走开，到学校附近的田野里逛游，等到我放学了，它就准时出现在学校门口，亲热地蹭着我，陪我从原路走回家。我一直想知道在我上课的这段时间里，它是怎样度过的，有一天我特意向老师请了一节课的病假，悄悄跑出校园观察狗的动静。我到食堂门口没有找到它，它不是贪吃的动物；我到垃圾堆里没有找到它，它是喜欢清洁的动物；我在公路下面的小河边找到它了，它卧在青草地上，静静地看着它水里的倒影出神。我叫了它一声"小白"(因为它通体雪白)，它好像从梦境中被惊醒过来，愣愣地望了我一会儿，突然站起来舔我的衣角，这时候我看见了它眼里的泪水。那一刻我也莫名其妙地流出了眼泪，我好像忽然明白了生命都可能面对的孤独处境，我也明白了平日压抑我的那种阴郁沉闷的气氛，不仅来自生活，也来自内心深处的孤独。作为人，我们尚有语言、理念、知识、书本等等叫作文化的东西来化解孤独、升华孤独，而狗呢，它把全部的情感和信义都托付给人，除了用忠诚换回人对它的有限回报，它留给自己的全是孤独。而这孤独的狗仍然尽着最大的情义来帮助和安慰人。这时候狗站在我身边，河水映出了我和它的倒影。

后来我上大学了，小妹又上高中，仍然是小白陪着妹妹往返。妹妹上学的境遇比我好一些，平时在学校上课、食宿，星期六回家，星期日下午又返回学校。小白就在星期六到学校接回妹妹，星期日下午送妹妹上学，然后摸黑返回家。我在远方思念着故乡的小白，想着它摸黑回家的情景，黑的夜里，它是一团白色的火苗。有一次我梦见小白走进了教室，躲在墙角看着黑板上的字，它也在学文化？醒来，我想象狗的脑筋里到底在想什么，它有没有了解人、了解人的文化的愿望？它把自己全部交给人，它对人寄予了怎样的期待？它仅仅满足于做一条狗吗？它哀愁的深邃目光里也透露出对人、对它自己命运的大困惑。它把我们兄妹送进学校，它一程程跑着周而复始的路，也许它猜想我们是在做什么重要的事情，我们识了许多字知道了一些道理，而它仍然在我们的文化之外，它当然不会嫉妒我们这点儿文化，但它会不会纳闷：文化，你们的文化好像并没有减少你们的忧愁。

后来小白死了，据说是误食了农药。父亲和妹妹将它的遗体埋进后山的一棵白皮松下面，它白色的灵魂会被这棵树吸收，越长越高的树会把它的身影送上天空。那一年我回家乡，特意到后山找到了那棵白皮松，树根下有微微隆起的土堆，这就是小白的坟了。我确信它的骨肉和灵魂已被树木吸收，看不见的年轮里寄存着它的困惑、情感和忠诚。我默默地向白皮松鞠躬，向在我的记忆中仍然奔跑着的小白鞠躬。

狗与乡土

一

　　狗是大地上的古典主义者，骨子里最喜欢古老的乡土，喜欢白墙青瓦、桃红柳绿、鸡鸣鸟叫的村庄，喜欢传统农业，喜欢四季分明的农事，它虽然不解农事，但它一直试图理解并想加入农事，我们经常看到农人后面跟着一只或数只狗，它们或走在田埂，或卧于地畔，总是用尊敬、羡慕、求教的目光观察农人的耕作，虽然它的研究自古迄今似乎没有多少进展，但这至少透露了狗对土地、农业和农人的宗教般的崇拜。被一些浅薄人、势利眼一向瞧不起的朴素勤劳的农人，在狗的眼里却是真正的唯一值得崇拜的神灵：他们为什么就那样千年如一日地不辞劳苦呢？他们为什么就那样能干呢？硬是无中生有地在土地里发明出那么多好看的好闻的好吃的好喝的？它怎么花了千万年时间也看不懂学不会一点点呢？农人不是神谁还能是神呢？可以想象，狗的内心里一定汹涌着对农人的原教旨主义般的狂热宗教崇拜。

狗不仅是坚定、虔诚的乡村古典主义者,也是热情、积极的浪漫主义者,它喜欢率性散漫、自由自在,喜欢通俗的狂欢,只要发现哪里有什么动静,它都会赶去凑凑热闹,并发表几句未必准确却也并非全然凌空蹈虚、不着边际的议论。在乡村的任何一个节日、聚会,以及婚丧嫁娶的仪式上,都少不了狗的身影。狗其实早已是乡土文化的一部分,是民俗风情里的一个鲜活诙谐意象和经典符号,天然地带着哲学和喜剧色彩。在许多场合,若没有狗的参加,就少了许多情趣、气氛和意味。

写到这里,我想起一件往事,值得一说。多年前深秋的一天,我和亲人在故乡坡地上安葬故去的父亲,当时云暗天低,我悲凄的心里也笼罩着无边的灰暗与虚无,觉得人活一世真是徒然,父亲埋了祖父,我埋了父亲,我的孩子以后又埋我,世世代代就这样活下去也埋下去,最终把地球埋成一座万古大坟包,这就叫生命的意义?这么想着,心就坠到一个深不见底的黑窟窿里了,那个叫作"死"的东西正在将我平日里用文字和诗句极力捕捉和显现的所谓生的意义全部捉拿走了,只剩下了存在的虚无和生存的徒劳……就在这时,我看见了跟随出殡人群赶上山来的邻居家的那只名叫"黑黑"的黑狗,它从附近苞谷地里奔跑出来,在我们身边刚成型的坟头转了一圈,低着头好像记起了什么,不时瞅瞅我们显然比往日阴沉得多的脸上的表情,然后,走到离坟不远的坡梁,蹲下来,很沉默的样子,忽然,它汪汪叫了几声,又似乎意识到有什么不妥而很快静下来。我于是开始留意它，心绪也渐渐从那个无底黑窟窿里往上浮出。我首先看见了它那同情的目光，我同时看见了它身后那层层叠叠的大巴山的峰峦。而在峰峦的上方，是云雾散去后渐渐亮开的无尽苍穹，苍穹之上，有一些鸟飞过去，又有一些鸟飞过来，像在天上开运动会，或举办以云彩为主题的诗歌朗诵会。而在鸟影的右上空，一弯白昼的月亮现出淡银色的括弧状轮廓，月亮此时仍在为天空值班，那么，月的后面，毫无疑问还排列着无数的星星和星河，等待着出场。或者它们无须出场，它们一直都在现场，在它们的车间、田野、广场和书房里，一直都在那里注视和沉思，一直在分担着什么，分担着宇宙安排给它们的工作，也分享着在分担中所体验的一切快乐和不快乐，以及生荣死哀。想到这里，我竟然泪流满面了，啊，此时，我面对的这一切，这忧伤的狗、无言的远山，那月儿出示的括弧，(括弧暗示着什么？或等待填进去什么？)以及那暂时隐逸于白昼后面的无尽星群、无穷时间和无限空间，这一切，都在分担着它们自身命运的同时，也在分担着我的命运，分担着属于我的生的压力和死的哀伤。是的，此时呈现的天地万物和苍穹宇宙，都在笼罩和帮助着小小的人间，都在帮助我减轻灵魂的负担！想到这里，我流着泪的心里，竟有了一种细微然而却来得很深的温暖，有了一种比死的背景更广阔的生的慰藉，有了一种比所谓的诗意更广阔深邃的难以名状的宇宙意识和生命况味。

是那只忧伤的狗，及时向我提醒了，在父亲新坟不远的地方,在我们头顶,还存在着值得感念的这一切,这辽阔、永恒的一切……

二

狗是土生土长的乡土的子孙，是农业社会的忠实成员之一。数千年来,狗除了忠实做着看家护院、报警防贼这些很实际的业务,在我看来,狗的可爱更在于它的那些比较天真、显得有些空幻的务虚活动。在此,以我小时候很喜欢的我们家的那只白狗为例,做些说明，也请朋友们想一想狗的丰富内心和它如今遭遇的困境。

比如,夜晚,它在我们家房前屋后巡游了一番,见没有什么异常动静,就蹲在草垛旁,眺望从村东头屋顶上走过来的月亮。它看来看去,觉得今天晚上的月亮没有前些天那么圆,缺了一大半,难道被贼偷了,难道天上也有贼? 它虽是土狗土命,但这个道理它很明白:它脚下的土地在夜晚都是月亮照管着的,咱总不能不管人家月亮吧? 于是就对着残缺的月亮吼叫起来,要把那藏在云里的贼吓跑。村里的狗也跟着都叫起来了,它们相信这仗义的声音一定能传到天上。果然,过了几天,月亮又圆起来了,看来上苍已经处理了那个盗窃案件,教育了那个盗窃月光的天上的贼,把月亮丢失的家当又还给了月亮,物归了原主,月亮又变得完整浑圆了。狗们相信这是它们的叫声对天上的秩序和月亮的完好起了作用,它们觉得自己没有白吃白喝,这一辈子也没有白活,对人世、对上苍也有着不小的功德。为什么狗虽然寄人篱下,却并不虚无颓废和自卑,对生活总是怀着好奇和激情? 我猜想,它们也许就是从上述的行为和一厢情愿的幻觉中,获得了支持自己活下去的成就感和意义感。

我想,这也许就是为什么几千年以来,在上弦月或下弦月的夜晚,村庄的狗叫就显得十分密集的原因,那是狗们在提醒月亮:看啊,怎么弄的,又缺了一大块,咋不守好自己的家当? 汪汪汪,快快快,赶快找回丢失的月光。

再比如,闲暇时,它爱在村子南边的机耕路上走来走去,路边白杨树飘下几片叶子, 有一片擦着它的窄脸很温柔地掉在面前,它就吻了吻那片树叶,蹲下来,用了好长时间仰望那棵白杨树,想从树上看见一个秘密,想从这微妙的细节理解一棵白杨树对它这只狗的纯洁友谊。假如此时正好有一个多愁善感的人路过,他会从一只狗的眼睛里,看到自己也会有的相似的深情和忧伤。

再比如,小时候,我就好几次看见它在我家屋后清亮的溪水边,定定地盘着尾巴坐在石板桥上,望着自己的倒影出神。现在想起来,那只白狗对着水里的另一个自己出神时的样子,真是纯洁温柔极了,还有几分疑惑:这是自己吗? 自己是这个狗样子吗? 为什么是这个样子而不是别的样子呢? 你是干什么的? 你跑来跑去最终要往哪里去呢? 你的将来呢? 此时的它显得非常有思想,非常深刻和孤独,还有几分禅定的意味。那一会儿它真的不像是一条狗,倒像是一位神灵、一个修士、一个思想家,只是被我们错误地看成了一条狗。

以上情景,并不是我为了塑造狗的通灵形象而虚构杜撰,而是情景实录,只是略加了一点想象,徒劳地希望走进而实际上我们根本不可能走进的狗的内心。但是,有一点可以肯定:传统农业时代的狗,是比较纯真、比较浪漫,也比较幸福的狗,除了忠于职守,还保持着多种业余爱好,爱好幻想和漫游,追求写意的生活情调。这是因为,原初的大自然、广阔的土地和单纯朴素的传统农业,没有伤害和扭曲它们的天性,而是培养了它们的情感、灵性和智慧。它们在部分地服从和服务人的同时,还比较多地保持着自己纯洁的兽性和作为一个生灵的尊严,甚至保持着一部分既不被我们理解甚至连它自己也不能理解的浪漫情怀和深奥灵性。

三

而随着大自然惨遭毁损,古老的乡土快速沦陷,单纯的传统农业渐成绝响,这土生土长、喜欢乡土、热爱草木、钟情农业、崇拜农人、眷恋农家的有着浪漫主义情调的狗,它的命运就十分惨淡和尴尬。它所熟悉的地理版图已几乎全部消失,它喜欢钻进去听蝉鸣、偶尔逮一只蚂蚱尝尝鲜的那些有意思的树林没有了,它守护了几千年的农家小院没有了,那"榆柳荫后檐,桃李罗堂前""人面桃花相映红"的情景没有了,连一条能照见自己倒影的清澈河湾或清水池塘也没有了,它好像已有好几辈子没见过自己到底长什么模样儿了,是不是长成一副苦瓜脸,满脸都是苦相? 或长成了一张猪脸,满脸都是破罐子破摔的麻木蠢相? 它的伙伴和相好陆续都被套上铁链关押了起来,它喜欢散步、约会、奔跑、在无人的旷野大声朗诵的爱好,也被迫放弃了。

我们这些人,失去了田园,还可以逃进古代田园诗里养一会儿神;没有了乡土,还可以到乡土传说里吸一点氧;没有了相伴千年的古村、古街、古庙、古桥、古树、古河,还可以造些假古董哄哄自己。可是,狗不识字,没文化,也不会造假,它没有我们这些花样来补偿自己的致命失落,来转移和升华内心的愁苦,那么,狗怎么办呢? 它失去了昨日时光里的一切,得到的只是一根冰冷的锁链。

在我的眼里,那些失去乡土、失去家园的狗,很可能已经精神分裂,它们那长期与人相处而养成的细腻丰富的内心世界已经彻底坍塌和崩溃,不用去咨询和请教动物心理医生,我从它们那恍惚的表情、迷茫愁苦的眼神以及经常莫名其妙发出的疯狂嘶鸣可以感觉出来。

所以,在我看来,现在的许多狗,其实都是丧家之犬,是精神分裂之狗,是令人同情而又无法帮助的可怜儿,弄不好,也许会疯掉的。我很想带它们返回乡土,可是,谁又能帮我找回失去的乡土?

四

这时,我看见了月亮,那个一直关照着狗也被狗关照过、看护过的月亮,它还大致保持着古时候的容颜,保持着传统农业时代的质朴和安详,在沦陷的乡土之上,它似乎在提示着:人们啊,生灵们啊,莫要太忧伤,你们所钟情的某些古典事物并没有完全沦陷和终结,白云啦,虹啦,雷电啦,温柔的毛毛雨啦,以及狗最熟悉的狗尾巴草啦,草叶上的露水珠珠啦,还有那无中生有能把一切生长出来的、从古代一直传下来的泥土,不是还在着吗?并没有被房地产老板全部买断全部用水泥封死吧?更没有被谁从地球偷走卖给天狼星吧?那么,万物生于土,又归于土,土是过去的全部和未来的一切。土在,就还会有万物,虽然丢了些好东西,放心,迟早还会长出来的,除非谁能把地上的土全都偷去卖给天狼星。而且,天上的东西多数都还保存在天上,你曾经担心,会被天上的贼偷走了月亮,它不是还完好地悬在头顶吗?

所以,我希望愁苦的狗,不妨像过去那样,也经常抬起沮丧的头,看看月亮,看看远山,看看来来去去的云彩,想开些,事情并非就此完蛋了,天无绝人之路,地无灭狗之心,人其实也无虐狗之意,天道轮回,天意高深,天意,也许在准备着、酝酿着别的希望?

狗与人

　　狗被人驯化的历史，与人的文明史同步。当狼群里分流出狗，一些野狗被远古人类驯化成第一批猎狗，文明史就开启了人与动物合作的历程。

　　与狩猎时代相比，在近现代，狗的分工更细化了，职能更专业化，分为猎狗、军犬、家狗、导盲犬、宠物狗，等等。狗，是动物中被人异化和驯化最彻底的一种，有的狗，特别是宠物狗，穿衣服，穿鞋子，系项链，戴耳环，吃特制食物，只差戴一副眼镜，提一款电脑，就成狗类里的知识分子了。有的狗，还同时拥有中文名字和外文名字，体现了全球一体化趋势，办个护照，就成为国际公民。我曾亲眼看见一位男士抱起在路边树下跷腿"刷微博""写日志"的小狗，连声呢喃：来，女儿，乖女儿，让爸爸抱。抱起来，还在狗脸上叭叭亲了几下，情景动人。我当时想，假如这乖女儿在外面有了相好，那相好又怎样称呼？女婿乎？其孩子和孩子的孩子呢，都视同亲戚吗？我想，这就很难办了。我还知道，有的狗去世了，主人痛不欲生,为之开追悼会,修墓立碑,有的还为亡狗作传写诗出书,建网站,出画册,祷祝其忠魂长存,永垂不朽。

那么,人与狗,何以达到如此至亲至情境地?

人与狗,相处久了,彼此肯定产生情感,如依赖、感激、忠诚等情感。和一根拐杖处久了,都会产生依恋,何况有灵性的狗。但把狗提升到至亲至情的位置,主要还是人的一种移情。何以故?我想,很可能是由于人的某些深挚的情感诉求在同类中却找不到表达和给予对象,于是就转移到狗的身上了,如忠诚、正直、温顺、憨、天真、朴拙、念旧、知恩等等情感和品质,在现代人群中已很稀缺。现代人匆忙、焦虑、多疑、善变、势利、物质主义、自我中心、极度自恋、不重然诺、不守信义,人与人之间多明争暗斗而少深情厚谊,多趋炎附势而少忠直信义,多机心而少真心,多精明而少淳厚,人成了人的对手甚至敌人。狗不懂人的文化和潜规则,狗不识字,没读过厚黑学,没研究过商场、官场、职场、名利场的谋略和投机钻营沽名钓誉升官发财损人利己的学问,还保持着自身一些宝贵的天性和品德,可谓之狗德,如忠诚、单纯、率真、念旧、知恩等。于是人们内心里一直期待而未能得到的某些情感,在狗那里感受到了,狗的情感和表现,补偿了人内心情感给养的匮乏;同时,人心里所潜藏的一些很优质的情感,在不那么优质的人际关系里因未能遇到值得奉献出去的对象,只好保留或封存在内心里,但这不符合作为情感动物的人的天性,人总得把情感释放出去,才能在对象身上感受人的本质力量的实现。于是狗就成了人的优质情

107

感的投放对象,即成了人的移情对象。许多人养狗,实际上等于养了一个情感特区,将内心积压的情感投放进去,又将自己所期待的情感从狗那里收回来,投入产出基本成正比,甚至有盈余。人们养一只或几只狗,其实是养护一种心情。也类似一种精神投资,投入情感精力和物质成本,以期收获一份情感利润。

如上所述,在人与狗之间情感的双向互动中,人与狗都是受益者,人的情感饥渴在狗那里获得了一种代偿性补给和满足,孤独感也因此得到缓解。但较之于人,狗受益更大,因为,人其实已经将狗拟人化了,即把狗当作了人,甚至把狗当作比人还好的"人"来看待,从而把最优质的情感给了狗。但是,狗毕竟是狗,再聪明的狗也不知道地球是圆的,再灵性的狗也不会对着彩虹吟出一句诗来,再忠诚的狗也不会为一种信仰献身。狗没有宇宙观,狗不知道哪里有个宇宙,狗的智性还停留在史前的混沌之中,狗甚至不知道狗是谁。你问狗,你是狗吗?狗肯定一脸茫然,然后,汪汪汪,断然否定。人把那么多优质的情感献给了狗,但狗并不完全理解这份情感,人以为它理解了,其实不然,是人代替狗理解了自己的那份情怀,说到底是人借助狗作为中介,自己理解了自己,自己认领了自己,自己安顿了自己,自己慰藉了自己。而能深刻理解和认领这份情感的人,却因为彼此觉得对方薄情、寡义、可疑、不配而不肯互相给予,从而失去了这份情感。

如果,人世的情感是有总量和恒量的,那么,狗在人这里赚走了额外的情感,人能享有的情感份额就少了。

当然，狗从人世得到的情感是用它的忠诚和天真换来的，它把情义献给了人，人回报它以足额甚至超额的感情，这是狗的福报，狗没有白跟人一趟。我只是替人遗憾：狗在人这里，赚走了多少优质情感；人在人那里，却丢失了多少优质情感。

若把世界视为一个广义的"情场"，大家来一趟，都为了赚取信任和情感，无疑，狗是赢家，狗赚足了，人则有点亏。

狗的知识

　　我无法弄清一条狗所具备的知识系统,但是,我相信,它对人的观察和了解,一定不亚于我们人对自身的了解。

　　狗不会去崇拜一只猫或一头猪,也不会去崇拜一头比它高大的牛,但它可能会崇拜一个小孩,它知道这个小孩就是正在长大的他的主人。狗对人的研究可追溯到人与狗第一次见面的那个时刻,大约在数万年前的某个上午,狗来到人的屋檐下,答应了人的苛刻要求,与人结成了不平等同盟,人给它提供一些残汤剩饭,它负责帮助人看家护院。狗也从此开始了对人的长期观察和研究。

　　人豢养狗,其实是豢养了一个人性的研究者,一个人类学专家,一个人心的洞察者。狗对人的心理的了解超过了对它自己心理的了解。你要是问一只狗在想什么,它是说不清的,但它一定知道你在想什么。

　　狗是严重被人同化了的动物。狗的忠诚与其说是美德,不如说是无奈,是不得不如此的选择。随机应变,随缘而化,狗不认识

"缘"这个字,但在随缘、惜缘这方面,狗做得最出色。傻瓜养它,它就忠于这个傻瓜;流氓养它,它就忠于这个流氓;圣徒养它,它就忠于这个圣徒;恶棍养它,它就忠于这个恶棍;好人养它,它就忠于这个好人。这无关狗对善恶的理解和评价,而与狗的知识结构有关。

狗的知识结构的核心,是对主人的无条件服从,是对主人收养之恩的报答。但这不能简单地视为奴性,这是一种忠贞情感和报恩意识,可以视为狗的宗教信仰。

当一个人失去了一切,失去了财富、权力、亲情、友谊,但还有一只狗忠于他,把他看作教主和朋友,还有一只狗与他相依为命,还有一只狗爱他、同情他,甘愿与他一同去受苦,去流浪,去死;这条狗就有可能拯救这个绝望的人。我们可以这样理解:这是狗代表世界拯救这个人,或者说,世界委派一只狗去拯救这个人。

狗跟随和研究人,已经多少万年了,它对人性一定有自己的判断和评价。

那么,狗掌握的有关人性的主要知识是什么呢?他对人性的理解和评价是什么呢?

是贪吗?似乎是,其实不是。在狗的眼里,人对权力、钱财、情色、虚荣、功名利禄的膜拜和贪图,与它对几根肉骨头的膜拜和贪图是一样的,并非是人性的核心部分,它们所贪图的,只不过是人性中核心部分的替代物和填充物。

那么,人性中的核心部分,也即致命部分是什么呢?

作为资深人类学家,作为长期从事人性研究达数万年之久的人性专家,狗提供了这样的答案:

人性中的核心部分也即致命部分,是他们生命深处的空虚、找不到生存意义的苦闷以及对死亡和虚无的恐惧。

一言以蔽之:人心和人性中的致命部分,是怕自己的一生被迟早要来的死亡给彻底否定了,是怕自己所有的努力和争斗到头来都成为毫无意义的一场徒劳,是怕自己这一辈子白活了。

狗这样回答:所以,他们就不停地用那些替代物(权力、钱财、情色、虚荣、功名利禄等等)来填充自己装饰自己麻醉自己,这就是我所看到的隐藏在人的贪婪后面的核心本质,对此,我十分地可怜他们;出于同情,我选择了对这些貌似贪婪实则可怜的生物的无条件忠诚,以缓解他们的空虚、苦闷和对死亡与虚无的恐惧。

由此,我们得知:出于对人性中的致命部分的长久观察和理解,狗的知识结构的核心部分乃是对人性的致命困境的深刻洞察,以及对他们难以摆脱的对死亡与虚无的恐惧和焦虑的由衷同情……

铁路边的狗

至今，我还时不时想起那条狗。

二十多年前，我坐火车去四川办事。出了广元地界，穿过一个隧洞，是一狭长谷地，四周错落着乡村民房。那时车速不快，轨道蜿蜒着推送淡绿色列车，很像一条游走的青蛇。从车窗探出头回望，青山大野里漫游着一条现代长蛇，而我也是这长蛇的一部分。

一种夹杂着诧异的美感就从心里升起。

这条长蛇的腹部，坐满了乘客，男女老幼，也许还有科学家、哲学家、文学家、诗人，当然，里面也有小偷、强盗、贪官污吏、流氓和病人。

如果外星人远远地看见地球上跑着一条青蛇，他会发问：这条蛇有意志吗？有欲望吗？有思想吗？有道德吗？有灵感吗？有美感吗？有爱情吗？有疾病吗？有宇宙意识吗？有犯罪倾向吗？

我估计外星人看不明白。这条青蛇的肚子里，坐满了人，也即坐满了意志、欲望、思想、道德、灵感、美感、爱情，当然，也坐着零星的宇宙意识和数量不详的犯罪倾向。

远远盯着这条青蛇的外星人,眼睛不眨地看见长蛇似乎叹息了几声,呼出几口气,就有气没力地停下来,看来是走不动了,就从腹部吐出了一粒一粒的小东西,也即吐出了一肚子意志、欲望、思想、道德、灵感、美感、爱情、疾病,以及零星的宇宙意识和数量不详的犯罪倾向,然后,又长叹几声,就无声无息,死过去了。

过了一会儿,那空荡荡的青蛇又吼叫了几声,看来是活过来了。外星人就用光学望远镜仔细观察,发现它吐出了那么多东西,仍然能叫能跑。

外星人于是断定:这条青蛇是一条没有主观意志和情感的纯粹机械的物质的青蛇。

可是,外星人没有注意到:这条青蛇的头部,坐着一位驾驶的司机。

我也可以假定:我们和众多星球和生命,坐在宇宙大蟒蛇的腹部,然而,宇宙这条大蟒蛇也是一条没有主观意志和情感的纯粹机械的物质的大蟒蛇。

可是我无法知晓:宇宙大蟒蛇的头部,或某些隐秘部位,是否坐着一位驾驶的司机或意志、欲望、思想、道德、灵感,等等?

外星人对这条青蛇的观感,与我对宇宙的观感,是很相似的,也是极不圆满的,有着致命的无知和盲点。

我坐在火车上,火车走在四川的铁道上,我时而探窗张望,时而低头静思,想象着外星人眼里的火车意象,也想象着其实对我们而言属于不可想象领域的巨大无边的宇宙意象。

忽然，我又一次望向车窗外，一个愣怔，我看见它了，轨道旁，一条孤零零的白狗，它站立着，小心地、礼貌地为火车让路。

它仰着的头似在向这头钢铁怪兽发问：你从哪里来的？你要做什么？你要向哪里狂奔？

就在我与它对视的刹那，我看见它眼里绝大的困惑和惊恐。

从它的眼里，我看见了我面对宇宙时眼里和心里那绝大的困惑和惊恐。

二十多年过去了，我与那条白狗相距已有二十多光年了。

我与那一刻的四川山野、草木、人群、火车、地球以及宇宙万物相距已有二十多光年了。

我与那一刻的我也相距二十多光年了。

隔着二十多光年的天文距离，我仍然看到，一条白狗以及它那满含困惑和惊恐的眼睛。

一点白光，永恒地闪烁在我记忆的苍穹……

父亲与狗

一

　　父亲一生勤劳,活了八十四岁,直到八十一岁还在干活。

　　父亲每次出门干活,身后总是跟着我家的那只黑狗。

　　父亲下田插秧,狗就蹲在田埂上,看着他插秧。

　　父亲下地摘菜,狗就蹲在地边上,看着他摘菜。

　　父亲上山为麦地锄草,狗就蹲在地边,看着他锄草。

　　父亲到村头井台上挑水,狗就站在一旁,看着他一点点用井绳把水桶提上来。

　　父亲在月光照耀的院子里用棕搓绳子,狗就卧在父亲身旁,看着他把月光也搓成绳子。

　　父亲到河边挑石头,一趟趟背回家,在院子里砌猪圈,狗就跟在父亲身边,看着他一块块选拔石头,想帮忙,自己身上却找不到能用的手,狗就伸出舌头用力舔石头,用热烘烘的话语感化着石头,希望石头抬起脚自己走到我家院子里去。

父亲八十一岁时,请木匠为自己做棺材,我们家院子里,飘起了好闻的松木香气,狗就蹲在父亲和木匠之间,观察和研究棺材怎样一点点成型……

二

现在,我心里常常想:那只狗,一生都离不开我父亲,它亦步亦趋地跟随我父亲,它尊敬我勤劳的父亲,它的心里一定无限崇拜着我善良能干的父亲。

它一生都跟随着我父亲。我父亲的脚印里,重叠着它谦恭的脚印;我父亲的足音里,回旋着它诚恳的足音;我父亲的话语里,夹杂着它热情的插嘴;我父亲的气息里,缭绕着它古朴的气息。

父亲走在小河边的时候,清澈的河水就拍摄了父亲和这只狗的亲切合影。照片上,父亲和狗的形象,比那些自诩为精英阶层、权势阶层和成功人士的形象,要朴实、亲切、可爱多了。

三

这只狗,一直注视着我父亲的春耕夏锄秋收冬藏,它熟悉我父亲的每一个手势和动作。

我想,这完全是有可能的:那只狗,自从进了我们家,它一直在心里拜我父亲为师，发誓要模仿和学会几门农活，掌握几门谋生的技艺。

随着我父亲逐渐衰老，却还要拖着老迈的身子干活，养活家人，也养活着它。狗看在眼里，心里十分惭愧，越发觉得应该赶快学几门农活，能够自食其力，减轻这个老人的负担。

可是，它学了半辈子了，却一点也没入门，啥都不会做，只会吃现成。

在父亲最后几年里，这只狗更是寸步不离我父亲，生怕稍不留神这个老人一转身走了，生怕他走后再没人可以请教模仿了，它于是更加亲密地跟随我父亲，它发奋地观察、研究和学习着。

它想学的太多了，插秧、摘菜、种豆、锄草、上肥、浇水、间苗、挑水、犁田、砌田埂、背石头、搓绳子、收稻子、剥苞谷、喂猪、养鸡、放鸭，最好也能为自己提前做一副棺材……

四

它感到压力很大，需要学习掌握的东西太多太多了，它遗憾它的种族游手好闲了几万年，除了汪汪干吼、东游西逛、摇尾乞怜，至今一窍不通、百业荒疏，只能靠巴结讨好混饭糊口，连养活自己的一技之长都半点没有掌握。

它心里既羞愧又焦急，我好几次看见它蹲在我苍老的父亲的身旁，久久地望着水里它的倒影沉思、发愣、出神，显得很苦闷忧郁。它一定在苦苦思考着该怎样抓紧学习,尽快改变自己不学无术的状况。

它忧伤,它担心。这个老人眼看着一天天快速老下去,冬天还没来,他头上已落满霜雪;它还听见,老人多次感叹,他离天越来越远离地越来越近了,他说他已经听见脚下面的土坷垃都开始响了。

要是老人真的走了,它到哪里找这么好的主人,又到哪里能拜到这么勤快能干的师傅呢?

五

尤其它看着我父亲手扶犁把唱着好听的牛歌,指导老黄牛拉犁耕田,它十分羡慕,又十分担心,自己能学会这个充满趣味和温情的技艺吗? 它能学会吗? 到现在老黄牛都不怎么搭理它。即使自己真的学会了犁田的手艺,那头魁梧威武的老黄牛会听它指挥吗?

还有,那棺材,那更为复杂高深的技术,它哪辈子才能学会呀? 我估计,这很可能是它最沉重的心事之一,它为此非常自卑、焦虑和忧伤。狗的内心里翻腾的是什么呢? 我想,它除了为自己的大愚若智、学习能力太差而自卑,为自己不学无术感到沮丧,它是否也隐隐想到了自己的身后? 是的,谁都会有身后,自己的身后将会是啥样呢? 它是否也隐隐想到自己身后的凄凉、悲惨和虚无? 它是否想象着自己身后也该有一副棺材?

就这样,一直到我父亲在世的最后时刻,那只黑狗都跟随陪伴着我父亲,发奋观察、研究、揣摩我父亲精耕细作的农活和深湛技艺。

六

很遗憾,那只狗虽然非常谦逊好学,一直在用心观察揣摩我勤劳能干的父亲,然而,直到最后,直到我父亲走的时候,它也没能从我父亲那里学会和掌握一门农活和技术。

它依旧还是那只狗,除了忠诚和温顺,除了随着我父亲的离去而越发悲凉苍老的眼神,别的,它什么都没有。

但是,我一点也不轻看它,相反,我十分尊敬这只狗。

为什么我十分尊敬这只狗呢?

道理很简单:就因为它尊敬我的父亲,所以我尊敬它。

七

我的辛劳一生的父亲,在身前身后得到的爱护和尊敬是十分有限的。

即使我这个做儿子的,也未必全心全意尊敬我那劳苦一生的农民父亲。

有时,特别是在我很年轻的时候,看着一些从权贵家谱里跳出来的小丑们,趾高气扬张牙舞爪,俨然上苍早已选定了他就是贵族,而草民草根们只配土里刨食老死荒野,我在心里也曾嘀咕:父亲,你怎么不是个权贵呢?

有时,看见从虎狼窝里亮出一排排可怕的滴着血的牙齿,我在心里也曾埋怨:父亲,我当然不希望你是虎狼,可你怎么就只能是一头牛呢?

由此可见,我心里对父亲的感情,并不纯粹和深沉,我的感情是掺了杂质的,是掺了市场的毒奶粉和地沟油的,是掺了金钱拜物教和权力拜物教的时代病毒的。

作为儿子,我对父亲的感情尚且如此,可想而知,在我父亲劳苦寂寞的一生里,他还能得到谁的真心同情和爱护呢? 谁又会从心里真正尊敬过我父亲呢?

只有我家那只黑狗。

八

它一生都对我父亲怀着深沉的同情和纯朴的友情,它是我父亲生前唯一的真心朋友,唯一没有半点势利眼的忠实朋友。

而且,它无限地热爱和崇拜我的父亲。它崇拜我父亲厚道善良,它感念我父亲从来没有大声呵斥过它,也从来没有呵斥过一头牛一头猪一只鸡,也没有呵斥过一棵草木和庄稼;它崇拜我父

121

亲的勤劳，它崇拜我父亲的能干，它羡慕和崇拜我父亲会那么多的农活和技艺，而它自己，跟着他学了一生，却一样都没学会。

一生一世，它都是我父亲的忠诚朋友，是我父亲的铁杆粉丝，是我父亲的谦卑徒弟。

九

甚至，它心里是把我父亲当巨星来追的，是把我父亲当神来崇拜的，绝对的，在它单纯古老的心里，我父亲就是它无限敬仰的伟大尊贵的神。

虽然在我父亲面前，它不会读经祈祷，不曾烧香跪拜，但是，在它内心的神坛上，除了我父亲，再没有第二个值得它尊敬和崇拜的偶像和神灵。

在这个世界上，是谁，把自己内心里那份最高的尊敬和最深的感情，献给了我的农民父亲？

唯有那只黑狗。

所以，我尊敬那只黑狗。

它追随我父亲已经走了好多年了。

我至今怀念它……

人是狗的神灵

一

　　即使你是一个穷人，你被不公的命运一再羞辱和伤害，你被贪婪和邪恶反复蹂躏和剥夺，你终于被命运无情遗弃……但是，跟随你多年的这只狗，它绝不会嫌弃你。即使被剥夺到最后，你什么都没有了，仅剩下浑身的伤口和一头凌乱的白发，它就跟随着你的伤口和白发。即使你穷得什么都没有了，只剩下你的良心和骨头，它就坚定地跟着你的良心和骨头，与你一起吃糠咽菜，忍饥挨饿，像坚持信仰一样，坚持把穷日子过到底。即使饥寒交迫，天荒路远，它皮包骨头的头颅，也会偶尔沮丧地垂下去，但终归固执地仰起来，依偎着你褴褛的身影，在命运的洼地，它固执地眺望着你的眺望，眺望命运的晨曦。

二

即使你是一个乞丐,你被所谓的文明抛弃在荒郊野外,抛弃在财富以南、以东、以西、以北,抛弃在垃圾堆里,它也绝不会抛弃你离开你。它知道人世的一部分真相,它知道离你不远的地方,霓虹正在炫耀,财富正在狂欢,它知道财富们在忙着巴结财富,帽子们在忙着逢迎帽子,身份们在忙着恭维身份,幸福们在忙着祝福幸福,体面们在忙着奉承体面。它知道你在这一切之外。它知道你离不开它,它离不开你。它认为你讨饭并不下贱,它认为天底下讨饭的都不下贱。它认为人类在向地球讨饭,地球在向太阳讨饭,万物都在向宇宙讨饭,造物也在向万有引力定律讨饭,而所有的狗都在向人类讨饭。"谁都在讨饭",这就是狗的哲学、数学、化学、物理学、美学、神学、文学和伦理学;"谁都是讨饭的",这就是狗的社会学、历史学、心理学、政治学、经济学、逻辑学、地理学和天文学。它认为一个被文明遗忘了的人,不仅不绝望不诅咒也不自杀,不去偷窃、行骗和抢劫,却以有损自己尊严的方式维持自己对人世的惨淡留恋和依稀信赖,竟有着如此胆量,光明正大地向文明讨饭,这个讨饭的人就是了不起的勇士和英雄! 这个讨饭的人,是在用自己的讨饭棍戳着文明的后脊梁,戳着社会的后脊梁,要唤醒它冬眠的良心。这个讨饭的人,是真正的勇士和英雄。皇帝敢离开王朝去讨饭吗? 离开了王朝,皇帝就是一个讨饭的。官吏敢放弃俸禄去讨饭吗? 放弃了俸禄,官吏就是一个讨饭的。强盗敢放弃凶恶去讨饭吗?放弃了凶恶,强盗就是一个讨饭的。名人敢放弃虚名去讨饭吗?富翁敢放弃财富去讨饭吗?美人敢放弃美貌去讨饭吗?骗子敢放弃骗术去讨饭吗?他们都不敢。他们什么都敢,就是不敢去讨饭,不敢放弃贪婪、身份和虚荣。所以,它认为跟着你四处讨饭,就是跟着一个勇士和英雄去远征天下。于是,它毅然决然跟你一路去讨口要饭,它替你忍受百千白眼也替你收下三五好心,它替你看守零星光亮也替你保管大量黑暗。在冬天的寒夜里,它蜷卧在你身旁,把自己当作一件破棉袄,像良心一样紧贴着你,为你取暖。

三

即使你是一个落魄的穷书生,它一旦跟了你就一辈子跟你,跟定了就不走了,承诺了就不变了。它跟你走在古道西风里,走在背街小巷里,守在柴门寒舍里,守在青灯黄卷里。限于嗅觉器官略有差异,它不知道书香是什么香味,不知道书卷气是什么气息,但是,它跟定了清贫和风骨,跟定了诗书和儒雅,它绝不会离开你的孤灯残卷,绝不会离开东篱的菊花和清苦的诗句。

四

即使你走投无路上山当了土匪,它就跟随你东躲西藏穿林踏草跋山涉水,你抢富家的不义财,它汪汪汪提醒你:动了人家的财,可别害人家的命哦;你抢穷人过冬的粮,它汪汪汪提醒你,俺们也是苦命人,可别害那些苦命人。那一天,你终于挨了官府的枪子儿,它一头扑在你的前面,让枪子儿先穿过它的身子,然后,你的血和它的血流在一起,它的尸体和你的尸体抱在一起。

五

即使你是一个冒犯了朝廷的罪犯,即使你是一个千古冤案的替罪羊,你被押进深牢大狱,它狂奔在刑车和囚笼后面,它不住地长啸和控诉,你找不到说理的地方,它对着苍天高声地为你说理;你找不到辩护的律师,它对着太阳悲怆地为你辩护。它想代你受刑和受苦,它想把你身上的镣铐和锁链取下来,戴在它的身上;万一你是死刑,它想替你去死,它死了,你就不死了;你活着,它死了也等于活着。

六

即使你是一个贫病交加的病人,它也不会有半声埋怨,不会有半点去意。它跟在你病弱的影子后面,它想用它的影子营养你的影子;它卧在你病榻旁边,它用怜悯的眼神为你止痛为你疗伤;它不会把脉,它用忠诚为你按摩病灶,为你疏通血脉;它不会采药,它满眼同情的泪水,就是液体的当归、白术和莲子。它那爱怜关切的目光,就是药店里买不到的一剂剂补药,一剂剂清凉散和安魂贴。

七

它绝不会因为你穷困,就嫌贫爱富,转身投奔富豪望族门下,靠摇尾乞怜去分享那豪华的人肉筵席,去劫贫济富为虎作伥,让富者更富,让强者更强,让奸诈者更奸诈,让邪恶者更邪恶,让穷人的夜晚丢失最后几粒温暖的星星,自己则窃喜着挤进权力的客厅和财富的盛宴,凉拌了良心下酒,爆炒了肝胆碰杯,骄奢淫逸,心宽体胖,养一身贼亮的狗毛和一身肥滚滚的无耻脂肪。

八

它绝不会因为你卑微,就弃暗投明趋炎附势,转身投靠某顶帽子或某个轿子,以咬人为生,或对着天空狂吠,以诽谤太阳吹捧月亮为业,或者干脆以尊贵者门下走狗为荣,从此吃香喝辣,泡在酒池肉林里,度过肠肥脑满行尸走肉的可耻一生。

九

它绝不会因为你相貌丑陋,就在歌舞升平之际,偎红倚翠之夜,一个转身头也不回地离你而去,去给某个披金戴银的体面光鲜之狗当了二奶或三奶,或者包个娇滴滴的二奶和三奶。不,绝不会,永远都不会。它是你的,穷,它跟你;富,它跟你;辱,它跟你;荣,它跟你。你讨饭它是你的讨饭棍,你害病它是你的镇痛药,你忧愁它是你的忘忧草。你活着,它是你的一个影子;你睡了,它是你的一句梦话;你死了,它是你的一缕幽魂。

十

你若是一个盲人,它就是你的眼睛,替你在一生的长夜里寻找黎明的晨曦。

你若是一个听障人士,它就是你的耳朵,替你在寂寞的峡谷里认领善良的鸟啼。

你若是一个智力障碍人士,它就是你的聪明,替你在蒙昧的洪荒远古发现智慧的蛛丝马迹。

你若是一个精神疾患者,它就是你的理智,替你在迷狂颠倒的宇宙里,辨认闪电的轨迹和星空的秩序。

十一

"狗不嫌家贫,儿不嫌母丑。"

我们的先人受了狗的感动和启发,留下了这不朽的箴言,也是献给一代代狗们的永恒铭文。

"礼失求诸野",我们的先人如是感叹。岂止如此? 魂失求诸野,情失求诸野,仁失求诸野,信失求诸野,德失求诸野,义失求诸野——

归去来兮,在古老广袤的民间大野,藏着我们不慎丢失了的仁义礼智信,藏着我们弃如敝屣的古朴美德和纯真感情。

也藏着一只只至忠至诚、有情有义的狗。

十二

狗究竟对人忠诚到怎样的程度?

它已经忠诚到极致和极限。

它对人的忠诚,已经达到崇拜的程度。

比起我们这些无神论者,狗其实是虔诚的有神论者。

人是它的朋友,也是它的信仰。

人是它信仰、热爱和追随的神灵。

狗是有神性的动物,狗的神性就是它对人的信仰和虔诚。

狗追随这个人,其实就是在追随这个人身上的神性。

狗对人的崇拜和追随,其实是崇拜和追随人身上的神性。

十三

狗对人的忠诚和热爱,已经达到极致和极限。

狗对人的这份深挚情感,是生物世界里的情感奇迹。

狗对人忠诚到死心塌地,热爱到生死相依。

狗不曾表白,它用一生的行动表白。

狗不曾发誓,它用不变的坚贞和忠诚,诠释了海枯石烂的誓词。

十四

写到这里,本来可以住笔了,但为了我便于较为透彻地说说狗,请允许我违反一次文学的禁忌,再写一段吧。

文学的禁忌之一,是不能写粪便,以免伤及文学的审美效果和人类身体的尊严,以免伤及人类脆弱的自尊心。

然而,这篇文章若是不涉及粪便,就不圆满。

何况,真善美,首先要真。

人类无论自己觉得自己有多么高级、体面和了不起,总还是要排便吧? 谁不排那低级的、不体面的、好像也并不怎么了不起的便?

何况,千万年来,狗就是吃屎的,屎,曾经一直是狗的零食、甜食和美食。

至今我们还这样议论狗:狗改不了吃屎。

是的,狗热爱和崇拜人,狗像热爱和崇拜神灵一样热爱和崇拜着人。

它虔诚到由热爱人而热爱人的排泄物,它热爱人的屎。

它视人为神。狗见识了众多的狗和众多的生灵,比较来比较去,它觉得还是人最厉害最有出息。既然作为狗已来到世上,总得崇拜个什么吧?不然心里空落落的,活着没个依靠和归宿。俯仰寰宇,能看到的所有生灵里,就数人最值得崇拜。那就拜人为神吧。

于是,狗的祖先,早早地就在心里修筑了高高的神坛,把人当作神供了起来。

在狗的心目里,人的所思所想,都呼应着天意和神恩;人的所言所语,都宣示着天理和神谕;人的所作所为,都体现着天道和神性。

在狗的眼里,人身上的一切器官都是神器,人身上的一切事物全是神物。

连人的排泄物也是神物之一,是神赐给它的一部分贵重礼物。

世世代代,狗都感激地收纳了这神圣的礼物。

一种生物对另一种生物,热爱崇拜到如此境界,这真是宇宙的奇迹。

连我们吐下的痰、拉下的屎它都吃了,这是怎样的信任、怎样的忠诚、怎样的爱戴?

狗就是如此崇拜和热爱着我们。

狗热爱我们已经热爱到令我们不好意思的程度。

狗对人的信仰和爱,所达到的虔诚程度,绝对超过了人对神的信仰和爱。

狗对人如此信任、忠诚、热爱和信仰,从远古至今,没有改变。

所以,狗改不了吃屎。

是因为它改不了对人的信任、忠诚、热爱和崇拜。

十五

可是,我,作为一个准备养狗的人,作为一个即将享受狗的无限信任、忠诚、热爱和信仰的人(神),在这里我却要扪心自问:

我,以及我们,身上所具备的品行和德行,配得上狗的这种信任、忠诚、热爱和信仰吗?

狗的醒悟

有一天,我和一只狗在路上相遇。我正准备为它让路,它已经退到路边。于是我赞美它的美德。

狗却对我说:不必了。我站在路边,正好观察你走路的姿势。

这么说来,狗一直在研究人。它一定是熟谙人性的人类学家和心理学家。

多年前,我养了一只狗。我希望它做我的朋友。它的确对我很忠诚。渐渐地,我发现它的忠诚已升级成为崇拜。

甚至在我走向悬崖的时候,它也毫不迟疑地尾随我。

在我感冒仰头打喷嚏的时候,它以为我成了天文学家,于是也仰头狂吠,对着太阳吹捧我。

我因为自私,置众人于不顾,而卑鄙地逃离一个灾难现场,它跟从我,以为跟从着一位圣人。

我由于颓废而萎靡、昏睡,它陪伴着我,以为陪伴着一个深沉的思想者。

我与赌徒们围在一起赌博,它虔诚地围在我的身后,以为我们已经和真理围坐在一起。

我终于知道,它已经成了我的信徒,它崇拜和信仰着我,我成了它生命的方向、道路和意义。

直到有一天,它知道了我的底细——

它所信仰的这个人,却无所信仰;

它所视为道路的这个人,却一直在歧路徘徊;

它所信赖的这个人,却无所信赖……

这只狗终于疯了。

唐朝的狗

当然,唐朝的狗也是狗,不识字,没什么文化,除了"汪汪汪"这句口头禅,也没有掌握任何别的语言。

但是,唐朝的狗,还是见过一些此前和此后的狗们没有见过的世面。

唐朝的狗,也要做看家护院的事儿,守在门前瞭望一阵,就出门到处闲转。那时候,地广人稀,旷野无边,狗出去转半天还没看见另一个村庄的人烟,就继续转啊转啊,好像在丈量唐朝的春天,狗当然没这个能力,因为,唐朝无边,春意无边嘛。现在的狗一旦来到一户人家,就立即失去自由,脖子上套一根绳子,或一根铁链,绳子和铁链的半径就是它们生命的半径。比起它们唐朝的祖先,这些狗见过什么世面呢? 见过自己脖子上的这根绳子这根铁链,还见过对面邻居家那只狗脖子上同样的绳子和铁链,还见过自己的两三个主人和主人的几个熟人,还见过门口公路上滚来滚去的千篇一律的轮胎,还见过呛鼻的废气尘埃,还见过几次车祸,除此之外，狗这一辈子，基本就再没见过什么了。苦闷归苦闷，狗对此能说什么呢？眼不见，心不烦，索性就闭目养神、苟且偷安吧，于是，我们就随处可见套着绳子和铁链蜷卧打盹的狗，一副无可奈何、混日子等死的颓废样子。

唐朝的狗，喜欢在酒宴的附近溜达，经常听见一些抑扬顿挫带着醉意的声音，它虽然不解其意，不知道那是在吟诗，但却觉得好听。不像现在的狗，除了老是听见围着权力碰杯的声音，瞅着金钱划拳的声音，搂着情色肉麻的声音，它很难听见别的悦耳的声音。

唐朝的狗，在夜晚可以放心睡觉，它不必担心盗贼上门，唐朝的贼是很少的。盛唐的时候，家家门上都是不上锁的，路不拾遗、夜不闭户也不是讹传，真是这样的。家家的门开着，窗敞着，上门来访的总是清风明月、鸟鸣蛙歌。狗知道没事，就枕着月色睡了，还打鼾。唐朝的狗多数都气色清爽、毛色鲜亮，那是因为睡眠充足的缘故。

当然，唐朝的狗也喜欢有事没事就叫几声，尤其见到门前有陌生人来了，就站起身子，汪汪汪，叫几声，但很快就摇起尾巴了，就和颜悦色地围着客人撒欢儿了。为什么呢？兴许是李白投宿来了，要不就是孟浩然来这里"把酒话桑麻"，要不就是刘禹锡先生采风来了，少不了，他们是要喝两杯、划几拳，还要吟几首诗的。汪汪汪，哈哈哈，狗，听着那豪放深沉、节奏鲜明的声音，能不高兴吗？唐朝的狗，是喜欢诗人、喜欢附庸风雅的，唐朝的狗的叫声很可能是押韵合辙的。

唐朝的狗，并非都养尊处优闲游乱逛。贫苦与忧患，是千秋以来天下经常有的状态，唐朝又如何能完全幸免？"日暮苍山远，天寒白屋贫。柴门闻犬吠，风雪夜归人。"在这首唐诗里，我们看见了风雪，看见了白屋，看见了劳作的归人，还听见了犬吠。狗不嫌家贫，它是在以它的方式抚慰勤苦的主人。这声雪夜里的犬吠，被诗人听见了，就专门用一首诗保存下来，千载以后，我们仍能听见那寒夜里传来的温暖声音。

唐朝的狗，与诗总是有些关系的，这是只有唐朝的狗才享过的福气。现在的狗除了听着没完没了的噪音，还听过什么别的有趣的声音吗？除了见过养狗的人、卖狗的人和杀狗的人，还见过诗人吗？难怪现在的狗那么俗气，有时还带着一股戾气。

是的，唐朝的狗，与诗总是有些关系的，这是只有唐朝的狗才享过的福气。李白、杜甫、韩愈、杜牧、李贺、李商隐等等这些一生总是走在路上的诗人，在投宿的驿站、农家、酒肆、客栈，说不定，都被一些狗汪汪地吼过多少回呢。这些狗叫，有的虽然不是很礼貌，但也给他们寂寞的长旅增添了慰藉，给他们的诗里增添了人间烟火的气息。

在一首诗里能听见狗叫的声音，总是让人愉快的。

山里的狗

狗在房前屋后散步、飞奔,有的在一棵树下和电线杆下仔细嗅着回味着,仿佛在检点自己的日常行为是否有失,仿佛在回想过去的难忘时光和一次有趣的出行;有的在恋爱,为它们未必知晓的后果和生殖事业,在使用和放纵着一对对身体,那场景,在人看来,很有点不堪,但你不能指责其违法或不道德,也许那恰是狗的社会里最温暖、圣洁的工作;还有的狗,漫山遍野奔跑,跑着跑着,就有一只忽地停下来,蹲下,或在一块大石上站着,眺望天空,长久陷入沉思,眼睛里满是苍茫忧伤,它大约是狗类里的哲学家、思想家和忧郁的先知,它大约在为狗的命运和处境而悲哀困惑。这思想家之狗,一旦返回狗窝,却仍然只是一只普通之狗,看起来与别的狗毫无二致:吃狗食,对陌生人汪汪大叫,啃人啃剩下的骨头,偶尔还吃屎,你觉得它不过只是一只狗而已,不,那是你小看了它。就像在人群中,你并不能从这两条腿直立行走的动物中,轻易辨别出谁是庸人,谁是圣人,谁是傻瓜,谁是天才。

我路过一户人家时,看见了这样的一只狗,它卧在紧靠大路的门前,半睁半闭着眼睛,我走过,它连眼都不抬一下。我站下,对它说了一声,狗,你好?它仍然连眼都不抬一下。那半睁半闭的眼里,既无关切,也无漠视,既不机警,也不迟钝,就只有一个意思:平淡,平常,平静。它大约是参破红尘、看清狗命的一只清静无为之狗,万事我不管,一心图清静,是它的处世哲学。我心想,狗达到这个境界,固然很难得,那得有悟性,还得有长久的修行,才能修到这个境界。但是,这高明之狗,未必能受到人的信任和尊重。因为,人养狗,是要它人我分明、利害分明、爱憎分明,人养的,是看家狗,而不是养一种思想和哲学,养一种出世或遁世的特立独行和清静无为。人是要求它必须深深入世并斤斤计较念念有为的,否则,若是狗眼睁睁看着门窗被人撬了,家当被贼偷了,那咋办?那只有把这无用的狗处理了。啊,做人难,做个狗,你说容易吗?尤其要在狗类里做个特立独行的先知之狗、思想家之狗、无为而治之狗,何其难?

好在,山里无贼,主人家无被盗之虞,这狗就可以安然做它的闲狗,得以超然物外,清静无为,修身养性。

一只仰望天空的狗

它之仰望，肯定，与上帝无关，与外星人无关，与气象无关，与哲学无关，与天文学无关，与级别无关，与名利无关，与股票无关，与帽子无关，与房子无关，与升官发财无关，与骨头无关，与剩饭菜无关。

但它在专注地仰望。它的头已仰到极限。它的渴慕，显然已经达到极限。

整整一个上午它在仰望，整整一个下午它在仰望，整整一个夜晚它在仰望。

整整一天它都在仰望，整整一生它都在仰望。

一千个太阳破碎了，它仍在仰望；一千条银河干涸了，它仍在仰望。

它不是疯狗，疯狗是要咬人的，但它没有咬人的记录。

它不是狂犬，狂犬是要吠日的，但它没有吠日的举动。

它依然在仰望。整整一天它都在仰望，整整一生它都在仰望。

我无法知道这只狗究竟在仰望什么，从它忧郁深邃的眼神，我断定,它一定把重要的东西,在地上根本找不到的东西,丢失在了天上……

父亲赶集卖小猪

父亲去集市卖小猪,小猪在筐子里嗷嗷叫,他用手轻轻摸了它们几下,说,别叫,带你们找几户好人家。小猪仍叫。父亲就哼着随口编的歌,为它们演唱并催眠。小猪渐渐不叫了,睡着了。走到半路,小猪醒了,又叫,父亲伸出手逐个抚摸它们,小猪听话,又不叫了,小猪熟悉这双粗糙又温存的手。快到集市了,这时候,一些小孩拉着妈妈的衣襟或爹爹的手,往回家的方向走。小猪又叫了,小猪可能听见了小孩的叫声,也跟着叫起来。这时,父亲没有伸出手抚摸小猪,也没有顺口哼歌哄小猪。父亲把背上的筐子放在地上,仔细挨个儿看了一眼没出过门的小猪,心里颤了一下,心里很软,眼眶也潮了。

父亲是孤儿,三岁时就死了爹娘,跌跌撞撞活到现在。父亲身世苦,心肠软,平日里硬话不是没说过,但是硬话刚一出口,不知伤别人没有,他自己首先觉得不对劲,立即后悔;硬事儿、硬手段却从没做过,不会做,也做不出来。有人与他斗气,争抢啥,他总退让,他的口头禅是:让人一步自己宽。遇到不本分的人,父亲难免受气。父亲认了。父亲自己打扫和安慰自己的心,说,别的啥咱都没有,不是自己的咱都不要,咱就落个自家心里干净,宽展。

此时,面对听话的小猪,乖乖的、软绵绵的小猪,软心肠的父亲,心更软了:也是没出过门的娃娃,咋就把人家说卖就卖了? 父亲觉得自己正在做着不该做的事。虽然,集市不为心肠标价,集市不流通心肠,集市只贸易货物。何况,父亲需要钱,一家人的日子需要钱。但是,父亲觉得自己正在做不该做的事。父亲掉过头往回家的方向走。

回到家,父亲对我妈说:小猪太小,人家嫌断奶早了,不好卖,再养几天吧。

怪了,不是断奶好几天了嘛。还要养多久呢? 我妈问。

父亲回答:先养着,到时候再说吧。

神的祭品

在去年秋天的一个深夜，在陷入长久沉思之后，我恍然开悟：世间总得有一种非凡生灵，把自己完全奉献出去，像献给神的祭品一样完全奉献出去，从来不去想什么功德啦、回报啦之类道德逻辑和等价交换之类的经济学的事儿，根本就不知道"报偿"这个词儿是什么意思，献出去就献出去，完全地献出，像雪完全地融化，像火焰彻底地燃烧，像流星义无反顾地陨灭，以自己的破碎和消失，保证神灵的荣耀和宇宙的完整。不仅如此，还要把那些泼向自己的轻蔑、误解、嘲讽、侮辱和一切污水，也都一一承受和接纳了——这是谁能做到的？神好像做不到，神首先是要让人去崇拜和仰望的。像海一样容纳陆地的全部污秽——这是只有海能做到的。我想到了猪。但猪不是海，猪不是神，也不是人，猪没有神的意志，也没有人的觉悟。但是，神有了神的意志，神也做不到猪能做到的；人有了人的觉悟，人也做不到猪能做到的。人除了为自己和为自己所属的族群尚能做到全心全意甚而在非常时刻甘愿慷慨赴死,人并不曾为自己之外的别的事物完全地奉献过自己。神也如此,神被人顶礼膜拜但神从不露面,"神出鬼没"正是神的特性。

那么,宇宙间总该有一种生灵,做神做不到、人也做不到的那种彻底的牺牲和完全的忍耐,奉献出完整的自己,同时,接受和忍受所有的轻蔑和侮辱——这是神不能担当、人也不能担当的真正堪称神圣的使命——如果宇宙间没有这种能够担当的非凡生灵,宇宙就显得不够完备,人的文明史的撰写也会出现某些纰漏和残缺。这着实是不好担当的超难度工作和超神圣职责。让谁来担当呢? 答案早已摆在那里了:猪,担当了,而且一直担当着,很有可能一直担当下去。

当我想到这里,我对猪不禁肃然起敬起来。联想到故乡的乡亲们对猪的那份同情和尊重,我才知道,我那清贫质朴、有善根也有慧根的乡亲们,他们对猪的感情是何等深沉啊。

是的,在我的故乡,我很少听见人们说猪的坏话,更不骂猪。乡亲们喜欢猪、同情猪,觉得猪憨厚朴拙、大智若愚、大度能容、温顺忍让、随遇而安、心胸宽广、与世无争、与人无求,求也只求一口简单的吃食,然后就顺人意而随天命。所以,我故乡的乡亲们,对在同一个屋檐下共度寒暑的猪,除了喜爱,心里还存有一份感激和尊敬。

猪的命

　　猪养到一定时候,最终都不得不杀掉,这好像是猪的命,没有什么办法改变。对此,乡亲们也并不视为理所当然,而是觉得对不起猪,好像做了一件明知故犯的错事。在这种矛盾的心境里,乡亲们对从小喂到大的猪,心里的情感是存得满满的,既有对终于有肉吃、生活得以改善的期待和欢喜,也夹杂着对朝夕相处的一条命的最终结局的怜惜和无奈。但又无法说出口,因为,你既然想吃肉,杀了猪,又说些同情、不忍之类的话,连自己都觉得有点伪善和不好意思。所以,就不说吧,那份复杂情感就默默存于心里,过了好久都不能完全释然。

　　我记得,在我的故乡,几乎所有养猪的人家,包括我们家,在杀猪的那天并不都是兴高采烈的,相反还有一点儿沉闷,只有不懂事的小孩儿一边看热闹一边大呼小叫着,大人们则埋头做着手边的事,话却不多。养猪的母亲或大嫂们,看着自己一天天招呼着亲手喂大也越来越听话的一条命忽然就要结束了,难免就有些伤感和空落,但又不好多说什么,眼睛红红的,赶紧离开沸水翻滚、快刀铮亮、早已摆好宽大肉案的院子,到地里间苗或到河里洗菜去了,以此来转移和平息心里那种复杂、不安的情绪。

我妈在世的时候,每当自己家里杀猪或遇到别人家里杀猪,她都有些不同于平时的情绪波动。一个善良仁慈的妇道人家,面对动刀和流血的场景,你让她心如止水,保持所谓的平常心,那怎么可能? 一个总是护生惜物、连一粒蚂蚁也不忍伤害的母亲,面对自己一手喂大、朝夕相处于同一个屋檐下的生灵忽然间身首异处、开膛破肚,她怎能不生起不忍之心? 这时候,母亲总是悄悄离开杀猪烫猪的院场,到屋里埋头做针线活或刷锅洗碗,口里还不停地默念:猪啊猪啊你莫怪,你是人间一道菜,来世投胎变个人,多行善事无病灾。

记忆里印象最深的,是村东头爱读书、信佛教、外号"杨菩萨"的杨贵元爷爷说的一席话。那天,他见有人家杀猪,猪挣扎惨叫,他的表情显得有些愕然、悲悯,但也不好公然说什么,更不可能跑过去夺了人家手里的杀猪刀,他只是低头自言自语,以化解面对杀生场景心里涌动的怜悯和无奈情绪。他喜欢和我这个小字辈说话,记得他对我这样说:猪把自己的筋骨血肉肠肠肚肚全给了人,这是谁能做到的?是神吗?神也做不到,神只能被人高高供在神台上,神身上没肉,神身上就是有肉,人也不敢吃。把自己的一切全都给了人,神做不到,猪做到了。猪当然不是神,也不是佛,但猪有大恩于人,难说它就是下凡的天神和大佛来到人间,把自己降到千万倍低于人,从而帮助和成全着人。

原始母亲的无限柔肠

一

　　我六岁那年,家里养了一头母猪,当它长大了,父亲说这猪懂事了,就花钱请邻村一个姓杨的人牵来他家的公猪,来到我家猪圈前,用大人的话说,就是要成全好事。我那时还没上学,无知无识,但婚姻啦,恋爱啦,这些词儿还是隐约知道一点。我人小、无知,还有些傻气,看见别人家的公猪来了,还以为它要跟我们家的猪恋爱并结婚。就像看别人家结婚办喜事那样,我热切地等待着猪的婚礼,并暗暗为我们家的猪高兴,它终于有了新郎官了。等了一会儿,却没见什么大的动静,只见姓杨的人拿着竹条将那公猪硬往母猪身上赶,我当时竟有点愤怒了,觉得大人们对猪太无礼,太不尊重猪,照我的小脑袋理解,恋爱婚姻是人的大事,对于猪也不是小事吧,怎么这样糊弄人家呢? 我气愤地想着,正准备责怪大人,大人们代猪操办的所谓好事已经结束了。我当时心里很难过,觉得猪太可怜,一辈子被关在潮湿漆黑的猪圈里,没见过阳光、青山、溪流和原野,没见过别的生灵,它们作为猪,却很少见过别的猪,也就无法结交自己的朋友和恋人,连婚姻恋爱这么重要的事,就这样被人潦草地糊弄了,猪,真是可怜啊。我这么想着,为猪打抱不平着。

几十年过去了,我仍然没有改变我六岁那年对猪的同情和打抱不平的想法。至今仍然觉得,猪如果不被关在猪圈里,而是让它们在大自然里自由生长,它们完全可能是另外一个样子,不仅会变得更聪明更健康更漂亮,而且它们也会在众多同伴里,结交上自己的朋友和恋人,从而拥有一头猪的纯真友谊和秘密恋爱,拥有一个卑微生命应该有的卑微幸福。可是,这些,它们一生一世都没有,永远也不会有。

二

我家的母猪生了,生下一窝十个猪娃娃。爹爹说,十全十美,这母猪命好,有福气,会生孩子,头一次生孩子就生个吉祥数字。母猪坐月子吃得好,我妈妈每天仔细为它打理饲料,草料里拌些谷糠、麸皮、豆渣,有时还添些豆浆,大家真心诚意把它当母亲来照顾。小猪娃红白红白的身子,毛茸茸,滑溜溜,圆滚滚,真可爱啊。猪娃娃吃奶时,整齐地卧在猪妈妈肚子下,噙着妈妈的奶头用力地咂着奶水。猪妈妈在翻身或睡觉的时候,都小心地护着自己的孩子,从没有因贪睡或动作粗鲁压坏了孩子,在这方面猪妈妈堪称模范,好像比人做得还要好些,我后来不止一次听说有产妇不小心睡着了压死自己的婴儿,但我从来没听说过猪妈妈压死自己孩子的事情,可见猪妈妈何等细心。我对此感到惊讶和不解:是怎样源自血脉的深挚情感和神秘力量,使它具备了无师自通的能力,初次做母亲,就成为无可挑剔的模范母亲? 此时,猪妈妈很惬意地躺着,发出慈祥温柔很满足的哼哼声,仿佛在呢喃:孩子们,慢慢吃吧,妈妈的奶都是让你们吃的,孩子们,自从有了你们,我也就有了奶,我就成了你们的妈妈,我一定要做一个好妈妈,让你们一直吃我的奶,我一直做你们的好妈妈,孩子们,慢慢吃吧……

三

我数过猪妈妈的奶头,一共有十二个,左面六个,右面六个,像后来我见过的大队支书穿的大衣上的排扣一样,整齐对称地排列在猪妈妈的肚子上。听小伙伴云娃说,他还见过十四个、十六个奶头的猪妈妈。看着那么多奶头,我们这帮小娃娃只觉得惊讶,私下里悄悄议论,我们的妈妈只有两个乳头,猪妈妈却有那么多乳头,这是为什么呢? 问小学的李保元老师,李老师说那是因为人在不断进化的过程中,有些东西就退化了,猪没有进化,还保留着原始状态。这个解释勉强说服了我们,是的,我们的妈妈用进化了的两个乳头喂养我们,左边是太阳,右边是月亮,上苍把天地间最温柔的光芒,都配置在妈妈身上,那已经足够照耀我们成长了。但是,我们的小脑袋还是止不住乱想着:猪没有进化,猪保持着原始状态,那是不是说,处于原始状态的猪妈妈,它没有学会别的本领,也没有别的杂念。它只有一种原始本能,即爱的本能;它也只有一种原始心思,即爱的心思。原始的猪,就像这永远原始的大地一样,没有别的本领和别的杂念,只有爱和忍耐的宽厚本能,以及用于繁育的充沛乳汁?于是,那么多奶头就排列在猪妈妈肚腹上,就像密集的星星排列在天空的肚腹上。从生活里和命运里得到的一切,它都提炼成乳汁,源源不断流向它的孩子们,它就这样表达着因没有进化从而也没有退化的一个原始母亲的无限柔肠……

四

猪妈妈细心养育着猪娃娃,同时还日夜警惕地保护它们。我们的邻居家里养着一条黄狗,常到我们家串门找东西吃。有一次,猪圈门没关严,那条黄狗溜进猪圈,想偷食槽里掺有麸皮和米糠的猪食,猪妈妈以为狗要叼走自己的孩子,猛地从窝里站起,用身子遮挡着自己的孩子,嘴里发出愤怒的叫声,见狗还不出去,就勇敢地冲向狗,昂着头拱着身子硬是将狗赶出了圈门。在屋后水渠边洗衣服的我妈,听见动静赶忙跑回来,看见邻居家的狗嘴上沾着猪食惊惶地逃,才知道是怎么回事。我妈后悔自己大意没关好圈门,让母猪和猪娃娃受了惊吓。

猪娃娃渐渐长大,母子十一口每天要吃喝拉撒,猪窝里垫的干草很快就被一旁的粪水浸湿了,这样每天都得重新清理垫进干草,因为猪很爱干净,坐月子的猪更需要干爽温暖的环境。农活太忙了,大人们还要到山上修水库,实在顾不了猪,就让我放学回家后给圈里换干草,添猪食。可是我放学老是想和小伙伴玩,避重就轻,添了大人提前拌好的猪食,却没有及时为猪窝换垫干草——因为要到田野里把生产队分给每户的稻草个儿选干爽的背回来,这事太麻烦,我就把天天换干草,擅自改成两三天换一次。那天中午放学,添猪食的时候,我才发现前几天换的干草大部分都被粪水浸湿了,还剩下不多一点儿干草,形成一个稍微干爽些的孤岛,猪妈妈让自己的孩子一个个紧挨着睡在孤岛上,自己却站在粪水浸泡的湿草里,它是把仅剩的干草用嘴一点点嚬到固定睡觉的地方,在"水深火热"中为自己的孩子筑成了一个温暖干爽的小岛。就这样,它站在水深火热里为孩子授乳,它站在水深火热里过夜,它站在快要没膝的粪水里,尽着母亲的职责。

这是因我的偷懒造成了它们一家的痛苦,但是憨厚的猪妈妈没有责怪我,它总是用温柔的眼神迎接我的到来。当我怀着愧疚的心情赶紧从田野里背回干爽的稻草,垫进猪圈,把那个"孤岛"扩大成一片温暖的大陆,猪妈妈终于又和它的孩子们暖融融地睡在一起。我蹲下来,轻轻抠着猪妈妈的后颈窝,表示对它的歉意,猪妈妈感激地看了我一会儿,然后闭上它那好看的双眼皮眼睛,发出柔和、满足的呢喃声。时至今天，几十年过去了，我仍然认为那是猪妈妈在对我说话，它心里有话要说，一个母亲心里定然有很多话要说，一个母亲定然有着很多柔软的心思，当然，一个母亲心里定然也有着很多委屈和忧伤。

一个多月后，猪娃娃们长大了，也到了猪崽买卖的时节。离我们村十余里的漾河上游，有个叫元墩的集市，逢农历双日开市。这天，父亲用两个竹筐，一筐装五个猪娃娃，十个猪娃娃被父亲挑着要去赶集。我舍不得它们离开，哭叫着抱着父亲的腿阻拦他，母猪在圈里烦躁地顶门，门顶不开，就用头撞墙，悲伤地嘶叫，它要留住自己的孩子。父亲这时倒是能体会我的心情，没对我发脾气，还低头劝我：娃啊，筵席都有散的时候，人到时候都要分家，到时候还要分手，猪又咋能例外呢？再说了，你上学的学费，家里的油盐酱醋穿衣吃饭，都等着猪来帮衬呢。我妈在一旁抹着眼泪，说，孩子，你爹说得对，你也没错，让你爹去吧，今天逢双日，不是说逢双有喜嘛，今天是个吉祥日子，猪娃娃们一定都能遇到好人家，它们不会受苦的。母亲一边说着，一边挨个儿抚摸小猪娃娃，她是在为它们送行。然后，母亲又抱了些干草走进猪圈，一边铺垫，一边口里喃喃着，像是自言自语，又像是对母猪说宽心话：娃他妈，想开些，又不是第一次养孩子，啥事没经见过？你的心思我晓得，都是当娘的，当娘的心里苦水多，想开些，别伤心，娃们迟早总得离开，娃们会有个好去处的，心放宽些，后面的日子还要好好过呀。母亲仔细整理了猪窝，铺垫了干草，又把食槽刷洗了一遍，这样，小猪留下的气息就会淡一些,母亲想借此缓和猪妈妈对孩子的思念之苦,她也只能以这种方式表达一个母亲对另一个母亲的同情和怜悯。

开学了,我和哥哥用小猪换来的钱交了学费,父亲也在铁匠铺里打了几把锄头镢头镰刀,母亲用剩余的钱为我们买了一些蓝卡其布亲手做了新衣服。当我捧着崭新的课本,穿着崭新的衣服,放学后高高兴兴跑回家,却发现院子里比往天冷清了许多,才忽然记起是没有了猪娃娃们那天真可爱的声音。于是,赶紧推开猪圈门,我看见了,孤独的猪妈妈,它低垂着头孤独地站在阴影里。它那一身浓重的黑色,像一片永恒忧伤的黑夜。

不久,母猪又怀孕了。又产崽了。猪娃娃又去集市了。猪妈妈,就这样一窝窝地生产着它的光荣和忧伤,一次次地重复着它的苦难和无助,一年年地支援着我们清贫而值得感恩的生活。

那温柔的摇晃

大约七岁的时候，有一天，我看见邻居家的堂哥戴着自己编的柳条帽骑在牛背上从河边晃晃悠悠走回来，我羡慕极了，也想骑牛，但看着那黑牯牛威武的样子，就感到害怕，怕它用牛角挑我，或摔下我。大人说牛欺生，牛发了脾气，会把人顶伤或摔坏的。我胆子小，算了，就不骑牛了。这时，父亲打开猪圈门，让猪在院坝里换换空气，晒晒太阳，伸伸筋骨，说这样猪才长得快，肉也瓷实。那猪走上院坝就开始奔跑撒欢儿，看什么都觉得新鲜有趣，这里啃啃，那里嗅嗅，时不时还抬起头，眺望远处的青山和头顶蓝莹莹的天穹，好像要研究春天和大地的秘密，为以后的猪们提供它发现的有关宇宙的第一手资料。可见它是很喜欢阳光很热爱生活的，而且还有着求知的兴趣，它的趣味绝对是大于猪圈和食槽的，也许涵盖了整个春天。看得出来，它对大地上弥漫而来的无边草木气息怀有与生俱来的深情。

十岁的堂哥说，那就骑猪吧，猪的身子矮，摔下来也没事，何况猪的脾气好,骑上去会很好玩的。他先单腿跨上去试了一会儿,然后跳下来,说能骑能骑,就扶着我骑上猪背。开始,猪不太习惯背上突然多出的重量,摇晃着,好像不太乐意,过了一会儿,猪渐渐接受了我,堂哥撒开手,由我单个儿骑在猪背上,在院子里转了三圈。从此以后,我喜欢上了我们家这头猪,我常常为它捉身上的虱子,为它搔痒痒,猪最喜欢我抠它耳朵后的后颈窝和腿的根部,那是它自己无法管理的部位,好像那里藏着欢喜穴位,我一抠,它就快活地哼哼起来,那是它高兴的笑声。放学后,我就到田野里采些猪爱吃的水芹菜、灰灰菜、紫云英苗、鹅儿肠草等等,有时,还偷偷把自己碗里的饭分点儿给它吃。我想,它不是马,不是驴,不是牛,却对我额外做着马、驴、牛也未必愿意为我做的事,让我骑它,我心里是非常感激它的。就这样,我和猪有了很深的友谊。过上几天我就要跨上猪背骑一会儿。猪习惯了我这小小骑士,我骑在它背上,它一边低头吃院坝边的青草,一边小心平衡着身子,我则仰头看着村庄四周的田野风景,俨然一个骑马凯旋的将军。

最远的一次,我骑着猪沿绕村而过的溪流边的小路,来到离村子约六七十米的漾河岸上,这是猪平生走得最远的一次,它看见了明晃晃的河流,它听见了哗啦啦的水声,它十分激动,它简直有点狂喜了,我赶紧从猪背上跳下来,让它放松身体敞开胸怀,让它好好看看它很少能看见的大自然的广阔和新鲜。我看着它那纯真喜悦的样子,心里竟有几分同情:猪见的世面太小了,常年关在黑黢黢的猪圈里,世上的任何风景都没见过,也没有一个猪朋友,它哪像我们,可以读书上学,还可以四处疯跑、唱歌、捉迷藏。猪,真可怜啊。但我又能对猪做点什么呢？我只能喂它点随手采来的野草,顶多骑在它的背上逗它玩一会儿,而我骑它时,快乐的是我,我并不知道猪的内心里是否真的乐意。我对猪的这些感情,只能藏在心里,没有对别人说,我怕说出去别人笑话我。

猪背并不是很柔软,还有一点硬,那是因为世世代代的猪并不像马或驴那样被人当作坐骑,即便专职拉犁的牛也常常被从古至今的孩子们倒骑在背上,"短笛无腔信口吹",这种经历使它们的脊背多多少少被人塑造,而成为人可以随时借用的一部分。而猪的脊背始终保持着史前的空白。然而,一个无知小儿稍稍改写了猪的历史,改变了一个生命与另一个生命的伦理关系,建立和体会到了一种不为人知的深厚友谊。在那似乎一直很荒凉的猪背上,我像国王一样坐了上去,它成了我的临时王座。

就这样,一头憨厚的猪,小心地保持着它和它并不理解的地心引力的垂直关系,小心地托举着一个孩子在它背上的微妙摇晃,小心地把一个当时还很矮的孩子托举到他能够更远地看见春天也被春天看见的高度。那温柔的摇晃,一直摇晃到几十年后的此时此刻,摇晃成一个渐渐老去的人的不老的记忆⋯⋯

种猪走在乡间土路上

种猪走在乡间土路上。

看见花吻一下,看见草拱一下,看见路上行走的蝈蝈、蚂蚁,它用鼻子嗅一嗅,迟疑片刻,就走开了。种猪像个多情的情种。

养猪人跟在种猪后面,猪往哪里走,他就往哪里走,猪停下来,他也停下来,猪加快步伐,他也加快步伐。种猪像是他的领路人。

他的手里握着一根鞭子,他并不轻易抽打这与他同行的种猪,有时只是轻轻在猪身上扫一下,提醒它不要老是在路上拈花惹草,那风一样轻拂的鞭梢更像是一句亲热的叮咛:又要做新郎官了,还不懂事一点。

养猪人摸摸身上的钱袋,又看一眼专心走路的种猪,满意地、有些暧昧地笑了。

麦田里芳香、潮湿的气息,与种猪身上的泥腥气息,混合成某种安宁原始的气息,淡淡地飘过田野。

在小河边,种猪停下来,饮了几口水,又啃岸上的嫩草,猪尾巴翘起来,又卷成半圆,然后轻轻拍打身上的虫子。野花簇拥着,青草摇曳着,行走在花草丛中,种猪显得优雅、稳重,像个穿着黑衣服的有教养的绅士。养猪人发现,猪原来是这么妩媚的动物。大量的猪都被人匆忙地喂肥,匆忙地杀掉,人们只允许猪长肉长油,不让人家有别的本领,在匆忙短促的生命里,猪来不及发育自己的灵性和智慧,就被宰杀了。人们只向猪索取脂肪、蛋白质和骨头,人们绝不关心猪的情感悲喜和内心生活,更不会关心猪的没有尽头的耻辱和忧伤。

养猪人这么想着,就有点同情猪了。而对这头与他同行的种猪,甚至有了一点尊敬。它不仅是猪,而且是种猪,它的儿孙遍布四方,而它依然赤条条来,赤条条去,不懂得为儿孙谋私利,也不耍那套封建家长的臭威风,纯真得像个孩子一样。要是它坏一点,把它的儿孙们组织成一个黑社会,四处捣乱多吃多占胡搞乱嫖,那就麻烦了。

养猪人想起一句骂人的话:跟猪一样! 这话不对,谁跟猪一样? 谁有猪的纯真憨厚诚实? 除了猪跟猪一样,谁能跟猪一样? 这样比,不是把猪抬高了,就是把人抬高了。猪永远达不到人的境界,人也永远达不到猪的境界。猪与人没有可比性,他们生活在不同的世界里。人看猪,猪当然是猪;猪看人,人大概也是猪。

养猪人为他这愚蠢的想法,忍不住笑了。他想,整天和猪打交道,思维和感受怕是难免要带上些猪的混沌逻辑和糊涂色彩。

小河上搭着柳木小桥，窄窄的，柳木浸在水里，已发了绿芽，种猪看着哗啦啦漫淌的水，有些害怕，迟迟不敢上桥，就回过头来看着养猪人。养猪人就走到前面牵了绳子拉着种猪过桥，种猪觉得安全了，一边过桥，一边亲吻桥上的柳芽和漫上桥面的河水。养猪人想：这猪也是及时行乐的家伙。

过了桥，离目的地还有好远，附近的村庄种猪都已光顾过了，它的儿孙有的正在健康生长，有的怀胎不久，有的已经成为新一代种猪。这家伙可称得上儿孙满堂了，可是种猪不会领略这种幸福，而养猪人又不能分享这种幸福，只能得到那几个钱的狭隘满足。这时候，养猪人感到一种难言的尴尬。这时候，他忽然想到：谁又能真正理解种猪的生活呢？谁知道种猪是否喜欢这种漂泊四方寻花问柳的浪荡公子的生活？谁知道种猪承受的光荣和耻辱？

离目的地还有好远，种猪走在前面，养猪人紧随其后，与一头猪走在一起，人毕竟还是寂寞。养猪人就打开随身携带的收音机，某个电台正在播放某省原副省长贪污受贿、伪造学历、到处嫖娼的劣迹，养猪人张口就骂了一句：种猪！骂毕，又觉不妥，他望了望走在前面的种猪，多么诚实憨厚的猪啊，可是它被人赶着去过那种放荡的生活，谁知道它情不情愿呢？某副省长怎能和种猪相比呢？于是养猪人又骂了一句：不如猪！

而种猪依然安详地走在乡间土路上，它不知道副省长是什么动物，不知道贪官是什么东西，它不知道什么是贪污，什么是嫖娼，它也不知道什么是猪，什么是不如猪。

荣辱皆忘,种猪走在乡间土路上。

前面不远,就是目的地。原野上蒸腾着泥土的气息,麦苗的气息,野花和油菜花的气息,隐隐地,还混杂着种猪熟悉的那种神秘撩拨的气息。

养猪人轻轻拂了一下手中的鞭子,算是对种猪的最后叮咛。

种猪,有些激动地走在乡间土路上……

怀念:与猪一起看云的童年时光

一

云,一飘到河流的上空,就有了变化,白的更白,像白棉花,像白的丝绸缎子,像千虎崖半坡上县粮站的雪白的墙,像我们一年级班主任唐兰老师的白衬衣;镶金边的云呢,那金子就像真的金子,取下来可以做生日戒指;黑的云,也显得不那么恐怖的黑了,变成那种柔软的幽暗,像外婆在世时头上缠的黑布帕子,那是走了多年的外婆挥着帕子给我们捎信来了。

河上空的云为什么这么好呢? 可能是因为,河上空的云,低头看见了水里的自己,就想着要变成更好的自己,云在天上这么想着,在水里就照着心里想的样子仔细换洗自己,果然就变出了最好的自己。

印象最深的,是雨后天晴,河的上空忽然起了很多白云,也不知转眼之间,老天爷是从哪里搬运来这么多的棉花垛子,纺织了这么好、这么多的白云?

当我们的内心很干净很柔软的时候，才有纯洁的感情和美好的思想。我想，天空也很可能是这样的，当天空有了崇高的灵感和壮丽的幻想的时候，才有七彩的长虹出现，才有洁白的云飘过，从而自己把自己擦拭得更蓝、更明净、更高远；有时，那白云就静静停泊下来，停泊在无边的碧蓝里，像在一首空灵的诗里，放了一枚白的书签，提示我们要在心里常常默诵这首诗。

而在别的时候，我们的心里，就难免灰云黑云黄云不停地轮换着飘来飘去，那飘着的，就是我们的妄念和杂念。

所以，白云在碧蓝的心空飘荡，是我们最纯真最幸福的时光。

什么是童年呢? 童年就是:碧蓝的心空里总有白云不停地飘啊飘。

二

那一天，是我童年的三月的某一天。白云又在故乡的天空飘起来了。

老天爷啊，这么好的白云，一定出自你那宽广深情的心灵。不，除了宽广，还要加上清澈和碧蓝。老天爷啊，从你那无限宽广无限碧蓝的心灵，涌出了这么好的白云。你把它出示在河的上空，不为刮风下雨，不为作秀签名，也不用来裁衣制衣，在闹市开个时装店赚钱。那么，老天爷，你搬出了这么多、这么好的白云，你要用它做什么呢?

我想,你一定是想让沿河两岸众多的人,都抬头低头看见一些什么,在生存之外,在尘埃之上,在市场之上,在人群之上,看见一些好东西。

我们就抬起头,开始看。

我们一眼就看见,透明的一望无际的碧蓝里,飘着洁白、洁白的云。

于是,我们停下赶路的步子,放下手头的活儿,我们仰起头,长时间看啊看。

我们全都看见了展览在天上的好东西,渐渐地,我们全都看见了我们自己,我们看见了自己的心灵,看见了自己的感情。

我们终于知道,我们平时懵懂的心里,其实也藏着那么洁白、那么柔软的内容。

河边看云,是我家乡的人们——特别是孩子们——经常要做的一件事情。

三

记得那是个星期天,我们在河边采猪草,猪草篮子快满了,就要回家了,忽然云飘过来,是那很白很白的白云,不用形容了,你该知道什么是白,什么是很白,不是苍白,不是灰白,不是惨白,是那非常纯洁、非常感染人的纯白。

我和几个小伙伴就这么看啊，看啊，看得满心痴迷一脸苍茫，心里很激动、很美好，但又好像没有任何想法和念头。心里很纯、很远、很空，心里什么都没有，心里就飘着那些白云。

这时，我忽然冒出了一个想法，我们不是在采猪草吗？这就一下子想到关在潮湿猪圈里的那些猪了，它们真可怜啊，除了清贫的猪食，除了幽暗的猪圈，除了难闻的粪水，它们一辈子都没见过别的风景，一辈子都没见过一片白云。

我们都把猪当宝贝养着，猪宝宝把自己的一切都给了我们。可是我们是怎样对待我们的宝贝呢？除了潮湿黢黑的猪圈和粗糙乏味的猪食，我们给过猪宝宝稍微像样一点的礼物吗？

从孔夫子至今，对于猪宝宝等等生灵宝宝，我们说得好听，做得很差，它们待我们很好，我们待它们如何呢？

我就不说了。大家扪心自问吧。

于是，我对小伙伴云娃说，走，我们回家去，把猪从圈里放出来，让它们看看蓝天，看看白云。

云娃说，你疯了，猪怎么看云啊？

我说，天上的鸟、门前的狗、房上的猫、田里的牛都看云呢，燕子还飞到高处剪云吃云呢，风筝还爬到天上去采集云呢，猪怎么就只能守着黑乎乎臭烘烘的猪圈猪粪和猪食，那多憋闷可怜啊，这么好的云，很可能它们也想看呢。

它们看不懂，看了也白看。云娃说。

我说：我们不也看不懂吗，我们不是也不知道白云对我们说什么吗?但是看着白云,心里就很宽敞很激动嘛。你怎么知道猪不爱看、看不懂白云呢?

我没有理睬云娃,我急忙跑回家,从猪圈里放出了猪,三头猪,我的三个穿黑衣服的傻朋友,我都放出来了。

我指给它们看,猪啊,我的傻朋友,快仰起头,快看,那是白云,快看天上的白云。

猪们似乎很兴奋,不停地卷着摇着有趣的尾巴,不停地哼哼,它们看看地上,瞅瞅天上,似乎看见了它们不曾见过的东西。

其中一头大黑猪,痴痴地望着天空,还高兴地得意忘形地打了几个快乐的喷嚏。

但是,接着,三头猪,三个长着美丽双眼皮的傻兄弟,它们温柔的眼睛,齐刷刷瞅着我的猪草篮子。

不过,我还是相信,它们一定看见了那些在河流上空涌动的白云,看见了在童年天空飘荡的白云。

我相信,这一刻,是它们最幸福的一刻,它们第一次也是唯一一次,看见上苍向它们送来这么多柔软的白手绢,要擦干它们世世代代的眼泪、苦难、耻辱和哀伤。

它们从地上望向天空,第一次,它们看见了猪圈之外,永远不属于它们的天堂。

它们从那不停向它们挥动的白手绢,第一次看到了上苍对它们的心疼和怜爱,也第一次感到了一个小孩对它们的友谊。

一片片白云,一条条白手绢,虽然擦不掉它们世世代代的痛苦、耻辱和哀伤，但是，上苍的心意，它们心领了，它们知道了。

一勺糖放进海洋，无法使大海变甜。

但是，苦涩的大海的心里，终于有了一丝甜。

大海那永恒苦涩的心里，永恒地收藏了这一丝甜和慰藉……

仰头眺望白云的那一刻，它们，我的三个傻兄弟，都十分喜悦和激动。

那一刻，它们看到了上帝的仁慈的手语。

那一刻，它们也是天堂里的孩子。

那一刻，这些饱受伤害和屈辱的憨厚生灵，它们那血泪浸透的心灵，得到了一丝慰藉……

四

这么多年过去了，我还记得那年春天和猪一起看云的时光。

前些年我读到一些资料，说猪由于眼睛结构的缺陷，以及长期困在狭窄昏暗的猪圈里，它们的视力很不好，是无法仰望到天空的景象的。

但是，我仍然固执地认为，所有生命都不甘于做生存监狱里的囚徒，都有着越狱的冲动和对自由的渴望，猪也绝不会对自己世世代代灰暗不幸的命运不存困惑和质疑，它们的内心肯定也一次次泛起悲苦的海水，一次次闪过生命曙光何时降临在自己卑微命运里的微薄念想。

童年,热烈地相信美好,痴迷地追随纯真,无条件地服从善良,连头顶的白云也想让大家一起分享,并且真诚地邀请猪一起分享,不分彼此,不存界限,没有高低,没有贵贱,万物同一,众生平等,坚信美好、纯洁、善良,是宇宙给我们准备的最好礼物;坚信美好、纯洁、善良,是万物共同的朋友和信仰。

我想,这就是童年的可爱之处吧。

一 动物记 一

第二辑

小兽们

雄鸡一声天下白

> 一只雄鸡，校正了我的营养学，复活了我的美学，拯救了诗，我荒芜的日子开始返青，在被越来越厚的生存雾霾、精神雾霾、政治雾霾、经济雾霾、环境雾霾笼罩和窒息的日子里，我似乎重新看到了心灵的日出，看到了消失已久的地平线……
>
> ——题记

一

那天，我买回一只公鸡，想补补身体。医生说我体内寒气重，偏阴，而公鸡性热，属阳，吃只公鸡，以热驱寒，则阴阳平衡、气血通和矣。

只因自己身体寒而且阴，就要请另一个生命帮忙，强行从人家那里拿走热和阳。

人活着,很像在为自己的身体打工,在做一个建筑:把自己加高、加厚、加固,最好弄到摩天的高度,最好弄成一个不朽建筑。建筑材料呢? 大家都在精心建筑自己,都在时刻使用材料,都是建筑专家、材料专家。所以,"材料"的事,我就不说了。

此刻,我的面前,就摆着一个材料。

就是这只火红色的少年公鸡。

我就要将它捣毁、搅拌,把它,把这"建筑材料",堆积进我的身体?

我忽然很惭愧,甚至有一点揪心的惭愧。

继而,我有了一种犯罪感。

我实在下不了手啊。

面对这少年公鸡,面对它一身霞光的羽衣,面对它热烈纯真的容貌,面对它英国绅士般的矫健步履,面对它那比国王的金冠更为大气和尊严的火焰的桂冠,面对它那酷似世界歌王帕瓦罗蒂却比另一位歌王多明戈嗓音略高的嘹亮美声男高音,面对它那专注、幽深、警觉而又十分单纯的眸子——

诸位,你们下得了手吗? 我实在下不了手啊。

上天造它,实在不是让我们来吃的,实在是让我们来欣赏的。这是怎样英气勃勃、鲜活生动的完美艺术杰作啊。

此时,自私自利的医学退却了,卑鄙无道的营养学退却了,险恶血腥的食物链退却了,丑陋凶残的"丛林法则"退却了。

美学,来到了我的面前。

美学,站在了我和少年雄鸡之间。

美学,要为蒙难的生灵仗义执言,要为血腥的世界主持公理和正义。

我手中的刀逃之夭夭,羞愧地忏悔着,悄悄藏进伦理的角落,它决定立即返回深山,重新变成一块慈祥的矿石。

忽然,这少年唱歌了——你听过这样热烈、雄浑、激扬、响遏行云、一唱三叹的歌声吗?

哆来咪发嗦拉西。

它刚来到我这里,刚与我认识,它就向我热情地献歌,而且,绝对是原创、真唱。请问,当今,在这个商业的星球上,一切都要以钞票做请帖的星球上,像我等穷人,我等"失败人士",你能请得起哪位歌手,请得起哪颗明星巨星恒星流星?请得起哪位天王地王海王人王?请得起哪位"超女""超男"?请得起哪一段旋律,慰问你那寂寞的心灵?

然而,它来了,来了,它正在对我满怀深情引吭歌唱。

二

连续几天听它向我献歌吟诗,我深深地爱上并崇拜起这位少年歌手、浪漫诗人了。

我发现它是一个伟大的古典诗人。它的激情和灵感,都来自那些古典的事物——

173

太阳,这是它赞美和呼唤的母题,无论太阳以旭日的身份上升,还是以落日的形象下沉,我们的这位诗人,都怀着深挚的激情,发出海潮般的歌吟。我猜想太阳在很久以前,把天上的一种稀有的基因悄悄藏进了雄鸡的生命里,因此,雄鸡——我们的抒情诗人才对天上的动静、黎明的动静、火的动静、光的动静,有格外的敏感和深情。这是一定的。你瞧,房地产老板按照利润最大化的商业原则,拼命地篡改土地、篡改河流、篡改山脉,甚至篡改了日出的时间,堵截了月亮的道路,一座座张牙舞爪的摩天高楼,竟然让天上的银河也断流了,自从我住进高楼,就再也没有看见过天河的波涛,牛郎织女也在我们的视野里消失了。我们浅薄的太浅薄的、张狂的太张狂的、物质的太物质的"幸福"生活里,已经没有一丁点高远伟大的气息了。我就一次次感叹:我们的大地已经不再是《诗经》里浸润着天真露水的大地,已经不再是唐诗里弥漫着空灵月光的大地,李白走过的大地上已经不再生长诗。如今的大地,是商业的大地资本的大地金钱的大地水泥的大地房地产商的大地,甚至,一个城市的日出和日落的时间,都由资本决定,自从我搬进这个小区,我的日出时间,整整被推迟了两小时,而我的日落,整整被提前了三小时。商业已经改写了我的天空我的地理我的地平线,改写了我的灵魂我的信仰我的生物钟。

可是,此刻,我们的这位古典诗人,健步跑到我家客厅的门口,然后立正,抖动它旗帜般的羽毛,扬起它那华美的霞冠,昂起头,向着那个神话的方向,日出的方向——哆来咪发嗦拉西。它大声朗诵那首古老的、献给太阳的颂诗。

我听出来了,它是在挑战和质疑这个被资本和权力绑架的世界,它在庄严宣布和重申:这日出,仍然是公元前的日出,是神话的日出,是心灵的日出,是诗的日出;这大地,仍然是公元前的大地,是露水的大地,是河流的大地,是生灵和植物的大地,是李白的大地,是月光和诗的大地。

我听清了它朗诵的内容,我禁不住为它热烈鼓掌和点赞,我还想向这位亲爱的诗人献一束花。

我以为它朗诵完了,想不到它又追加了一段——哆来咪发嗦拉西。

我听出来了,它是说:

这大地,不是房地产老板的大地,不是资本的大地,不是贪官污吏的大地,不是任由权力瓜分、任由金钱买卖、任由水泥覆盖的大地;这大地,是上苍的大地,是百姓的大地,是生灵的大地,是大地自己的大地,是热爱大地者的大地。

就这样,一种久违了的浪漫激情和纯真歌声,重新回到我枯燥乏味的生活。

就这样,美学,终于部分地战胜了自私的医学和卑鄙的营养学;至少在我这里,在我和少年雄鸡之间,美学,替代了生物学;审美法则,取代了丛林法则。

三

是的,这位诗人的灵感和激情的源泉,都来自它对古典事物的热爱和感动。

没有谁比它对光更敏感,它的诗歌都是献给光的礼赞。光与火,是史诗的意象原型,是历代诗人们的灵感源泉。我们的这位诗人,一定保持了对上古神话和史诗的记忆。它一生一世眷恋和赞美这些古老事物,在这个已经被消费主义和技术主义彻底解构了的世界上,它坚持在价值的废墟上怀旧,坚持在诗意的荒原上追思,忆想那真理和价值的中心,忆想那诗情澎湃的古典岁月;在破碎的年代里,它提示曾经存在过的那个完整的生命家园;面对泡沫四溢的无常河流,它站在"原型"的岸上,一次次重温失传的歌谣,它永远都做一个"原型诗人",都做生命家园的守护者。面对被欲望之狼和资本之虎追赶得魂不守舍、没命狂奔的人们,它时时刻刻提醒:你们都丢失了、遗忘了那纯真的原型和价值的故乡,你们被虎狼追赶着,你们也是一群荒原狼,你们终日、终年、终生没命地狂奔,好像前面有一个等待你们的天堂,其实你们不过是在貌似金碧辉煌实则一无所有的价值荒原上裸身狂奔,从一个废墟奔向另一个废墟,从一个陷阱跌入另一个陷阱,从一个笼子钻进另一个笼子。

没有谁比它对时光的行踪更敏感更伤感,它的诗歌,都是在慨叹时光、挽留时光、依依不舍地送别时光。子时,午时,寅时,卯时;黎明,清晨,正午,黄昏,夜半。这是怎样的大情怀、大意境和大手笔啊,它是在用深情的歌声,用伤感的诗句,为时光划分段落,为天空划分段落,为宇宙划分段落,为我们的生命划分段落,它是在以它天才的智慧和圣徒的爱心,为它崇拜的太阳填写起居录,填写工作日志。在它热烈、清澈的声音里,抬起头来,我发现被它朗诵过的天空其实并不高高在上,它就在我的生活附近,我的四周无不被天空注视和抚摸,此刻我的酒杯里,就盛着公元前的一角蔚蓝天空;被它叙述过的夜晚,比起在被叙述之前,充满了更丰富的意味,夜的阴暗和恐惧感大大降低了,而有了寓言的属性,我们甚至乐意被它暗喻,就像生命一出现就被死亡暗喻。朋友,如果你放弃几个晚上的睡眠,从噩梦或美梦里走出来,来到它的身边,体验一位浪漫诗人不眠的夜生活,你会发现,它拥有的夜晚是何等辽阔和丰富啊,我们钻进被子里和噩梦里,与无聊和颓废同床共枕,我们却把整个宇宙、把浩瀚银河弃置于生命之外,而它,我们的抒情诗人,却守着满天星斗和遍地月光,整整一条银河的波涛,都在灌溉诗人的宇宙情怀,都在酝酿那首不朽的黎明颂歌。至少在夜晚里,相比于我们精神生活的赤贫,这位坚持为大地守夜的诗人,真是一个宇宙级大富翁啊。

它坚持夜吟的习惯,在人类的鼾声和磨牙声之外,它向黑夜远方运行的太阳抒情,向伟大的银河系抒情,向真理和诗的源头抒情。在它动人的吟咏声里,我们会发现,那些遥远的显得疲惫、黯淡、颓废、零乱的星斗们,忽然被久违了的纯真、清澈的诗的语言唤醒了，重新集合在价值的轴心，依照诗歌的节奏重新排列令我们想起崇高道德境界的壮丽秩序；稍稍偏移的北斗，又返回到公元前的位置，在诗人海潮般的歌唱里，笃定于一个正好对应于我们内心倾斜度的悲壮斜坡，完成了一个即使我们用一百次人生去仰望也不会厌倦的充满寓意的神圣造型；一度从我们的视野里失踪的织女星，又被它深情的诗歌邀请回来了，记得在今年夏至的后半夜，在它每夜定时进行的第三次诗朗诵刚刚开始的时候，我急忙披衣起床来到户外，我抬起头，看见了久违了的我们的织女，我们亲爱的女神。她仍固执地站在天河对岸，等待着对岸那也等待着她的爱情，"河汉清且浅，相去复几许？盈盈一水间，脉脉不得语"，当红尘男女都不相信爱情了，而把一切人生事务甚至心灵生活和情感生活都交给市场和金钱去代理，她依旧坚持着天上的信仰，拒绝下凡，拒绝钻进金钱的笼子醉生梦死。她依旧信着她的信仰，爱着她的爱情——永恒的女性引领我们上升——以往，我看见的触目皆是"永恒的金钱引领我们下坠""永恒的权力引领我们堕落"，今夜，我又看见了我们孤独、纯洁的女神，她站在天河对岸，站在我们心灵的天空，她在问候我们，慰藉我们，也在引领我们，我的一再下沉、一再找不到方向的迷乱的心灵，似乎有所触动和醒觉：这小小的尘世的笼子权力的笼子名利的笼子金钱的笼子，难道我们的心灵就只能羁押和活埋在这些笼子里吗？你高高的苍穹，难道仅仅只是女神的虚拟领空？也许，我们的肉身注定匍匐于尘埃，而我们的心灵和情感，却可以高远如宇宙，明澈如苍穹。归来兮，永恒的女性引领我们上升……

四

　　它对电子的声音、刀子的声音、机械的声音、轮胎的声音、玻璃的声音、枪击的声音，有着本能的恐惧。但它不拒斥，它知道自己无力拒斥。它所能做的是坚持用自己的母语歌唱，用自己的方言发音，用自己的叙述方式，叙述这个被无数语言叙述和篡改了真相的世界。它坚持自己的叙述，除了日出、日落、黎明、正午、黑夜(这也是生命和死亡的象征)这些宏大叙事，它也叙述生活的细节，比如它自己的喜怒哀乐，它与一只母鸡的相遇，与一队虫子的相遇，与一只狗一只猫的相遇，与一头憨厚的猪的相遇，与一个五岁儿童的相遇，与一丛野草和一颗米粒的相遇，与一滴露水的相遇，只不过在叙述这些细节的时候，它改用单音节词，改用名词和动词。它不滥用伟大的语词，只有在进行宏大叙事的时候，比如迎接日出、目送日落的时候，它才使用那从上古流传下来的、史诗和神话的宏大语言。当人类已经缩进利益的店铺和享乐的旅馆，自囚于消费主义的标准间，再也不仰望星空沉思宇宙，再也不在自来水龙头之外遥想存在和生命的更深本源，遥想天河的波涛，遥想时间的开始和时间的尽头，人，终于由浪漫主义的伟大精灵变成了极端现实主义、极端利己主义的精明而渺小的动物；人，终于把自己缩写在利益的帽子和欲望的鞋子之间，帽子之外再无神灵,鞋子之外再无宇宙,利益之外再无一个更高的精神上帝。它,我们的浪漫诗人,却坚持着对天空、土地的崇拜,坚持着对那些巨大的光源的好奇心和神秘感,坚持着它从公元前就开始的宏大叙事。但它并不蔑视我们的琐碎叙事,它只是为我们遗忘神圣因而也被神圣抛弃的苍白命运而深深惋惜,它用它曲高和寡的宏大叙事,为我们提示那个被我们遗忘了的辽阔、苍茫的宇宙背景和价值源泉。

哆来咪发嗦拉西。

它歌唱时间,它朗诵天空,它为时间打上记号,它为天空划分段落,它为宇宙划分段落。它为我们的生命划分段落,并且打上记号。

就这样,美学,站在我和少年雄鸡之间。

就这样,一只雄鸡,丰富了我的美学,刷新和提升了我的伦理学,修改和净化了我的医学和营养学。

就这样,美学,成为我与一只少年雄鸡相处的社会学。

五

你也许不知道,一只雄鸡,一个浪漫派古典抒情诗人,竟然改变了我的生活,改变了我生命的行程——

我准备回到乡间,回到山野,过一种简单、缓慢、朴素的生活。

除了种地、读书、散步之外,我唯一的奢侈是植树、种花和养鸡。

我要为这只雄鸡养老送终。

当然，我将为它娶一个美丽的妻子。

它们将生儿育女。

与一位古典诗人生活在一起，与一首古老的抒情诗生活在一起，与露水、月光、青草、树木、飞鸟生活在一起，这也许是在这个被金钱、权力、技术统治的星球上最好的生活方式了。

如果不"跳出樊笼外"，如何能"复得返自然"？

在权力的戏台和金钱的笼子里，可能得到荣华富贵和醉生梦死，但你失去的却是自由的灵魂、高尚的道德和生命的诗意。因为，在多数情况下，生存的规则是拒斥灵魂的，常常是那些没有灵魂的赌徒，才能参加魔鬼主持的人肉筵席，并成为夸夸其谈的座上宾，得到魔鬼的拥抱和奖赏。

我撕碎了烫金的请帖，提前退出那热闹、势利、虚伪的盛宴，我走向边缘，走向人迹罕至的荒野，走向夕阳山外山。

我走向孤寂的诗，走向热烈而忧郁的诗人。

哆来咪发嗦拉西。

你听，我们的纯真诗人，又开始了黎明的吟唱。

我的天空，我的大地，我的群山，我的日子，将被一首古典的抒情诗反复朗诵，并且被打上记号，划分出意味深长的段落……

城市鸡鸣

　　住在城里,好久没有听到鸡叫了,大概有二十多年了吧。在乡下路过或采风,是听见过几次,但匆忙来去,那鸡叫声也就零星、破碎,如同流行的手机浏览和碎片化阅读,东一句,西一字,还没看清题目是啥,更远未触及心魂,就刷完了许多页面,心里却依然空荡荡的,而且似乎比以前更空荡荡了。

　　而最近,我却听见似乎完整的一声声鸡叫了。鸡叫声来自小区外面的街上。我默默感激着也羡慕着那一户有自家院落的人家,他散养着一群鸡,也为我们养了一声声天籁清唱,养了内心里的一点乡愁和温情。

　　我家住八楼,声音是从低处向高处飘的,市声混杂着各种声响,但由于鸡叫声既有日常的亲切,又有着热烈的个性,所以我就听得很清楚。尤其是那雄鸡的叫声,如一个满怀激情的黎明歌手和纯真的大自然的抒情诗人,它对阳光的赞美是如此激情洋溢,它对混沌时光的大胆分段是如此富于创造性,虽是一厢情愿,却暗合了天道人心的节奏:黎明、日出、晌午、黄昏、子时、午时、寅时、卯时……它从不失信误时,在准确报时的同时,还向人间朗诵了一首首充满古典意境的好诗——雄鸡既是现实主义者,也是浪漫主义者,既有务实精神,又有超越情怀。我听着鸡鸣的声音,对照我自己,觉得惭愧得很,我要么过于拘泥现实,要么过于凌空蹈虚,无论为文或做人,都远未到达虚实相生的意境。那么,虚的灵境与实的意象,出世的精神与入世的作为,应该怎样结合?听着一声声鸡鸣,心里想着自己仍须潜心修行,先贤虽逝,但榜样不远,榜样就在小区附近——就是那忠实地为人间报时、为天地服役、为众生抒情的一只只雄鸡。就这样,每天听着久违了的鸡鸣声,我那一直很寂寞,也难免有些抑郁的耳朵,竟因此有了幸福感,我终于听见了童年的声音,听见了故乡的声音,听见了大自然的声音,听见了唐朝、宋朝的声音,听见了公元前孔夫子听过的声音。

听久了,我还听出,那鸡鸣声总是在不停变着调子和嗓音,每天都不一样,甚至过一时段都有变化。前天听着很抒情的声音不见了,昨天突然换了个调子,显得生涩有些沉闷,而今天又换了嗓门,似乎欲言又止,还带着忧伤——我们的抒情诗人,在世事快速变化、场景匆忙切换的年代里,难以形成自己稳定的抒情风格和个性化语言,才如此急切地变换着言说方式,发出慌乱凄惶、极不沉稳的声音吗?

昨天下午上班时,我绕到小区外面的街上,想看一看鸡鸣声的出处,想看望一下我们的抒情诗人——它唤醒了我的乡愁和童年记忆,我应该去看看它们,顺便了解它们何以不停变换调子和嗓音的真实原因。

走着走着,我没有找到想象中宽大的绿草茵茵的院落,我没有找到诗,也没有见到诗人,却走到了一个生鸡屠宰场,在各种刀子和开水桶旁边,关押着一只只鸡,仔鸡、母鸡、雄鸡,在铁笼里拥挤着颤抖着。

我默默看了一眼那些垂头丧气、灰头土脸的鸡们,心想:那黎明的抒情、黄昏的咏叹和午夜的诉说,就是从它们中发出的。

然而,它们无法从容言说,无法跟随宇宙的时序和万物生长的节令,去深情地唱完一首完整的生命之歌。有的刚刚还在欢呼日出,就被迫终止了歌唱;有的正在朗诵挽留落日的诗篇,只朗诵了一半,就被一刀封喉,突然与落日一起失踪。

原来,我是听错了,不是歌手在频繁变调和改换嗓门,而是死神在不停点杀歌手——在死亡的流水线上,次第走过的歌手们,只能留下匆忙的绝唱。

这才觉出了我的幼稚和可笑,在商业的城堡里,却幻想着田园的牧歌;把一群羁押在市场铁笼里的、已经标好价钱的死囚,想象成大自然的抒情诗人。如此南辕北辙的诗意妄想,比起那位总是在幻觉中与风车作战的堂吉诃德先生,真是有过之而无不及,我啊,可笑甚矣!

城市的履历表里,没有土地的籍贯,没有自然的消息,没有生长的年轮,没有生灵的户口,没有天籁的内容;只有消费的记载,只有买卖的账目,只有屠宰的程序,只有利润的涨幅;市场的网页上,没有诗,没有露水,没有古老而清新的歌唱为荒芜的时光标示出生动的段落,只有消费和消费的竞赛,只有购买力的排序和攀比;现代的天空下,只有欲望的气球飘升,只有楼市车市股市的攀升,只有消费的风帆不分昼夜地飞升,不会有心灵的太阳在诗意的地平线上冉冉上升,因此,城市,没有抒情的鸟儿,没有歌唱的雄鸡,没有真正的日出。

我不无悲凉,而且十分荒凉地忽然明白:我所听到的鸡鸣声,绝非抒情诗人的深情朗诵,而是大自然留下的最后的几声苍凉遗言……

山里的鸡

　　山里的鸡，多数都散养着，鸡根本不以为是谁养了它，主人也不刻意认为自己撒了一点米粒或剩饭，就要鸡对人怎样怎样，鸡和人，都一致同意：是老天爷，在养人、养鸡、养万物。所以，人和鸡，都放开各自的性情和手脚；人和鸡，都落个率性自在。人去地里种豆、锄草，鸡在房前屋后啄食、散步。人回来了，鸡就小跑着迎上去，但并非等待施舍，而是一种礼节和仪式，表示欢迎主人归来，那叽叽喳喳的声音，我试着翻译出来，大意如下：哈哈，我们知道你是要回来的嘛，这不，你们果然就回来了嘛？我还好，你们也好吧？哈哈。

　　当然，最幸福的是公鸡，常常是一群母鸡，才有一两只公鸡，那哥们儿昂首挺胸，有王者风度，有大丈夫派头。它们还颇有君子之风，遇见好吃的，绝不首先下口吃独食，而是快跑着通知众母鸡速来品尝美食，自己则在一旁站岗放哨。女士优先的绅士礼仪，我估计很可能不是发端于欧洲贵族，而是起源于秦岭佛坪县的沙窝子村,昨天我刚刚去过那里,山梁上,几只优雅的公鸡,向我现场示范了它们的伦理和仪式——当然,仪式感是生活的精神内涵之呈现形式,但仪式感不仅要有表面的"感",更要有深挚的内在情感。我看出来了,它们并不仅仅是在表演仪式,而是通过仪式表达了仪式后面的情感,表达了对母鸡们的尊敬、体贴和温情,表达着对生活的一种庄重和深情。我觉得不只我,我们人类都应该向它们虚心学习。建议沙窝子村办个礼仪学堂,由公鸡们轮流讲课,旅游者免费听课,每人志愿栽一棵树,绿化秦岭,也为自己留下一帧青翠身影,站在山上,眺望诗和远方。

你若住在山里,黎明、早晨、正午、黄昏,你听见的那高亢雄浑的男高音美声歌唱,绝不是录音机里播放的帕瓦罗蒂,而是这些山野歌手,它们是土生土长的帕瓦罗蒂,它们是乡村诗人,是原生态自由艺术家,美声歌唱家。我近距离欣赏过它们那兴高采烈的演唱风采,也参观过它们的舞榭歌台——它们或站在屋檐下,或站在用残砖剩瓦修建的简陋鸡舍上,或跳上一截快要垮塌的土墙,就开始了那激情洋溢的歌唱,一时间群山和森林到处回响着雄鸡的歌声,你感到世界并不像世界史记载的那么苍老晦涩,那么血腥险恶,这世界才刚刚诞生,这世界大约只有三岁或五岁的年纪,它是如此年轻、干净,充满着不谙世事的真挚激情和透明旋律。我一下子被它们纯真的歌唱拉回到还没有历史前的天真上古世代,人也一下子回到还没有档案的童子岁月,心里成千吨的垃圾一下子就被清除了,心里干净得可以存放露珠、白雪和纯棉,存放母亲说的悄悄话,存放最干净的诗句,心里干净得可以看到一眼泉。

有一年夏天,我在巴山的凤凰山湾行走,黄昏时,我路过一户农家院子,只见一只雄鸡迈着快步跑出院子,然后扇起翅膀跳上路边高高的稻草垛,面对着快要落山的夕阳,立正,垂首(看来它是有仪式感的,它在向太阳鞠躬敬礼),接着深呼吸了一会儿,然后,它仰头,再仰,再仰,一直仰到一个充分体现崇拜和敬仰,也能够充分表达激情和声乐美感的高度,它开始了纯真诗人的激情抒发和歌唱,哦,它在向宇宙抒情,它在向时光致意,它在为落日送行——但在我看来,它更是在挽留时光,挽留落日,它要在那霞光四溅的山外山,衔起世世代代沉沦的落日⋯⋯

哭锦鸡

我曾一次次震惊于你的美丽。

荒僻的深山草野,居住着如此华贵的美神。

一定是从霞光里、从雨后的彩虹里,获得了美的基因,否则,我不能想象你会有别的身世,除了虹,你不会有第二个祖母。

食谱是这么简单——

早餐:几粒草籽,几滴露水;

午餐:几粒小虫,几滴溪水;

晚餐:几粒野果,几滴泉水。

生活是这么简单——

飞翔、筑巢,与朋友聊天,与情人做爱,与天敌周旋,相夫教子,过勤俭朴素、洁身自好的日子;入夜,偶尔望望月光和神秘的星斗,发一会儿呆,做一些没有复杂情节的梦;很少在水潭里留意自己的倒影,你不知道那倒影就是你自己的,你不知道你的美丽。

然而人知道你的美丽,并且更知道你的美味。

于是有了一种血淋淋的美学:拔去你鲜美的羽毛,装饰他们丑陋的生活。

于是有了如此可怕的解剖学:他们对你开膛破肚,然后宣告:美是不存在的,美神是虚妄的,然后他们确认这个世界无处不在的是肉,是蛋白质和脂肪的作坊,他们正准备把这个世界改造成卖肉的店铺。如果可能,他们要猎杀霞光、解剖彩虹、烹调月亮,让消费的宇宙,飘满美味和肉香……

我真想把自己倒挂在天上,接受你的扑打,情愿让你啄食我不洁的内脏,来吧,你可以这样做,被你报复,会减轻我的罪孽。

然而你善良到不懂得报复。你从我身旁轻轻飞过,依旧用与生俱来的美色,点燃我晦暗的内心。

据说你一直在向造物主申请,求他永远脱去你的彩衣,换上灰色的羽毛,然后躲进不为人知的荒野,逃过一劫,自生自灭。

对此我不无遗憾。但最终我还是理解你们的选择。或许,在没有你的日子里,我们的美学会更加暗淡,所幸的是,我们的解剖学将不再那么过于可怕……

悼念一只鸡

我家仅有的这只白母鸡死了。

是星期天从市场上买回来的,本来准备当天就杀掉,看到它那样娇小,又那样文弱,在鸡的家族里,它还是一个正值青春期的少女,于是举起的刀就又羞愧地、负罪般的缩回去了,恨不得赶快隐居深山,重新变成一块慈祥的石头。

它的确很文弱,走起路来总是迈着细步,左顾右盼,好像怕跌倒;也许它胆怯,对它生存的环境充满戒备和不信任。它很少大声吵嚷,这也许是因为它的生活里没有令它欣喜若狂的事情发生,也许它生性宁静,不喜欢嘈杂,不论是来自自身的嘈杂还是自身之外的嘈杂,它都一一谢绝了。它活得很静,至少表面上是这样。

奇迹发生了。一天中午,我看见它很着急地四处奔走和搜寻,像要做一件隐秘而重大的事情。

果然,一颗蛋生下来了,多不容易啊!它在纸屑箱里蹲了六十五分钟,这是怎样艰难的分娩啊!谁知道它为这第一次生育忍受了多少痛苦和磨难。

我捧起这还带着温热、粘着血丝的蛋，久久端详着。蛋很小，比一般的蛋要小得多。我感激地望着这位小小的母亲，难为你了。你只是吃些剩饭糙米菜叶，却创造了这样富含营养的作品，你送给我如此慷慨的礼物，我愧对这慷慨。

我每天都抽出时间关照它。早晨我打开它那简陋的房舍，让它能呼吸到纯净的空气和阳光；黄昏，我细心地铺垫它的寝室，让它也有一处不错的梦乡。下雨了，我为它搭盖房檐，看着它雨地里浑身湿透的样子，真想对它说：朋友，避避雨吧，小心感冒。

我发现它越来越孤寂和凄清，无论它走着蹲着站着卧着，总透出一种孤弱无助的伤感。噢，它怎能不孤独呢？它远离了鸡的群落，而皈依人类，在自然的眼睛里，它已经属于人了；而在人的世界里，它只是一只鸡，一种家禽，一个生蛋的工具。它既属于自然又属于人，这就决定了它的宿命：它既不属于自然也不属于人，自然也可施虐于它，人也可施虐于它。它的确是孤弱而无助啊。

唉，为什么它是鸡呢？它为什么不是一只鸟呢？有翅膀而不能飞，该是怎样的不幸啊！

每一次给它喂食，我都想：如果它一夜之间变成一只鸟，对它，对我，该是如何的欣喜？

然而它死了。死于连日阴雨和营养不良造成的病痛。我很难受，一个鲜活、文静、洁白、孤独的生命离我而去了……

我想起它生病的前一天，它还为我生了一个蛋，蛋壳很薄，有些地方还没有完全弥合,可以看见里面的蛋黄色。我捧起那颗蛋,又感激又难过:鸡啊,你缺乏营养,几乎已经不能构造一颗完整的蛋,但还在为你不理解的这个世界提供营养。想到这里,我几乎掉泪了……

如果它不这样死去,而是活着,又该怎样呢?我不能再想下去了。

当晚就有梦:一个神话般美丽又缥缈的梦,我在梦中超度了它,这不幸的、白色的生灵,在我的梦里飞得很高很高——

它的翅膀跃动起来,复活了飞翔的天姿,它变成了一只白色的神鸟,往返于白云和雪山,鸣叫于旷野和江河,在坟墓和废墟的上空,划过一道又一道静美的雪光。

在命运之上,高高地回响着生命的赞美诗……

与黑猫同眠

　　大约四五岁的时候，我家养了一只黑猫，它是漆黑的，浑身发着黑光。我感到黑是比白更明亮的颜色，白容易被涂抹和污染，黑却是固执的，不容易改变，就像夜晚，那么多星星也无法把它刷白。

　　在明晃晃的白昼，黑猫蹲在我们家的门墩上，或溜达在院子里，或埋伏在树丛里，像黑夜忘记收走的一小部分夜色，混淆着我们家的时光。我喜欢这种白中有黑的斑驳白昼，黑猫，是白昼的题跋，是黑夜的序言，黑夜，就是从黑猫的眼睛、鼻子、隆起的脊背上一点点开始弥漫起来，一直漫到村外的田野和远山，漫向远空，最后，天彻底黑下来了，宇宙黑成一只大黑猫。

　　冬天，黑猫睡在我的枕边，有时睡在床头被子外面，我怕它冷，也想让它为我暖被窝，就将它抱进被窝紧挨我冻得冰凉的脚，它的体温很快温暖了我，它睡着了，我听见它在打鼾；很快我也睡着了，但不知道床上已是鼾声一片。第二天，妈妈说你和猫睡得好香,你打一声鼾,猫接一声鼾,你鼾声细,猫鼾声绵,好像谁在给你俩打拍子,配合得那么熨帖。

有一天深夜,我起来撒尿,被窝里却没有黑猫,我问妈,妈说猫每夜都是半夜出门,到野地里巡夜,捉老鼠,会朋友。妈说,世世代代的猫都是这样生活的。它在外面还有朋友?我不是它唯一的朋友?我有点伤心。妈劝我不要伤心,妈说,你除了猫这个朋友,你不是还有云娃、喜娃这些好朋友吗?猫也一样,除了你这个朋友,它也有几个猫朋友。听妈这样一说,我想开了,我原谅了黑猫。

到了后半夜,猫回来了,钻进被窝,乖乖睡在我的脚边,我俩纯真香甜的鼾声,感染着乡村的夜晚。

就这样,连续两个冬天,在每个夜晚,黑猫都坚持和我同时钻进被窝,用它的体温烘烤我的被窝,温暖我的双脚,守护我的睡眠。然后,被窝暖热了,趁我睡熟了,它就悄悄地溜出人的房间,回到它地老天荒的原始之夜,做一只猫该做的事。

也许不是这样,但我情愿把猫的出没时间视为它的有意安排:它总是先暖热一个孩子冬天的被窝和他经不起冻的脚,才轻轻跳下床,走出门,恢复一只猫的古老兽性。

后来,这只猫失踪了,再也没有回来。我那么想念它,希望在某个夜晚或白天,突然听见一声猫叫,一看,是它,归来的黑猫。

然而,它终究失踪了,黑夜的一部分,又返回黑夜。

但是,我忘不了它,童年,有一只黑猫,我与它同床而眠,相互取暖。两个似乎不同的生命,几乎相同的鼾声,相同的体温,相同的睡姿,也许都怀着相似的简单心事。在那单纯的冬夜,单薄的床上,我和它睡在同一个被窝,亲如兄弟。

失踪的猫

上小学时,我家养着一只黑猫。白天它总是在堂屋里懒洋洋睡觉,睡累了,才慢悠悠在房前屋后溜达一阵,又睡过去,呼噜呼噜打鼾。我羡慕它的自由和清闲,猫的世界里没有阶级斗争,没有"黑五类",虽然它很黑,也没人叫它"黑五类",它自己管理着自己,没有人训斥它,也没有繁重的作业和劳动。到了夜晚,它出去一阵又返回来,我上床睡觉的时候,它也上床,钻进我的被窝,睡在我脚下,与我同眠,为我暖脚,在寒冷的冬夜,它就是我脚下一个软绵绵热乎乎的暖脚袋。它呼噜噜的鼾声,应和着一个少年均匀的鼾声,与窗外细密的蛐蛐儿的琴声,混合成乡村夜晚最纯真的抒情的颤音。少年的夜晚没有故事没有重量,但少年的夜晚并不浅薄,少年的夜晚是寂静深沉的,也是浩瀚无边的。一只黑猫,加深了一个乡村少年的睡眠深度。

有一次睡到后半夜,我醒来,感觉脚下很空,被子漏着风,才发现黑猫不在了。它去了哪里呢? 母亲说,猫和人不一样,猫的昼夜与人的昼夜是反的,白天是猫的夜晚,夜晚是猫的白天,就像我们在白天干活过日子,猫在夜晚捉老鼠、找朋友,过猫的日子。现在想来,猫与我们并不生活在一个世界,猫是一种古老的精灵,猫没有古代和现代的界限,猫生活在我们时间的遥远背面,猫的时间永远停留在混沌未开的远古的夜晚。

这年冬天,哥哥弟弟的脚都冻烂了,我的脚却很完好,我得感谢我的被窝里有一只为我暖脚的猫。不管它是有意识地陪伴和帮助我,或者仅仅是陪伴我的同时也让我陪伴了它,反正是一只纯真的猫陪伴着一个纯真的少年,两颗无邪的心在一个被窝里跳动。与一只黑猫同眠,我的夜晚很温暖,我的夜晚没有噩梦。

后来,黑猫出走,不见了踪影,我在上学和放学路上,在找猪草的田野里到处寻找,都没有找到。父亲说,好猫管三村,它是到别的村子捉老鼠、做好事去了。

第二年春天,那天我在田野玩耍,在青青的麦田埂上,我听见几声轻柔的猫叫,一愣神,它已来到我的跟前,一看,就是我家那只黑猫,它显然还认识我,望着我连声叫,它很消瘦,肚子干瘪,它弓起脊背用身子亲昵地拂着我的裤腿,我弯下腰抚摸它的背,我摸到了它那皮包着的骨头,脊背瘦硬得竟有些硌手,我心里一怔,黑猫受苦了,离开我们清贫的家,它在外流浪的日子也很不好过。我们这次意外会面很短暂,过了一会儿,它喵喵打了几声招呼算是道别,一转身消失在田野,我久久远望着,麦苗间隐约着它瘦小的黑影,终于看不见了。

长达数月,不见黑猫归来,也见不到它的踪影。也许,猫是神秘的精灵,有着不为人知的深奥的秘密,它活着或不在了,它都是一种神秘。

到了秋天,我在兰家营村找猪草,路边一个简易农家厕所,其实是搭个草棚的长方形茅坑,我进去站着小解,忽然,眼睛一亮,继而眼睛发黑,心里一个激灵,心战栗着,希望不是它,却好像就是它,尿水上漂浮着一只黑猫的尸体。我拿起旁边的一节竹竿,从尿水里挑起有些变形的猫的尸体,细看,全身乌黑,显得越发瘦了,可怜得不过是一张皮包着的几根细瘦骨头,它就是我家那只黑猫。也许,饥饿的它四处寻找吃的,路过这个茅厕时,极度瘦弱轻飘的身子一个趔趄,跌下粪坑,淹死了。

我无法让它复活,我也不愿它就这样死去,死了还要泡在尿水里,我可怜的黑猫,我软绵绵的暖脚袋,与我同床而眠的兄弟,与我相互取暖的少年伙伴。

我流着眼泪,提着黑猫的尸体,来到杨柳簇拥的漾河长堤,用猪草刀挖了一个坑,仿照人的坟墓,将黑猫安葬了并垒起一个小小坟茔,捡了一块长方形石块立了墓碑,用铅笔在碑上写了四个字:黑猫之墓。

当时我心里十分悲凉,于今想来,其实哪里有什么神秘,所谓神秘,只是真相被遮蔽带给我们的幻觉,真相一旦揭开,却是那么平淡和惨淡。无论人或生灵,都没有什么神秘的生,也没有神秘的死。生,不过是不停的挣扎和艰辛的找寻;死,无论死得荣耀或死得黯然,不过都是大致相同的破败的结局和凄凉的收场。我们一度以为神秘的猫的神秘的失踪,会是一个神秘的传说般的故事,原来仅仅是在一个茅厕里的一个趔趄、一声惨叫、一阵挣扎和一阵沉浮,很快无声无息。

几十年过去了,漾河数次改道,那杨柳长堤早已塌陷,黑猫之墓的小小墓碑,早已被时间的激流磨成粉末,汇入遥远的太平洋。

但是,一只黑猫仍在我梦中奔跑,夜深人静之时,它的身影从宇宙浓黑的远方游离出来,它固执地要返回它的夜晚,却再一次来到一个少年的夜晚,纯真的它与那纯真的少年再次相逢了,他们同床而眠,互相取暖……

爱的呼叫

春夜,天仍凉,月光照在地上,如霜。溪水的弦音颤得厉害,似在回忆冬天的磨难。一些花开了,淡淡的香,像不富裕的人家,不敢随便花钱,仅做点小本生意。燕子们稀稀拉拉回来了一批,找不到往年的屋檐,这家主人的脸上看不出有亲热的表情,只好在别的屋檐下试探,终于听到了熟悉的招呼,索性就在这里过夜,歇息疲惫的翅膀。

我和燕子住在同一个屋里。它们在梁上,我在床上。它们睡熟了,我却失眠了,我听见窗外那撕心裂肺的哭声。

这是猫叫。这肯定是世上最令人不忍耳闻的声音了——那痛苦的猫肯定也是令人不忍目睹的吧。于是它选择了夜晚,它不愿让人看见它痛苦的形象。

这是强烈的爱的呼叫。这是一个孤独的生命向爱求援,想借助爱的筏子渡过苦海。这是一封写了无数次的情书,无处投递,于是对着荒野朗读,自己把自己感动得流泪。这是春潮,脆弱的理性不堪冲撞，每一寸堤岸都承受着千万吨压力。这是来自广袤天地的爱的冲动，无边无沿的渴望，却让一个小小的生灵负载。它奔走于夜晚的每一条路径，它寻找那也在寻找着它的，它哭泣着倾诉，它诅咒着自己的多情。没有谁辜负它，那就只能怪它自己错了。但是它不能制止自己的错误，要是它错了，这个夜晚也错了，天上的月亮星星们也全错了。它哭得更伤心了。它没有理性也没有能力制止自己。我惊讶于它如此强烈而坦白的爱。我惋惜竟没有一只猫在此刻出现，披一身月光的婚纱来到它的面前，那将是狂喜和眩晕的时刻。难道这个夜晚只有猫的哭声？

它叫得——哭得更痛苦更伤心了。它简直是绝望了。我听见碰撞的声音，是不是它在撞击那冷漠的石头，它是要殉情吗？这么辽阔的夜晚，就没有一只被它感动的猫吗？

它的恋人呢？是变心了？是失踪了？还是误食毒药死了？还是与它失之交臂流落远方？还是已投奔富贵人家被作为宠物供养在深宅大院？

它仍在痛哭。这撕心裂肺的哭声，这为爱而受难的哭声，越过生物界限，深深感动了我。我知道它并非向我求援。任何一种生命，当它们被爱的意志控制的时候，它们都那么纯真，那么死心塌地，那么值得尊敬。

它仍在痛哭。为这痛苦的爱情，它将流浪多少个黑夜呢？

我不忍听它的哭声。但是我没有能力帮助它。我同情这被情欲折磨的孤独的猫，这可怜的生灵。我想到，在整个生命界，一代一代,都要承受多少苦难和不幸,包括肉体的和精神的,才熬过生存的长夜。

我不愿再听到那痛苦的声音。我关了窗子。我祝愿那只可怜的猫找到热爱它的好猫。

叽叽喳喳,燕子已早早起床了,一趟趟衔回春泥,正忙着举行新巢奠基仪式。

哦,这辛苦的鸟,祝福你们——我代表刚刚起床的人类。

猫与人

　　它去过许多我注定去不了的地方——童年的屋顶,庙宇神龛的底部,在稻草垛顶,它与月亮面对面端坐着,长久地研究村庄的日常生活。

　　在城市,它无数次深入下水道和垃圾堆,调查和了解现代人的生存真相和内心结构,它的业务由对老鼠的解剖,扩展到对避孕套、塑料袋和防盗栏的钻研。

　　偶尔被贵妇抱在怀里,它闻到了法兰西的香气,但桌子上摊开的麻将,提醒着她和它的国籍。

　　它不信任人类,它只是狡猾地利用人类。通过与他们周旋,分散和减弱他们过剩的欲望和侵略性。

　　一到天黑,它就与人类分道扬镳,它走出狭窄的房间,它来到公元前的夜晚。

　　在无边荒原,它捕捉神秘的动静……

我对不起那只兔子

它似乎是相信我的。但是,它太轻信我了,我其实和多数人类一样,是不值得信任的。

我从朋友那里得到这只白兔子。它完成了陪朋友家小孩"玩一段"的任务,现在,孩子觉得它不好玩了,要玩别的,比如猫或小狗;它的不卫生习惯也招致主人的厌烦。主人就转手送给我。朋友说也是别人转手送给他的。是的,是"转手",不停地转手。它是可以随时转手送人的,包括转手送给屠夫和刀子。朋友算是仁慈的,转手送给了我,因为我不是屠夫。这算是朋友对它的感谢和善待。

它很白,周身的毛色雪白,没有任何杂质,卧在那儿,像一堆雪,前年或很多年前的那些洁白初雪,还没有化,被这只兔子保管着,带到我家,我在夏天看见了雪,感到了纯洁、雪意等这些古典词儿还健在着,还可以使用,不是矫情或矫饰的词儿,是及物的、有机的好词儿,一只白兔复活了这些好词的生命力和现场感。而在它到来之前,我感到这些词已经死了,词的内涵和象征性已经流失了，被掏空了，失去了表述和象征的对应物，它们成了空洞的词。因为不只是大自然，也包括我们的内心，已有好多年好多年不下雪了，偶尔飘一点雪，落地而化，雪坐不下，刚坐下还没静会儿神，就化了，制造一点烂泥就罢工、罢雪了。这地球，这土地，这人心，到底还好不好？还适不适宜生长童话和诗？还适不适宜安放云朵和纯棉？还适不适宜安放我们纯真的初恋和从心底里掏出的、那些只说给爱人、只说给一朵羞涩灯盏花的悄悄话？还适不适宜无忧无虑地坐下来想想家里的事、心里的事、天下的事，想想泉边一朵水仙在午夜静静开放时那细弱的心事？乃至想想天长地久的大自然的事，想想精神彼岸的事，也协助上帝想想他老人家一直在想的宇宙和生命之意义何在的事，到底适不适宜坐下来想想这些呢？国王说了不算。依我看，唯有雪说了算。雪从天上来了，想找个地方多坐会儿，与我们促膝长谈一次，可是，雪，坐不住，还没坐稳就化了，就走了。柔弱的事物，才能检验这个世界的安全度、可信度、善良度和美好度。你以为雪只是来地上随便闲逛，随便跳个广场舞，随便"到此一游"的？不，雪是负有苍天授予的责任的，雪是天物，天物皆自带天意和天责。雪坐不住，转身走了，回到天上去了，通知别的雪，不要下去了，那里太脏、太燥热、太嚣张、太薄情，那里不宜洁白的东西居住和生长，那里无处落座，那里没有柔弱的座位，没有谦卑的座位，没有深情的座位，没有洁白的座位。

那怎么办呢？毕竟这么多人、这么多生灵都在地上，雪觉得不适宜,雪可以转身就走了,返回天上,我们除了地上,没处去呀。雪,天物,天物不是无情物,是自带天意和深情的。雪,走了,但它没说它再不来了,到底来不来,要看能不能来,要看来了能不能坐下,坐下了才能与我们促膝长谈呀。这就要看我们这些地上的人,在大地上,在我们的心里,能不能给柔弱留下座位,给谦卑留下座位,给深情留下座位,给洁白留下座位。

怎么一说雪就止不住了呢? 因为这只白兔子,让我想起多年前的那些白雪。兔子卧着,一小堆白雪,在屋子,在我面前,唤醒了久违了的那种雪意。但它是温暖的,一个纯洁生命传递着雪意,却把凛冽和严寒,封存在我们无法走进的它的寂寞的内心。

但是它死了。没有青草和露水,没有幽静的林子,没有月光下可以奔跑的无边山野,没有同伴和朋友,甚至也没有天敌带给它惊吓或终于逃脱天敌的成就感——我们其实是它的天敌,却冒充它的朋友,但它知道我们的身世和底细,它并不相信我们在一夜之间就进化成了它的朋友。所以,自从它被转手送给我的那一刻,它就不太高兴,但反抗是徒劳的,它放弃了反抗,但无法与我和睦相处。它对我心存腹诽,所有的生灵都对人类心存腹诽。即使我们似乎确有真情,那得首先它们对我们有用,或者好玩能充当宠物,或者好吃、能卖钱,然后获得一点与它们的有用性基本对等的感激或不舍——它们输掉了全部的自己,仅赚得这一点菲薄的、它们无法理解和消费的利润。

它死了,饱一顿,饿一顿,我没有耐心伺候一只兔子,虽然,它的白雪的形象带给我柔弱和洁白的联想，填补了我的部分审美匮乏，虽然"清风明月不用一钱买"，但是，对具体生命的审美，也不是免费的，你得为它操心，为它不停的吃喝拉撒厌烦和生气，天上的白雪是天籁之美，你只管惊叹和欣赏就行了，然后用一首诗保存它的洁白、空旷和纷纷扬扬。兔子保管的白雪却要用不间断的吃喝拉撒来维持，你先得一次次清理掉它的排泄物，然后再看它时，从它的那身白雪，你不仅看见了洁白，却老想起一点也不洁白的充满麻烦和异味的别的东西在后面垫底。

它死了，也许是死于饥饿，也许是死于疾病，也许是死于孤独、寂寞和忧伤——我们无法知晓一个生灵的简单的孤独、寂寞和忧伤，虽然是简单的，但却是致命的——在上帝或神的眼里，我们的那些感到难以忍受的孤独、寂寞和忧伤不也是简单的，是微不足道的吗？比起上帝或神独自承受的宇宙规模的孤独、寂寞和忧伤，人的那点孤独、寂寞和忧伤确乎是完全可以忽略不计的。但是，对于我们有时却是致命的，我们的生命就那么一点点大，我们脆薄的器皿盛不下太多的孤独、寒冷和痛苦的压迫。推己及人，推己及物，将心比心，在无边且无常的命运压力面前，所有生命的杯子，都盛不下多少东西，随时会砰然而碎。

它死了，我在河滩安葬了它，算是我对它的最后一点礼遇和善待。我想，从它的遗骸里会长出来年的青草，清新的草香将漫过牛羊们的口腔和身体，它们无声地感激大地恩情的时候，也就感激了它。

直到我捧起泥土掩埋它的时候，它瘦削下去的身体仍然保持着雪的洁白。我迟迟不忍把泥土覆盖上去，安埋一个圣人或一个英雄，与安埋一个生灵有多大的区别呢？在天穹的眼里，毫无区别。都是逝灭和永别。我站起来，抬起头想找到点能够说服我、安慰我的东西，能够减少我的负罪感和虚无感的东西——这时，我从灰暗的天空靠东的一角，看见了几片白云，我看了好一阵，此时无风，那几片白云飘得很慢，好像有意在我心里多飘一会儿。然后我慢慢放下了泥土，覆盖了那白雪。

这简单的葬仪之后，连续好几天我情绪低沉，也不想说话。我没有修行到佛的慈悲的境界，也无法完全放下，无法做到心境空明，无有挂牵。对于这只兔子，我是有愧的，我对不起它，把它一次次转手的我们都对不起它，我们都参与了对它的谋害，我们都是作案者。它在人们的手里转来转去，却无人对它负责，也无法对它负责，大而化之的大自然也没有制定或默认一个为所有生命负责的普遍而温暖的道德律和被众生认同并恪守的慈悲伦理学。我们不停地转手，生灵在我们冷漠光滑的手里转来转去，最后只是把它转手给了死亡和虚无。

我对不起它，但我只是常常在内心里向它道歉和自责，却无法保证下不为例，无法保证再也不对不起它，或再也不对不起它们。

这就是我们作为人的悲哀之处、难堪之处和愧疚之处……

可怜的兔子

有几次看见这样的情景:村子边,或大路旁,有人发现从林子里跑出一只野兔,就连声吼叫:打野物了,打野物了。立即,村人和路人跑过来,纷纷抄起手边器物,空手的就抓起石头,一起追捕那惊恐奔逃的"野物"。好像溃逃的敌人进了村子,立即陷入人民战争的汪洋大海。

可怜的兔子,可怜的野物,多乎哉,不多也,一两只也。就这,人也不放过。人们似乎已经习惯了没有生灵出没、没有自然野趣、纯由技术支配和商业安排的远离大自然的孤岛式的"文明"生活,看见一只野生兔子,都像看见了天敌,必欲捕之杀之而后快。

也许,是兔子看人可怜,觉得人除了见过人,见过钢筋、水泥、轮胎和雾霾,见过和吃过一些动物的肉,很少见到过大自然和大自然中的生灵,何况生灵已基本被他们消灭光了,就剩下他们在光溜溜的地球上瞎折腾。幸存的那只兔子就自作主张,扮演了自然使者的角色,到庞大人类王国里去明察暗访,去惊动一下他们那千篇一律的"幸福生活",让他们在机械化数字化格式化的生存之外出一会儿格,走一会儿神,让他们那被功利化目的化牢牢捆绑的单调生活,有片刻的松绑和游离,体会一下与别的生命不期相遇的意外惊喜和审美发现。

是的,在这个被人彻底扫荡了的世界上,除了人山人海,除了保护区里那几样濒临灭绝的野生物种,别的,还有什么呢? 我们,为什么不能宽恕一只兔子呢? 为什么不给它们一条生路呢? 在我们的生活里,偶尔或经常能看见一些野生的生灵,这难道不是上苍对我们的厚待吗?

千年老龟与我的履历表

报载:河南某地发现一只龟,经专家鉴定,此龟已一千余岁,系唐朝出生,大约在唐玄宗年代它已遨游江河了。

读到这个消息的那天, 我正在填一份与生计有关的履历表。那表格是千篇一律的,千篇一律的平庸,千篇一律的功利,千篇一律的一本正经,千篇一律的麻烦。当然对于生存,对于决定你职称是高是低、钱拿多拿少、饭吃干吃稀、房住大住小而言,这乏味的表格又千篇一律的重要,虽然它是那么千篇一律的庸俗和千篇一律的势利眼——不是么,看看那大小不等的格子,不都瞪着势利眼,向你暗示和教唆:快炫耀你的身世,标榜你的功业,填写你的欲望,然后凭它去兑换好处,领取荣耀吧。

填着填着,笔没水了,"烦"的情绪却冒起来。可惜这"烦"不能填进表格。"烦",不能换饭吃。于是我更烦了。索性不填这表格了。索性拿起一份报纸浏览,不为别的,就为解烦。翻着翻着,就翻到了这只龟——也就是说,我和唐朝撞了个满怀,唐朝果然是大气而慷慨,唐朝送给我一只神龟。

兴奋了片刻,丢开报纸和那只龟,面对的仍然是那份等待填写的履历表。于是又烦起来。

忽然听见那龟说话了:把我填进表格吧。

我心想:多大的表格才能填写你的身世呢?

于是我为它设计了表格,并为它填写。

姓名:龟。出生年月:约开元十二年(公元724年)春。籍贯:唐朝的某一条河流。职业:游泳。爱好:仰观天文,俯察地理,喜钻研历法和地质学,欣赏废墟;酷爱水,逝去的是水里的影子,没有一滴水曾经死去。学历:一直在水中深造,水太深,我太浅,一千多年了,我尚未读懂一滴水,我仍是文盲(龟在一旁说:应是"纹盲",我是水纹中游走的盲者)。简历:游过唐朝,看见许多帝王变成枯骨,只留下月光、水和诗;游过五代,看见许多刀剑变成灰土,只留下月光、水和民谣;游过宋朝,看见许多宫殿变成废墟,只留下月光、水和词;游过元朝,看见许多冠盖被雨打风吹去,只留下月光、水和一些长短句;游过明,游过清……最大成就:浏览了许多王朝的背影,除此毫无成就。主要著作:我自己就是我的著作,可惜这是时间写的,所以我没有著作。缺点:沉默。优点:沉默。信仰:崇拜时间,时间是王。遗憾:不能游回唐朝,饮那清冽和澄碧。正在研究的课题:论倒影和水的关系;论伟大建筑师就是留下著名废墟的人;论一滴水的不可征服和一座王宫的必然倒塌(余略)。

那龟哈哈大笑起来,说:不用填了,我的履历都刻在背上。一粒斑点就记载一个王朝，一痕纹路就藏着一条大河。我的背上刻满了天上的闪电和地上的戏剧。我的背就是一个特大的档案库，写着命运的甲骨文。

我抚摸龟背，那黑的、白的、暗绿的纹路纵横排列着，时间就这么纵着走过去，横着走过来。庞大的唐朝走过去，留下一条白的纹线；纷纭的宋朝走过去，留下一粒黑的创痕；那暗绿的，该是清朝吧，淡淡的一笔，就把乾隆们的帝业和林妹妹们的眼泪概括了。

我拿起笔，想在这不朽的背上写我的名字，让它带我进入不朽。龟摇了摇头：一个王朝只留一粒小斑点，你算什么？你快走吧。

我走到哪里去呢？龟说：你填表吧，我要去喝水。大河里的水哗啦啦响起来，千年老龟越游越远。

这才发现我正伏在桌上做梦。门外的风吹进来，表格哗啦啦响着。

我回忆着刚才的梦，回忆着那只龟。它到河里饮水去了，它把我丢在岸上，让我填表。

填着填着，总想起龟背上那些斑点和纹路。恍然看见数不清的笔在填着各种表格，画着各种颜色的线条，写着各样的功业、荣耀和不朽。无数的笔，无数的笔画，无数的数据，无数的图像，渐渐缩成一粒斑点、一线划痕，在龟背上闪烁，被风浪删除。

龟游走了，我留在岸上，我在填表。

我感到几分滑稽和荒诞。

但我认真地填写着……

最后的狐

那时,我还年少,常听大人说一些精怪的事物,鬼啊,神啊,头头是道,有眼有鼻,然终归渺渺,未睹其形。但是,人们经常议论有一红狐,出没于河边林中,偶尔在夜晚跑进村子转悠一圈,却并不偷鸡扰民,天亮前就悄悄走了。

这只狐,我是见过的。

第一次见到它,是在一个有月光的晚上。我和小伙伴们正在稻草垛里玩捉迷藏,无非是三五个人捕捉一两个"贼",那次我的角色是贼,在村间房舍疯跑几圈,最后一头扑进稻草垛藏起自己的"贼身"。稻草香喷喷的气息、软绵绵的感觉令人惬意,多么美好的"贼窝"哪,现在的城里孩子金窝银窝,可曾知道有这么受用的稻草窝呢?为了防被捉,身子又向里面塞了一截,就在这时,我感到腰间有热乎乎的东西蠕动,一惊,就拔出身子,霎时,一团火焰从幽暗里窜出,在草垛间绕几个弯,一转身就消失了。我急忙跑出去告诉正在追捕我的小伙伴们,他们也说看见一团火跑过去了。

我们向田野望去,乳白月光里,只见一片墨绿铺向远处,田野尽头,传来河流的隐隐涛声。

从此那团神秘的火焰,就在记忆里经常出没,我幼稚的心,被它带到大自然神奇的内部,带到河对岸重重叠叠的远山。我感到在我身处的世界之外,还有多重未知的世界;在平淡的生活后面,一定藏着无数意想不到的奇迹。

不过半年,我第二次见到它,已是寒冷的冬天了,那天雪下得很大,河两岸白茫茫的雪,一脉河水在雪野里缓缓流过,显得清寒、孤单、高洁。我那时上中学,读了一些唐诗宋词,经常很虔诚地在山水间寻找诗境,雪天,我是不会放过的,雪,是从天上大规模降临的灵感,要对人间进行美好的覆盖——我踏着雪,追着雪,来到河边,看见一个捕鱼的人手上提着一团火焰——我立即想到了那只红狐,那在月夜里擦身相遇,在稻草垛里的惊鸿一现! 是它吗? 我希望是它,这样我就可以真真切切地看一眼它火焰的形象,看一眼据说那勾人魂魄的美丽眼睛;但我又希望不是它,那被人抓在手里的,分明是已经熄灭的火焰,我希望它活着,我害怕看见死。

然而,果然是它。

捕鱼人说,这只红狐,经常在夜间到村里溜达,却并不扰人,也不知道它靠什么过活。这一次大约是因为太饿,天寒地冻找不到吃的,就蹚河到对岸去,又饿又冻,就淹死在水里了。

捕鱼人并不是随意杀生的人,他说,他小时候看见许多狐出没在山野林间溪谷河岸,有灰狐、蓝狐、黄狐、红狐;后来就很难见到它们,只有这一只红狐怯生生在河两岸藏身,有时趁夜深人静时跑进村里,像是梦游,像在试探人们对它的态度,它好像希望人们谅解它,放它一条生路,让它活下去。

在大柳树下,我和捕鱼人挖了一个深坑,把红狐埋了。一团火焰,就此永恒熄灭。狐,终于从故乡的视野里彻底退出,与世界达成了悲凉的和解。

再过一百年,或者乐观地预期,就再过五百年吧,也许,我们的后代再也见不到狐了,只能从词典里查阅和猜想那曾经陪伴过我们的生灵。

那神秘的火焰,在我的记忆里闪烁着向后退去……

皮衣店里的狐

标价三万八千元，女式的。

穿上它的那位女士，也许是世上最后一位狐仙。

我此生注定无缘与你相遇。只是在蒲松龄的笔下，你们出没于古堡幽宅，化身为美人淑女，将天地间神秘的灵性和情感，带给荒寂破败的人间。就凭这一点，我就能感到蒲松龄的孤独，感到了他深深的绝望。而在绝望中，一种聪明而多情的幽灵般的生命搭救了他，搭救了那些走投无路的人，搭救了那些荒寒孤寂的灵魂，也顺便搭救了文学，使寒冷的文字有了温暖。

直到今夜，当我再次打开《聊斋》，陈旧的纸页上，依然跃动着你们鲜活美丽的身影。我的窗外以及更远的地方，更远的山野，已经没有多余的生命（除了人、老鼠和稀少的鸟）与我相伴，与我应答，撩拨和激活我越来越贫瘠的想象——而这是必然的，我们一直在征服，即使不说"征服"的字眼，我们仍然在忙着征服，征服什么呢？不就是征服自然和生命的无限丰富性和神秘性？征服万物的神性和诗意？最终，我们征服了什么？我们让一切变成"有用"，毁掉一切"无用"的，苍茫神秘的自然变成一览无余的商业店铺，在自然的废墟上，我们除了消费那"有用"的，包括消费自己，而在"神"面前，在存在面前，在永恒面前，我们则变得彻底"无用"，我们一贫如洗。

此刻我走进"聊斋"的密林和旷野，我看见那些美丽的狐们，披着月光，涉过浅溪，加深着夜晚的意境和文学的意境。

我不禁羡慕起落魄的蒲松龄了，你不必"孤愤"，尽管榜上无名、仕途无路，但"转过身来，就是无限"，无边的大自然都是你的审美对象和想象王国，多少林妖狐仙，都是你神交的密友、诗意的精灵。你打开窗子，就有飞鸟翩至；你点亮孤灯，就有美丽的影子们，围绕一首诗舞蹈。而我的窗外，只有水泥、钢铁、电线、推土机、挖掘机、粉碎机、轮胎、煤气罐、防盗门、验钞机、测谎仪……

我的窗外，永远不会有一只狐在月光下出现，这美丽的造访，只属于隔世的古人。

我的窗外，那个超市里，挂着一件女式狐皮大衣，标价三万八千元。这是我第一次也是最后一次看见狐。

狐已远去，我看见的是它的皮。

那位高消费阶层的女士，也许是我想象中最后一只美丽的狐仙。但她不过是这个消费世界的成功人士，她成功地消费着最后一只狐。

别了，狐已失踪，我们的窗外，再不会有神秘的精灵……

鼠的悲壮时刻

我们只知道老鼠坏，我们异口同声地说：打死老鼠。猫也加入我们的行列，以捕鼠为职业。我们造捕鼠机械，造剧毒鼠药，对付老鼠，我们可谓费尽心机。不仅如此，我们的文化也对老鼠进行着无休止的讨伐，从古至今，骂鼠的文，咒鼠的诗，讽鼠的谚语，可以编成厚厚的几大卷，鼠成为邪恶的象征，由鼠而生发的心理和文字，足以构成另一种文化——鼠文化。

在人类眼里，鼠已不是生命，鼠就是邪恶；鼠更不是这个世界土生土长的生命，而是来自天外的灾祸。

有一夜我做了一个梦，梦见自己变成老鼠，蜷缩在潮湿幽暗的角落里，惊恐地扫视人类的世界，那黑压压、闹嚷嚷的庞然大物铺天盖地，占据了大地上的每一寸阳光，搜刮着天底下的每一点空气、水分、矿藏、粮食，发疯地向万物进攻，为了自己的快乐，置生物植物于水火之中。我看见这些怪物们扛着各种武器四处敲打，发泄莫名其妙的欲望，甚至脚踩风火轮到处抢劫，甚至跑到天上去抢劫彩虹、强暴月亮。我在洞里咬牙切齿地骂这些怪物:凶残的老鼠!

醒来才发现我是人,我在梦中看见的老鼠,就是我们这些骂老鼠的人。

在老鼠的眼里,人是更厉害的老鼠。

自从做了那梦之后,竟然对老鼠多了一点怜悯。

有时候看见公路上被车轮碾成肉泥的老鼠尸体,竟感叹:生命就这么转眼变成了泥,刚才它不是还在奔跑吗?

记起小时候与大人们在田里捉老鼠,眼见一只步履沉重的老鼠钻进了土洞,大人们便喊:那是母老鼠!便兴高采烈地掘洞追捕,终于追到了老鼠的家舍,那母老鼠颤抖着身子庇护着一窝红扑扑的幼鼠,大人们用锄头一阵乱砸,顷刻间母子两代十几条命化为泥浆。人类是不承认老鼠也有母爱的。现在想来,那位可怜的母亲,冒死养育和护持自己的孩子,是不是也有几分可敬?只因为它是老鼠,人类便不承认它的母爱,它爱得越深罪越大,因为它为人类繁衍了敌人。这种逻辑,对人类而言似乎是天经地义,换一个角度看,真够蛮横和残酷的。

曾听说过老鼠集体移民的故事。老鼠们预感到河这岸有大旱,就移民到对岸去,选一位勇敢力大的雄性老鼠走在最前面开路,后面的老鼠咬着前面的老鼠的尾巴,如此排成几百只老鼠的长队,横渡大河,直抵彼岸。想想这个场面,你会不会感到有几分震撼呢?茫茫天地间,浩浩大河里,一群走投无路的生命,在不测的激流面前结成生死同盟,横渡险恶的波涛,寻找吉凶未卜的彼岸。假若你目睹这悲壮的场面,你不会以为那在激流里冒死泅渡的是卑贱的生物,而是一群英雄,是生命在恐惧的宇宙里闪现的一个悲壮的细节。

无解的难题

　　背着千古骂名，在人类、猫类的围追堵截中，在毒药、器械、利齿的袭击、捕杀中，老鼠仍然顽强地存活了下来，永不言悔地苦恋着这个地球、苦恋着它们那痛苦、屈辱的生活，而且保持着绝不弱于人类的旺盛情欲和繁殖力。反正造物主已经把它们造成这个样了，是生存还是毁灭，始终是它们必须回答的问题。它们毅然选择了生存，虽然死亡是如此方便和容易，何况有几个强大的物种一直在诅咒它们仇视它们，并且期待着它们尽快灭绝。但它们毫不犹豫地选择了生存，拒绝了死亡，一次次让那些期待着它们死亡、为它们设计着死亡陷阱的强大物种打错了算盘。没有谁鼓励它们、安慰它们，没有任何一种宗教为它们祈祷，没有任何一种语言为它们祝福，没有任何一种文字赞美过它们，没有任何一张口说过它们的好话。整个世界，所有物种都与它们为敌，似乎所有的星斗所有的灯光都在仇视它们、侮辱它们、嘲笑它们。然而它们活了下来，并且将继续活下去。它们暗暗鼓励自己：活下去，并且记住。

记住自己的不幸,记住这个与它们为敌的世界并没有最终抛弃它们。阳光有它们的一份。雨水有它们的一份。泥土有它们的一份。雄的都可以做好的丈夫好的父亲。雌的都是好的妻子好的母亲。为了活下去,不得不与这个势利残酷的世界,这个弱肉强食、赢者通吃的世界周旋,不得不与这些趋炎附势的动物们周旋,不得不与人类作战,与猫类作战。虽然常常溃不成军、尸横荒野,不投降、不背叛,永远忠于自己这耻辱的种族,永远不改变自己这被敌视被伤害的基因,永远保持着对食物的热爱,对生殖的热爱,在仇恨遍布每一个角落的世界,仍然固执着这原始而简单的激情,是何等的不容易啊。这是狂热的宗教信徒也未必能坚持下来的苦难的历程啊。在无助、无望的生存的荒野上,你们能坚韧地活下来,在四面楚歌的困境中,你们活下来,而且始终保持着自己天赋的兽性,保持着爱和繁殖的热情,保持着对生存的执着,保持着对自己种族的忠诚,保持着对自己强大敌人和伤害者的宽容。

老鼠,作为你的天敌之一,我撇开物种之间的狭隘成见和敌意,我以中性的目光看你,忽然觉得你们在意志上是一种伟大的生物,在生存的信念上是一种近于狂热的生物,你们忍辱负重的惊人意志和能力,把造物者赋予所有生物的某种意志和能力推向了极致,忍辱负重的境界在你们这里达到了顶峰,仅凭这一点,我就无法否认你们身上所具有的神性。虽然,作为你们的天敌,我不可能成为你们的朋友,也不可能原谅甚至赞美你们的肮脏,你们的盗窃习惯,你们随身携带的病菌,我更不可能原谅甚至赞美你们贪婪的本性和群氓式的生活习惯——但是,跳出物种之间的狭隘成见和仇恨,我必须承认你们身上有着某些惊人的品质,体现了大自然的意志,你们是悲哀的生物,也是顽强的生物,顽强地延续着一种悲哀、辛酸、屈辱的命运,别的生命未必能坚持下来的悲惨的命运。就凭这一点,我无法不对你们表示同情,无法不对你们表示某种敬意。

虽然,我养了猫,也备有鼠药,这就是说我对你们从来都怀着敌意,如同你们对我一样。原谅我吧,在这个狭窄而匮乏的星球上,在这个食物、淡水、空气和爱都越来越短缺的世界上,我与你们无法不既抱有同情却又必须互相伤害,我对你们既怀着敬意,又怀着更深的敌意,我无法不一次次克制着对你的怜悯而不得不加大着对你的戒备和伤害,并经常开展对你的灭绝性打击。我知道作为地球土生土长的子民,你们的命运非常晦暗和悲惨,但我无法完全超越人的伦理立场对你暗通款曲,我无法为你祈祷和祝福,因为我也是你的敌人之一,虽然我的心里满含着对生命的博爱和慈悲的情感,但我无法将博爱的旗帜插到老鼠洞口,无法将慈悲温暖的长袍覆盖到你凄凉的、常常带着病菌的身上。

对此,我常常感到为难,感到生命的尴尬处境,感到你的悲苦和我的困境都不是你我造成的,而要上溯到上帝或造物主那里。是的,在人和生灵的命运里,都会遭遇到的许多困境、窘境、苦境、惨境、绝境,这一切究竟是谁设计的呢?是造物主吗?是上帝本人吗?但是,他造出万物却不对万物的生死祸福负责,却必须由孤弱无助的他们自己去横渡各自的险滩苦海,去破解他们各自的生死难题——这难题真的是太难太难了!如果这是造物主或上帝本人出的难题,我想,他自己也是解不出答案的,因为难题本身无解。我们,以及所有的生灵们,每时每刻乃至世世代代,谁不面对着一个无解的宇宙,无解的生命的难题……

動物記

第四辑

飞鸟与鱼

燕子,你在哪里

一

这些年,无论在城市郊区,还是在水泥楼房林立、已经城镇化或半城镇化的村镇,我常常看到,一群群无家可归的燕子,在电线上,有时在高压电线上歇息和过夜,不由得为它们揪心和担忧。十多年前,我为此还写了一首诗:"喂,小兄弟,快飞走 / 那可不是乡间的晾衣绳 / 那可不是三月河边的柳丝 / 危险,小兄弟! 快飞走 / 你还在上面打秋千 / 操着民间土语 / 谈论与城市无关的话题 / 喂,小兄弟,你还在张望什么 / 那贴满告示的电线杆上 / 没有招聘你们的启事 / 喂,小兄弟!危险 / 那真的不是母亲的晾衣绳 / 也不是细雨里的柳丝 / 知道吗? 小兄弟 / 那是死神的高速公路 / 隔着几毫米,狂奔着死亡的洪流 / 小兄弟,你们竟然在唱歌 / 站在死神的肩膀上,你们唱着祖先流传下来的歌 / 喂,小兄弟,唱完歌就走吧 / 去寻找母亲的晾衣绳 / 寻找三月河边的柳丝……"

是的,它们是把高压电线当作杨柳枝了。在多年前写的这首诗里,我还提醒燕子到乡下去,寻找母亲的晾衣绳和三月的杨柳枝,诗里除了冷峻和忧虑,还有一点暖色的调子,算是为燕子指出了一条"出路"。然而,十多年过去了,城乡剧变,燕子的命运也在改变,但却变得更糟。我的老母亲走了,带走了她们那代人常用的晾衣绳,而三月河边的杨柳丝,也成稀缺之物,我有许久都没见到了,大概人工风景区还有一些吧,但那不是燕子的去处。

母亲的晾衣绳,三月的杨柳枝,翩然飞过的燕子,打秋千的燕子——这是多么好的诗性意象和乡土风景。是的,它们在故乡那温柔的杨柳枝上,打了至少五千年以上的秋千,它们温情、唯美的身影,翩跹成《诗经》、唐诗、宋词里的动人意象和不朽诗句。而如今,"燕燕于飞,差池其羽,之子于归,远送于野""细雨鱼儿出,微风燕子斜""燕子来时新社,梨花落后清明""落花人独立,微雨燕双飞"的意境渐去渐远,乡村田园渐去渐远,钢筋水泥取代了温润乡土,危险的、奔涌着强大电流的高压线,取代了昔年的杨柳枝,燕子,已沦落成现代世界的难民和乞丐。

二

燕子是益鸟、吉祥鸟,世世代代与乡亲们共居于一个村庄,共处于一个屋檐下,一直守护着乡土和农业,承担着大自然安排给它们的平衡生态、诗化大地的使命,这是人未必能承担、未必能做好、只属于燕子这种"自然精灵"才能承担和做好的天命和天职——这其中体现了大自然的神秘天意和均衡哲学。毫无疑问，燕子胜任并出色履行了这份天职。作为世界上最庞大最悠久的农耕古国，我们那几千年成功的农业史和与之共生的中华文明史、诗歌史，真应该给燕子开一个专章，记载燕子的功绩，记载燕子对民族生存、诗意生发、美感生成和人们心灵成长的卓越贡献。

仅从实用角度来说，由于有燕子等益鸟捕捉虫害守护田园，我们广阔的大地和世世代代的庄稼，度过了数千年没有农药没有化肥的原生态的淳朴日子，那是由于燕子等大自然护理师(包括众多鸟儿和青蛙、蟾蜍等)大大抑制了虫害，又不伤及更多植物和生灵，从而保护了大地的生机、农业的收成和民族的绵延生存。

燕子的功绩何止仅限于抑制虫害、呵护庄稼？除了是益鸟，燕子还是大自然中最富于灵性、最能给人以情感慰藉和精神启示的鸟儿。燕子以其精致的身形、翩然的舞姿、完美的建筑(燕窝)、和睦的家庭、亲切的呢喃，点化了田园诗意，丰盈了大地美感，抚慰了无数人的心灵。

因之，从实用功能上讲，燕子是农村、农业、农民的忠诚守护者，是土地和庄稼的优秀护理师，是益鸟；从其行为方式和生活方式显现的伦理和道德价值上讲，燕子不仅忠于职守，而且忠于家庭，夫妻终生恩爱，共同维护家庭和教养孩子，是自然界坚持一夫一妻的纯洁婚姻制度的模范生灵，燕子是有道德、有操守、重情义的鸟儿，是德鸟；从诗性和审美价值上讲，燕子是诗意鸟、舞蹈鸟、音乐鸟,是美鸟。

益鸟、德鸟、美鸟,这就是我心中的燕子。

三

在我的心里,对燕子怀着一份特别深切的感情。

燕子是我小时候的朋友,与我一起度过了清贫然而也充满单纯快乐的童年和少年时光。至今记得在我家古朴的屋梁上和屋檐下,燕子衔泥筑巢的情景(我家老宅是清朝末年传下来的祖宅,一个算得上宽阔的院子,有瓦屋数间,门前有一大片菜园,菜园中间还辟有排水沟,在我的记忆里,仅菜园就有着田园格局;后门外面是一片竹林,四季葱郁,我至今记得的一些唐诗就是我在竹林的飒飒清风里背会的。童年我家的那个老院子,让我对延续数千年的农耕生活、农家院落、民间建筑有了最初的感性印象和理解)。燕子夫妻一口一口、一趟一趟从田野、河湾衔回湿润泥土,建筑了它们朴素、精致的小屋,然后欢快地生活,辛苦地抚养和教育孩子。它们在我们家里,经营着它们的家,这就是说,我们的生活里有它们的生活,我们的冷暖里有它们的冷暖,我们的故事里有它们的故事。它们已经不只是我们的芳邻,它们其实就是我们的家庭成员。它们是如此亲切地加入了我们的生活,它们叽叽喳喳、一丝不苟地生活着,却从不打扰我们的生活,相反,它们以自己古老、单纯、温和的生活,丰富了我们的生活,丰富了我们对生活的感受和理解。燕子对人的这份深切信任,是如此感人,燕子对人毫不设防,完全把人看作可以放心相处的亲人,是的,它们是与我们生活在同一个屋梁下的亲人。从春天到秋天,每天每时每刻,它们都会从田野里、山水间带回大自然的歌谣,带回草木庄稼的气息,带回生灵和万物的消息。每一天,屋梁上缭绕不绝的,是它们那亲热的呢喃,它们在拉家常,也是在和梁下的我们拉家常吧? 有时,我们一家人在梁下围着桌子说话,它们则时不时插上几句嘴,我们的话题突然停顿下来,忽然意识到插话的是梁上的燕儿,于是我们大笑一阵,然后,又继续说我们的话。

在我的记忆里,燕子不只是我们的家庭成员,是我们的亲人,是好朋友,燕子还是我的好老师。

燕子是我的数学启蒙老师。1、2、3、4、5、6、7,它一遍遍教我识数,一遍遍教我学会生活的简单数学。小时候,生活中时不时有风雨袭来,有贫困这位"常客"赖在家里不走,忧愁,就过早地被大人传染到了一个单薄少年的心里。梁上的燕子,就用它所精通的古老数学一次次开导和安慰我,燕子说:那就做点减法吧,减去一二、减去忧愁、减去烦恼,剩下的是多少呢? 燕子静下来,等待我说出答案,发现我纠结、嗫嚅着迟迟答不出,燕子就给出了参考答案,燕子说:减去忧愁,减去烦恼,剩下的,不多不少,全是属于我们的,也是属于你们的,不得不过,必须要过,也值得一过的生活,小朋友,那就舒展眉头,和我一起到原野上去奔跑、唱歌吧。后来,我逐渐知道,大自然和人世间的许多事物都与"七"有关,七,是个奇异的数字——据说上帝创世用了七天时间,故确定一星期为七天;音乐有七个音符;北斗星座是由七颗星斗组成;柴米油盐酱醋茶构成了开门七件事;我喜欢的七星瓢虫背上也镶嵌着七颗彩色宝石;亲人去世后每七天为一个祭日;古有建安七子、竹林七贤,诗有七言绝句、七言律诗,文有《七发》《七辩》《七启》,人有七窍,虹有七彩,牛郎织女一年一度七夕相会……难怪燕子日日年年、世世代代就爱念叨那1、2、3、4、5、6、7,莫非上苍在很古很古的时候,就向它们泄露了天机,让它们掌握了这神秘的云端数据?

燕子也是我的首任美学老师。它们是天生的舞蹈家、歌唱家、美学家,它们在风中舞蹈,在雨中吟唱,在雨后的晴空剪辑彩虹,在河水的清波里打捞自己的倒影和天空的倒影,它们那天使般的身影和精灵般的舞姿,一次次对我进行着生命之美的直观教学和自然之美的现场讲解,它们向我,也向一代代的人们,普及着一种具有永恒价值的朴素美学。我的世世代代的乡亲们,能够读书识字和受诗书礼乐教化的并不多,然而他们却似乎天然地有着对美的事物的敏感和崇拜,有着对一切具象形式里显现的微妙意味的直觉领悟,这从那些剪纸、绣花、草编、藤编和歌舞等民间艺术中都可以看出来。小时候,我母亲给我们缝的枕套上就绣着燕子,那是对燕子形神兼备的生动模仿,可惜都没保留下来。乡亲们的美感和诗感是从何而来的呢?我想,这一定与燕子等充满灵性和美感的自然精灵对他们的感染和启发有关。

燕子还是我的首席诗学导师。我之所以能写诗,多少与燕子也有些关系。在我眼里，燕子是纯真的诗人，是诗的传播者和朗诵者，它继承了我们古老诗国"思无邪"的诗学传统并得其真传，它把一首首自然之歌和天地之诗，口口相传了五千年之久。它们生怕不小心把那些经典之诗失传了，为此，它们走到哪里就朗诵到哪里，把那古老的诗篇传给千秋万代和千家万户。它们一字一句教我朗诵，一字一句教一代代的孩子们朗诵，它们在我们屋梁上，在广阔原野上，在青山绿水间，天天朗读和传递的，难道会是人世间那些无聊的废话、无耻的假话和恶意的谣言吗？不，绝不是的。我们纯真的燕子还没有进化到像我们这样无聊的高度、无耻的深度和无趣的广度，我们的燕子还保持着与生俱来的纯真品行、礼乐风采、浪漫天趣和诗歌天赋，它们飞到哪里就把那些古老的诗篇传唱到哪里。在写这篇文字的此刻，我还这样想：假若在我们生活中，文化和情感意义上的真诗人、真艺术全都消失了，我们是否就彻底告别了诗意呢？我想是不会的。只要我们的天空上仍然有燕子飞翔的身影和歌声，我们就仍然有诗、有音乐、有舞蹈，我们的灵性仍然被一种诗意的精灵在每一个春天唤醒。燕子是上苍指派的春意使者和诗意使者，你看，燕子的形象就是心灵飞梭的恰到好处的造型。当燕子飞临我们头顶，这温情美好的飞梭，就把流逝的万古千秋的岁月和我们置身其中的此时此刻缝合成同一个瞬间，把公元前《诗经》的天空和正被我们母亲的蓝头巾擦拭的天空缝合成同一个天空，于是，逝去的无数时光全部倒流回来，灌注进我们此生的此刻——在燕子那保持着史前口音的天真软语和呢喃里,我们活着的每一个片刻、每一缕念想,都变得无限深刻和丰富,其间的每一秒钟,都荡漾着五千年甚至更久远的诗意和情感的波澜。

现在想来,我那清贫的童年,竟然拥有一份大自然给予的奢侈待遇,是现在貌似富足的孩子们决然无法想象的一种天赐奢侈——童年,一茬茬穿着燕尾服的家庭教师,住在我们的家里,亲自为我施教,义务为我讲授数学、美学、声乐学、舞蹈学和大自然的诗学。我至今记得,在乡村寂静的正午,它们一次次向我亲热地俯冲下来,将一首首采自田园深处和白云高处的诗歌,空投在我上学的土路上。有好多次,它们的翅膀是擦着我的脸飞过去的,一个青涩少年的脸,感到了另一个生灵身体的凉意、轻盈和温情的撩拨,这生命和生命的微妙邂逅,其间深意,是我们那自以为是的浅薄文化所无法理喻和解释的。我以为那是燕子有深藏的心事要向一个少年表露,或者,燕子要把我们人类从来不知道也无从知道的一些大自然的秘密和生命的秘密,泄露给一个天真少年,只是那少年过于懵懂,当时未能领会,注定再无领会的可能。我相信每一个生灵都掌握着我们人类永远不能掌握的关于宇宙和生命的一部分核心秘密。它们特有的语言就是它们传递和保存这些秘密的密码、暗语和暗号。而燕子掌握的是宇宙和生命的最核心的秘密——关于均衡、美、节制、忧伤、韵律和诗的秘密。我们听不懂,无法领略,不只是语言不通,而是我们太浅薄,太自以为是,我们的天性被严重污染和遮蔽,从而丧失了清澈的灵性和天赐的悟性。人生在世,完全不受一点污染不大可能,但我们天性中最珍贵最深邃的那部分,我们要保护好,时时勤拂拭,勿使染尘埃。一旦污染和遮蔽,我们将不再有高旷清远的灵性和诗意感受力,我们将不再是一个贞完的人,我们的灵性甚至低于动物,低于那些自然界保持着纯真天性的任何生灵。不管怎么说,燕子飞进了我的童年和少年的天空,我的记忆里织满了燕子的美好身影。它们像一页页温暖的书签夹进了我的生命之书,让我记住了那生动的情节和感人的段落。从那时候开始,我从燕子押韵的、含蓄隽永而略带忧郁的呢喃声里,领悟到一种朦胧的诗的意境和语调,这唤醒了我内心里某种高贵、宽阔而神秘的情愫,在那天真多情的少年时代,我模仿燕子向我口授的韵律,悄悄写下了最初的稚嫩诗句……

四

每年春天,燕子从南方如期归来,这久别后的相逢,带给我们全家莫大的惊喜。我们把燕子归来的日子,当作两个家庭的团圆日,父母亲都要在这一天,改善伙食表示庆祝。而到了深秋的某一天,燕子夫妻仔细梳理好羽毛,带着自己已经学会飞翔的孩子,突然悄悄地离开,踏上南归的长旅,当我们放学回家,听不见那熟悉的绕梁呢喃,只看见空空的屋梁、空空的燕窝,顿时,我们的心里也空空的,空空的心里,满溢着离别的伤感和牵挂,还有一份愧疚，好像这离别不是因为季节使然，而是因为我们的不周到和无意识的伤害，才导致了燕子的出走。连续几天，我们的家里，我们的心里，都笼罩着亲人走失的忧伤。

燕子，在那时候，你就教我知道了什么是相逢的欣喜，什么是离别的伤感，这使我懂得了珍惜，把人与人、人与生灵的相遇都视为缘分和福分，而且多数都是一次性的，一别之后，即成永恒。而我天天目睹你们生活的每一个细节，看着你们一口口衔泥筑屋，一趟趟比翼出行，从风雨的原野、从稻麦飘香的田园寻找食物，接着，孩子出生了，你们夫妻更加辛苦劳碌，在酷暑和雷鸣电闪的日子，你们也要冒险外出为孩子们觅食，然后口对口进行吐哺。燕儿们也很懂事，整齐地等待在燕窝口，你们把天赋的慈爱，均匀地给予每一个嗷嗷待哺的孩子。秋季来临，你们迁徙的时间表，很快进入了倒计时，我们的心里也悬着一个不断倒逼而来的忧伤的预感。你们夫妻紧张地开始对燕儿进行飞行、觅食和野外生存训练，就像我们的父母手把手教我们播种，就像我们的老师手把手教我们写字，你们手把手教育孩子们认识这有风景也有风险的大地，直到它们被大地接受；手把手指导孩子们熟悉那有彩虹也有雷电的天空，直到它们被天空认领。我们亲眼看见了，在这同一个屋梁下生活着的，我们这一家子，和你们那一家子，都是多么的艰辛，多么的不容易！那一年秋天，你们刚刚学会飞行的一只燕儿，在野外试飞途中，不幸被天敌掠走，连续几天，你们一家在梁上沉默，我们一家在梁下沉默，我们都为命运的无常打击而悲伤……

一个人情感世界的扩大和培养,既得自家风的传承和诗书礼乐的熏陶,也得自大自然的诗教和生灵万物的启示与感染。说时髦一点,在情商和德商的培养过程里,燕子,你当之无愧,你是我的心灵老师和情感培养师,你教我懂得人以及一切生灵,在这个世界的一次性生存,虽然卑微如尘,短暂如烟,却是多么的艰辛。你教我珍惜相遇的缘分,你教我懂得:亲人是祖先留给我们的朋友,朋友是今生遇到的亲人,而万物和人类,都是同一条激流河里的同船过客;生灵和我们,虽出自不同血缘却都有着相似的生老病死和祸福悲喜。

燕子,在我的记忆里,你是智商、情商、德商都很高的生灵,你是当之无愧的智慧之鸟、审美之鸟、情义之鸟、美德之鸟、生态之鸟,你给了我最早的生命教育、审美教育、美德教育、生态教育,你是我们的芳邻和亲人,你是我的好朋友,好老师。

五

然而此刻,是在这里,是在这危险的高压电线上,我看见了你们,我的朋友,我的亲人,我的老师!一转身,你们失去了乡土田园,失去了淳朴的屋檐,失去了春风夏雨里的杨柳枝。此刻,我顾不得有人嘲笑我是多管闲事的疯子,我忍不住大声提醒你们:喂,朋友,这是危险的高压线,这可不是故乡的杨柳枝。朋友,走吧,我真想带你们回老家去。可是,忽然想起,我的老家也在拆迁。

城镇化的快速推进使得农村居民都住上了钢筋水泥楼房,门窗严实,燕子难以进屋筑巢,好不容易一趟一趟衔泥嚼草在屋外筑个窝,却被喜欢整洁的人几竹竿捣掉了。而农药的大量使用也使它们的处境更加危险。无处栖居的燕子,只能经常露宿在危险的高压电线上,可以想象,在如此恶劣的生存困境里,燕子已不可能再养育自己的后代了。这样说来,燕子有可能濒临灭绝,这绝非危言耸听。这种形态优美、叫声婉约、舞姿翩跹、给了我们无限美感和心灵慰藉的可爱鸟儿,一旦消失了,这对于我们的大地、对于我们的农业,对于我们的心灵,都是十分可惜、十分遗憾的。

我不无忧虑地想到,我们的孩子们,以及孩子们的孩子们,他们除了钢筋、水泥、玻璃、轮胎、电子玩具、可口可乐等等"现代伙伴",以后,他们还会有燕子、布谷、黄鹂、白鹭等等这些大自然的芳邻、朋友和老师吗?我为孩子们遭遇到的致命匮乏而忧虑起来。

朋友受难,我不能不管。君子之交,虽然其淡如水,怎能无情无义?等一等吧,燕子,在这个春天,我得赶紧为你们想想办法,出出主意。朋友们,我们都来为受难的燕子想想办法吧……

六

连着想了好几天,同时查阅了一些资料和网上信息,还走访了几位乡下亲友,初步想到了这些,供朋友们参考——

1.我们在城镇化过程中,对山川草木、对乡土记忆、对大自然和生灵,比如对燕子等等生灵,应该多一些柔软的情怀,多一些念想、珍惜和挽留,少一些粗暴、伤害和毁灭。这既是对自然生命和历史记忆的敬重, 也是对我们后代的生存环境和人文环境的呵护,这既是对大自然行善,也是对我们自己行善,对千秋万代行善。

2.已经住进水泥楼房的乡村父老乡亲,尤其年轻一代的乡村朋友,若有燕子来家里筑巢落户,恳切希望大家都不要拒绝它们,不要嫌不卫生和吵闹,而毁其燕窝,断其生路。燕子是吉祥鸟,燕子衔着春天而来,带着祝福而来,吉祥盈门,福音绕梁,这是何等好事。我在城里敞开门窗几十年了,一直等啊等,至今未见燕归来,心里常感失落、寂寞,可谓“思燕若渴”。你家有芳邻,这是天赐之福,朋友,要惜福。

3.若是举家外出,走之前,建议在门上给燕子留一个通道,哪怕是一个门洞,方便它们出入往返,尤其在燕子哺乳期,若门窗密闭,又没有为燕子留下“绿色通道”,会导致乳燕因饥渴而夭折,燕子夫妻则因骨肉分离悲愤而死。

4.城里的朋友们,若是有燕子,或别的鸟儿如麻雀、黄鹂、画眉、白头翁、斑鸠等等,降临在小区树荫里,或在你家阳台上,筑巢、栖居,我们应该遵照孔夫子那些永不过时的亲切教导:“有朋自远方来,不亦乐乎”“德不孤,必有邻”,与我们的朋友和睦相处,并提供必要的帮助,比如:时不时放些米粒,以救济它们食物的匮乏,特别是酷暑干燥时节,在钢筋水泥城市讨生活的鸟儿,根本找不到解渴的水源,那就及时放一小碗清水,举手之劳,善莫大焉。这样,说起来是帮助了我们的朋友,实际上却温润了我们自己的心灵,成全着我们"诗意栖居"的梦想。我国古代一位可爱的诗人辛弃疾,曾用两句诗表达了他对自然生灵的真挚亲情,也说出了我们对大自然的感念和深情:"一松一竹真朋友, 山鸟山花好兄弟。"

喜　鹊

　　喜鹊这名字真是起神了。见多了天底下的鸟，就发现只有这喜鹊该被叫作"喜鹊"，不信，你试着把斑鸠叫喜鹊，它不像，它像个老学究，且是那种"述而不作"的学究，一年四季都在"注释"，说起话来也是咬文嚼字没有新意，更没有一点喜气；设若古人一开始就把麻雀叫"喜鹊"，那么后人是会更正的，它叽叽喳喳，像在说是道非，从它嘴里，好像听不到什么"喜"；燕子不能叫"喜鹊"，它太劳碌；白鹤不能叫"喜鹊"，它太高傲。

　　喜鹊，只能是这一种，只有它才是喜鹊。

　　它说话节奏很快，嗓音敞亮；羽毛黑里透白，一点严肃被轻盈的亮色冲淡；尾巴长长的，礼服是大了一些，看这装束，不正是旧时代那些主持喜庆仪式的文雅秀才？

　　它更像一个能说会道的小媳妇，很真诚，又有点轻薄，心里藏不下什么秘密，总要抖出来才能安静地过夜。新巢筑起来，它报喜；女婿回家了，它报喜；分娩了，它报喜；孩子满月了，它报喜；孩子分家了,它报喜;它终于老了,它报喜;它不能再向大家报喜了,它仍然拖着老迈混浊的嗓子,向大家最后一次"报喜",不过,有经验的老人却伤心起来,他们听见了不祥。几天以后,林子里或原野上,人们会发现一具喜鹊的遗体,原来,那最后一次"报喜",是它在向大家告别呀。

望着榆树上那空空的鹊巢,老人的心里也空空的。不过,想起喜鹊不忧生、不惧死的一生,老人忽然有了顿悟,心里升起一种超然于物外的宁静。

鹊巢里又有喜鹊了。在充满忧患的日子里,它减轻了我们灵魂的负担。虽然,风雨经常袭击它的小屋,竹竿、子弹、毒药、天敌时时窥视着它,危险来自四面八方。喜鹊,你这纯真的鸟儿,你继承并保存了乐天的性格,你相信只要天空还有白云,生活就不会总是灰色的。你不停地报喜,你似乎相信,只要不停地重复这古老的信念,天上地下,树上树下,总会好一些,多一些喜气的,至少不那么太糟……

水边，那只白鹤

星期天，我到河边散步，随身带了一本《昆虫记》，法国昆虫学家法布尔的名作，被誉为"昆虫的史诗"。这部书共有十卷，我今天带的是其中写蜜蜂、土蜂的那本。现在是 4 月，庄稼拔节，杂花满地，油菜花开得正盛，金黄色的波浪铺张成海洋。远远看见两个小孩手挽手从阡陌走过，很快就被花海淹没了，心里感叹：这是多么美好的失踪啊。走在植物之中，你不能不佩服植物的单纯和伟大，它们并没有用心策划，也不发什么宣言，只是简单地随了季节和阳光的感召，就让整个大地换了一个模样。这季节最幸福最忙碌的，当是蜜蜂们。它们纷飞于花海，吟唱于暖风，在空中开辟了无数通道，把春天的精华，运往它们的秘密工厂。

在蜜蜂们身边读关于蜜蜂的书，我想也许能读得更深入。虽然这是十九世纪一位法国人写的法国蜜蜂，但我想，蜜蜂没有国籍，时间也不能轻易改变蜜蜂们爱花的本性和酿蜜的技艺，所以我要在这个春天里证实：我看见的蜜蜂和法布尔看见的蜜蜂，是大同小异的，都是宇宙间最优秀的蜜蜂。

坐在临近河湾的一片油菜地边，"检阅"了数千只蜜蜂以后，我翻开书，读到第五页，在描写蜜蜂将花粉装入胸前的"花篮"这一段的时候，我抬起头来，想锁定某只蜜蜂，看看它们的"花篮"是否已经盛满，看看它劳作时的表情，听听它对春天、对花的评价。然而，当我抬起头，我竟看到了前方芦苇轻摇的河边，站着一只白鹤。它长久地俯首凝视着水面。它肯定早已看见我了，但它并不留意我，也不戒备我，它只是低着头，看着流得很慢的水。

我吩咐自己，就不打扰它了。白鹤是清高的生命，也是易受伤害的生命。我就与它保持距离。适度的距离，是自由的条件。与人打交道是如此，与自然打交道是如此，与鸟打交道肯定也是如此。

于是我又观察蜜蜂，公元2005年4月8日中国的蜜蜂，汉中的蜜蜂，土生土长的优秀蜜蜂。而《昆虫记》里，十九世纪法兰西的蜜蜂们，仍飞翔在法布尔满含着惊奇的目光里。优秀的花，优秀的蜜蜂，优秀的文字，我对大自然中优秀的一切，充满了感激和敬意。

大约过了两个小时，我抬起头来，竟看见那只白鹤仍一动不动地站在原来的位置，低头凝视着水面。它不会是在那里等待鱼虾从水中跃出，据我以往的观察，白鹤在一个地方寻找食物，顶多过二十分钟就要转移，灵性的鸟不犯"守株待兔"的错误。

那么它为什么要久立一处呢？

我不禁关切起它了。我合上书，离开旋绕在我身边的蜜蜂们，我绕着河湾轻轻靠近它，尽量不让它受到惊吓，在离它约五米的地方，我蹲下来，我想知道它在凝视什么。

我终于看见了，我也知道了。

它久久凝视着的，是自己投在水中的倒影。

它每过大约十分钟，就将嘴伸向水里，仿佛要把水中它的影子噙出水面，然而让它想不到的是，它却因此将那影子弄丢了，荡漾的水纹，竟是漂亮而阴险的坟墓。

它于是伤心地注视水面，慢慢地，水纹消散，水面复归平静，那被掩埋的影子又活过来，越来越逼真，而且再一次走近它。

于是，它又将嘴伸向水里，比以前更小心地，它要把水中的影子噙出水面……

直到黄昏，蜜蜂们纷纷归去，它们遵守着数万年来的作息纪律；夕阳靠近远山，就要从唐朝的那个豁口里落下去；河水此时变得色彩黏稠而且有点喧闹起来。油菜花和各种植物的香气混合着，黄昏似乎是香气最浓的时候，然而我顾不得也没心思认真呼吸，我心里牵挂着别的。

它，那只白鹤，也该归去了？

然而，它还站立在那里，低头凝视着水面。远山在落日的背影里锃亮了一阵，渐渐暗下去，原野、河流也跟着暗了下去。暮色里，它的影子的轮廓变得模糊了，慢慢地消融于庞大的夜色里。但我始终不忍靠近它。我怕惊扰了它，有时候，惊扰也是一种伤害。天黑了许久了,我也没有听见有翅膀飞动的声音。肯定,它还在那里站着,注视着黑暗的水面。

我十分不安地离开河湾。我的心很内疚,我竟不能为它提供一点小小的帮助,也没有语言能劝说它。我无法让它走出这忧伤的河流。

我仅仅记下日记一则,表达我对另一种生命的同情和尊敬:

我早就听说过天鹅交颈而死的故事,一对雌雄天鹅以这种决绝的方式殉了它们痛苦的爱情。鹤是水中仙子,对食物和婚恋也染了洁癖。对恋人从一而终,不是道德对它们的要求,而是天性使然。地上的大部分河流或污染或枯竭,但它们的情感依然保持着上古时代的清澈和纯真。如果夫妻一方遭遇不幸,健在的一方也常常忧郁而死。我今天就在河边目睹了令人伤怀的一幕。另一只可能已死于非命(饥饿而死、喝了污染的河水中毒而死或者被人用枪弹打死),这一只就来到它们往日生活过的河湾苦苦寻找,它看到水里走来了另一只,走来了它的爱人,于是它就反复地要将它嗾出水面,它不知道那是它自己的倒影,它的虚幻的影子。它相信那是它的爱人,它相信它的爱人会走出水面。唉,这世界就是如此让人留恋又令人忧伤,甚至让人揪心的痛,蜜蜂们仍在为忘恩负义的人类酿蜜,而同时,在一条污染的河流的岸边,一只白鹤正在孤独忧郁地死去,比起既贪婪又浅薄而且没有操

248

守的一部分人类来,这白鹤是多么高贵和值得尊敬啊,然而它必须要死去吗？美的事物纯真的情感就必须要这样结尾吗?美必须要上演成悲剧才能让我们欣赏到悲剧美吗?今天的大部分时间我是在蜜蜂们身边度过的，然而它们的蜜,无法消除我内心的苦涩。明天,我是否要到河边去看看?然而我不忍去看,那伤心的水面,除了日益增加的污物和病毒,怕是什么都没有了……

临终的鸟

万千生灵中最爱干净的莫过于鸟了。我有生以来,不曾见过一只肮脏的鸟儿。鸟在生病、受伤的时候,仍然不忘清理自己的羽毛。疼痛可以忍受,它们不能忍受肮脏。鸟是见过大世面的生灵。想一想吧,世上的人谁能上天呢? 人总想上天,终未如愿,就把死了说成上天了。皇帝也只能在地上称王,统治一群不会飞翔只能在地上匍匐的可怜的臣民。不错,现在有了飞机、宇宙飞船,人上天的机会是多了,但那只是机器在飞,人并没有飞;从飞机飞船上走下来,人仍然还是两条腿,并没有长出一片美丽的羽毛。鸟见过大世面,眼界和心胸都高远。鸟大约不太欣赏人类吧,它们一次次在天上俯瞰,发现人不过是尘埃的一种。鸟与人打交道的时候,采取的是不卑不亢、若即若离的态度。也许它们这样想:人很平常,但人厉害,把山林和土地都占了,虽说人在天上无所作为,但在土地上,他们算是土豪。就和他们和平相处吧。燕子就来人的屋子里安家了,喜鹊就在窗外的大槐树上筑巢了,斑鸠就在房顶上与你聊天了。布谷鸟绝不白吃田野上的食物,它比平庸贪婪的俗吏更关心大地上的事情。阳雀怕稻禾忘了抽穗,怕豆荚误了起床,总是一次又一次提醒。黄鹂贪玩,但玩出了情致,柳树经它们一摇,就变成了绿色的诗。白鹭高傲,爱在天上画一些雪白的弧线,让我们想起,我们的爱情也曾经那样纯洁和高远。麻雀是鸟类的平民,勤劳、琐碎,一副土生土长的模样,它是乡土的子孙,从来没有离开过乡土,爱和农民争食。善良的母亲们多数都不责怪它们,只有刚入了学校的小孩不原谅它们:"它们吃粮,它们坏。"母亲们就说:"它们也是孩子,就让它们也吃一点吧,土地是养人的也是养鸟的。"

据说鸟能预感到自己的死亡。在那最后的时刻,鸟仍关心自己的羽毛和身体是否干净。它们挣扎着,用口里仅有的唾液舔洗身上不洁的、多余的东西。它们不喜欢多余的东西,那会妨碍它们飞翔。现在它就要结束飞翔了,大约是为了感谢这陪伴它一生的翅膀,它把羽毛梳洗得干干净净。

鸟的遗体是世界上最干净的遗体……

鸟　窝

　　月光下树上的鸟巢是一小团美丽的阴影。那里面盛着翅膀、小小的心跳、纯真的眼睛和对于天空的憧憬，也盛着这小小生灵的疲倦、伤痕和噩梦。真担心风一吹，这脆弱的巢会被揭走、倾覆，正在孵化的鸟蛋会落地而碎；又担心下雨的时候，这小小茅舍被打湿、淋透，酣睡的鸟将因此受凉感冒，孤独的它们该是多么可怜。

　　我在林子里行走的时候，特别留意鸟巢的情况。有一次大风吹进林子，林涛呜呜如怪兽号叫，树木俯仰都是挣扎的姿势。而我竟没有看见有一个鸟巢掉落下来，它们随着树的俯仰俯仰着，在动态里保持着相对的静止和稳定。我一度紧张的心舒展了。感谢大自然的宽厚包容，它造一物也为之安排了命运，虽然天地间充满了狰狞危险，但造物者给每一物都秘授了渡过劫波的方法，让他们在生存的险境中发育出对同类的伦理意识和爱情，在险象环生的自然丛林里锤炼意志并提升生存的技艺。我看那每一个鸟巢都恰到好处地坐落在它应该坐落的地方。瞧,那个斑鸠窝只能是在那三个枝杈之间,高一寸或低一寸,都会变成危巢;而那黄鹂的家只能安在悬崖附近的这株树上,它是喜欢晒太阳的鸟儿,它随时关上家门,到悬崖的边缘尽情吮吸垂直降落的阳光;麻雀的巢是简陋些,它过惯了俭朴的生活,随便有个铺盖卷——随便有一团草絮就能平静地过夜,也许麻雀这样认为:不错,我的房子是简陋的,但小小的房子的四周是无限慈爱的月光,是你们说的来自天堂的光……

如今,乡村里也难以看见鸟群,只有稀稀拉拉的鸟的影子,也仅是些所谓的"益鸟",如燕子、喜鹊之类,人类以如此彻底的"势利眼"对待自然界的生灵,"益我者存,无益我者亡",其实,不说以"天地眼"看万物,只须稍稍宽厚一点的目光,你就会看到,无论哪一种生灵,都是大自然的亲生儿女,都在"参天地赞化育",都丰富和支持了这个伟大的、生生不息的世界。就说鸟吧,麻雀是以前认为的"害鸟",其实,它除了吃粮,也吃虫,它也是功德之鸟,即使吃点粮食,并非执意使坏,而仅仅为了活下去。如今,见不到麻雀的踪影,听不见它们那琐碎的、率真的朴素谈吐,原野和村庄也少了许多野趣。而鹰呢,一向是"害鸟之首",现在的人们,大约从生到死,一生也难以看见鹰的影子了,天空中失去了这样一位英雄,我们仰望的视线里不再有惊诧和赞叹,而只有一些随风飘逝的浮云和没有骨头也没有灵魂的风筝。天空和我们的心灵,都一样的平庸和寂寞。

城市更不用说了。见到一只鸟比见到国王还难。偶尔见到一只小鸟,形单影只,精瘦孤弱,不由得担心它在这欲海滔滔烟尘滚滚的水泥森林里如何存活,不由得为它艰难危险的命运捏一把汗。

曾听说有这样一个故事——

一个小孩在林子里发现了一个鸟巢,他取出巢里的鸟蛋,将一枚鹅卵石放入巢中。他躲在鸟巢附近连续观察,竟发现那一对夫妻鸟认真地孵着那枚"蛋",孵着它们的希望。

这孩子竟残忍地得意地笑了。

我不知道那一对夫妻鸟一旦发现它们如此惨遭愚弄,它们会怎样的伤心和绝望。

这样的孩子当然不会多。这样的孩子如果多起来,我们的世界将消失所有的鸟,也将消失我们自己——因为我们将消灭这个世界的一切美好。

人和鸟有什么区别呢?纵然有种种的区别,但最根本的生命意志是一样的。这就是:我们和鸟一样,都在孵化自己的希望。

但愿我们孵着的不是一枚冰凉的石头……

燕子筑窝

春天里,我家来了一对燕子,妈妈说,它们是夫妻,要在我家过日子,养孩子。

堂屋里的屋梁上,已有两个燕窝,住着两对燕子,它们是去年就住下的老夫妻了,一到春天,他们又从南方返回来了。我当时不太懂南方是什么意思,为什么非要跑那么远去南方,爹爹说,南方暖和,北方冷,燕子冬天去南方过冬,到春天又返回到我们这里。

爹爹说,来我们家的燕子,无论新的老的,都是我们的亲戚,我们要爱惜。

新来的这对燕子,发现堂屋里已有燕子居住,就在门外的屋檐下筑窝。

它们一趟趟从田野里衔来湿泥,泥里还带着一些枯叶和细碎草秸,爹爹说,泥里带些草秸,才容易黏合,修的房子才凝固结实,娃娃你看,燕子没上过学没念过书,都这么聪明,你们学生娃可要好好学习哦。

它们的工程进行得很不容易，因为没有施工图，常常要返工。有时好像是地基铺得太宽，不符合紧凑、安全和保暖原理，它们就收紧了地基的尺寸重新施工，原来的地基就作废了；有时，好像房屋的弧度过于弯曲，不够流畅，不方便出入，不利于通风，也不符合建筑美学和以后新生儿的护理学，它们就倒悬着或斜倚着身子，伏在建筑工地上，一口口地啄啊掰啊抹啊，就像我们伏在课桌上一笔一画修改作业。

连续好多天，燕子夫妻白天抓紧施工，晚上却不见了，它们晚上住哪里呢？

其实，堂屋的屋梁上，或我家的任何一间屋子里，我们都是乐意接待它们过夜的。但是，燕子好像有自己的心事和处世的伦理，它们不愿打扰另外两对年长的燕子，也不愿改变主人家的生活秩序。它们好像遵守着世代相传的道德禁忌：不能因为它们的到来，给春天添麻烦，给主人添麻烦；相反，它们要努力做到，因为他们的到来，春天欢喜，主人也欢喜。

那么，它们晚上住哪里呢？春天的夜里，天气还是很冷的。

那天黄昏，天下着小雨，它们衔完最后一趟泥，向我们亲热地打了几声招呼，又飞走了。

我追着它们的身影，飞快地跑出去，跑向原野，我终于看见它们了，它们并肩依偎着歇在电线上，它们在冰凉的却汹涌着电流的电线上，在夜晚的寒风中，有时就在雨水里，它们紧挨着羽毛相互取暖，它们露天过夜。

吹拂着庄稼的夜风,旷野繁密的露珠和满天的星星,都见证了它们那清贫的生活、高贵的美德和坚贞的爱情。

我急忙回到家里,在门前菜地里挖了些湿泥,准备搭起梯子,帮助燕子筑窝,让它们尽早住进新居。

爹爹说:你娃真傻呀,燕子做的活你娃能做吗? 鲁班能修宫殿,也修不了一个燕窝的。喜鹊窝只有喜鹊会修,蜂窝只有蜂儿会修,燕窝只有燕子会修。人家燕子筑窝,心里是揣着一张祖传的图纸的。你心里有那张图纸吗?

爹的话我信。爹会一些简单的木工,他知道心里有一张图纸是多么重要。

我觉得对不起燕子,在它们艰辛的时光,在这个泥泞的春天里,竟不能为它们帮一点忙,为春天帮一点忙。

亲眼看着一趟趟衔泥忙碌的燕子,看着燕窝一点点成形,我心里满含着敬佩、同情和惭愧,也满含着对这小小生灵的情感、智慧、技艺的猜想和崇拜。

它们的心里揣着怎样天长地久的心事?

它们那儒雅的燕尾服后面,揣着怎样的图纸?

月光下的探访

今夜风轻露白，月明星稀，宇宙清澈。月光下的南山，显得格外端庄妩媚。斜坡上若有白瀑流泻，那是月晖在茂密青草上汇聚摇曳，安静，又似乎有声有色，斜斜着涌动不已，其实却一动未动，这层出不穷的天上的雪啊。

我爬上斜坡，来到南山顶，这是一片平地，青草、野花、荆棘、石头，都被月色整理成一派柔和。蝈蝈弹着我熟悉的那种单弦吉他，弹了几万年了吧，这时候曲调好像特别孤单忧伤，一定是怀念着它新婚远别的情郎。我还听见不知名的虫子的唧唧夜话，说的是生存的焦虑、饥饿的体验、死亡的恐惧，还是月光下的快乐旅行？在人之外，还有多少生命在爱着，挣扎着，劳作着，歌唱着，在用它们自己的方式撰写着种族的史记？我真想向它们问候，看看它们的衣食住行，既然有了这相遇的缘分，我应该为它们提供一点力所能及的帮助，它们那么小，那么脆弱，在这庞大不测的宇宙里生存，是怎样的冒险，是多么不容易啊。然而，常识提醒我，我的探访很可能令它们恐慌，不小心还会伤害了它们。我对它们最大的仁慈和帮助，是不要打扰它们，慈祥的土地和温良的月光会关照这些与世无争的孩子们的。这么一想，我心里的牵挂和怜悯就释然了。

我继续前行，我看见几只蝴蝶仍在月光里夜航，这小小的宇宙飞船，也在无限里做着短促的飞行，在力所能及的范围内探索存在的底细、花的底细，此刻它们是在研究月光与露水相遇，能否勾兑出宇宙中最可口的绿色饮料？

我来到山顶西侧的边缘，一片树林寂静地守着月色，偶尔传来一声鸟的啼叫，好像只叫了半声，也许忽然想起了作息纪律，怕影响大家的睡眠，就把另外半声叹息咽了回去——我惊叹这小小生灵的伟大自律精神，我想鸟的灵魂里一定深藏着我们不能知晓的智慧，想想吧，它们在天空上见过多大的世面啊，它们俯瞰过、超越过那么多的事物，它们肯定从大自然的灵魂里获得了某种神秘的灵性。走进林子，我看见一棵橡树上挂着一个鸟巢。踮起脚尖，我发现这是一个空巢，几根树枝一些树叶就是全部建筑材料，它该是这个世界最简单的居所了，然而就是它庇护了注定要飞上天空的羽毛，那云端里倾洒的歌声，正是在这里反复排练。而此时它空着，空着的鸟巢盛满宁静的月光，这使它看上去更像是一个微型天堂。如果人真有来生，我希望我在来生里是一只阳雀鸟或知更鸟，几粒草籽几滴露水就是一顿上好午餐，然后我用大量时间飞翔和歌唱，我的内脏与灵魂都朴素干净，飞上天空，不弄脏一片云彩;掠过大地,不伤害一片草叶。飞累了,天黑了,我就回到我树上的窝——我简单的卧室兼书房——因为在夜深的时候,我也要读书,读这神秘的寂静和仁慈的月光……

故乡鸟儿

一

麻雀儿、喜鹊儿、斑鸠儿、阳雀儿、清明鸟儿、画眉儿、燕子儿……母亲叫这些鸟儿，就像叫自己的孩子一样亲热。在母亲心中，它们是天地的孩子，也是自己不知哪生哪世的孩子，不小心走丢了，变野了，就由天地护养着。天地拖累太重，养人、养万物，还要养鸟，母亲觉得自己对天地帮不了多少忙，自己也未免在拖累着天地，心里总觉得对天地有亏欠，对鸟儿也就有一份护惜的心情。所以，在过去的乡村，不只我母亲，包括我所知道的许多乡村母亲，对鸟儿都有一种发自母性的天然亲情。她们从来不伤害鸟，不说鸟的坏话，遇见在自己头顶或身边飞过的鸟儿，总要打一声招呼：喂，燕子儿，早点回家喂孩子哦；唉，喜鹊儿，多少天没来我家屋顶报喜了，明天可要来啊。若是鸟儿在场院里吃点粮食，在门前缝衣的我妈，并不斥责，只是假装没看见，埋头淡淡地说：馋嘴娃,吃饱了就走,小心看家的竹竿哦。在田里收割庄稼时,母亲还有意无意地在地上留一点穗子和粮食颗粒。母亲说,天养人、养万物,也养鸟,让它们吃点,饿不到我们,它们活得好,我们也心安。

二

屋顶,几只斑鸠正在晨读,还是上古流传下来的经典格言和大地启示录,它们终生诵读并忠实践行,所以,从古至今,它们都以益鸟的美名著称于世。

屋梁上,燕子夫妻和它们的五个儿女已经吃过早餐,此时已开始给孩子们讲解飞行技巧和要领,今天是第二单元,一边讲解一边示范,明后天就要领它们到野外实习,因为,快立秋了,南下的日子正渐渐逼近。

院墙和房子侧墙的墙眼(俗称牛子眼,即筑土墙时用于固定墙板留下的孔洞)是麻雀们的一排排简易别墅,它们刚刚起床,用一点草絮遮掩了门口,就在院子里的榆树上开会,商量一天的日程,叽叽喳喳,讨论异常热烈,无非是何时到河对岸旅行,何时到柳林里听蝉儿们唱歌,何时到李老爹的菜园里找几条虫儿改善一下伙食。

屋后,三五只黄鹂鸟刚刚从杜甫的柳树上降落下来,一个款步,就落在了苏东坡的竹子上,我不识字的父亲,他亲手栽种的竹林,接待了古老的诗意和次第而来的歌者,翅膀一扇,它们就从杜甫的诗里,一个箭步跳跃到苏东坡的词里。

在菜园那边,几只花喜鹊从村东头老皂角树串门来到我家大槐树上,喳喳喳,还好吗? 我妈高兴地回答:喜鹊儿,我们都好,你来了,就更好。转过身,我妈吩咐我爹:娃他爹,今天肯定有客人来,以往,喜鹊前脚到,客人后脚来,很灵的,你今天就别出远门了,赶紧准备迎接客人,说不定,娃他舅或娃他姑,这阵子可能已经走在半路上了……

这是早晨,这是二十世纪八十年代初的一个平常日子,这是在李家营,在我家老院子,在老屋的房前屋后,这些乡土的子孙——这些鸟儿们,我们世世代代的芳邻,围绕着我的父亲和母亲,围绕着草木、农事、季候和缓缓升起的炊烟,开始了清晨的恳谈和歌唱。朴素、诚恳、温和、热闹,满含天意和风情的一天,就这样在鸟声里开始了……

三

斑鸠蹲在我家屋顶上反复说着一句话。那句话是什么呢? 是一句古诗? 一段格言? 一个家训? 一首民谣? 一声提醒? 一种安慰? 没有人知道斑鸠在说什么。但是,若是有一天,没有了斑鸠的身影,没有了斑鸠的话语,空空的屋顶上的寂寞,就会蔓延成母亲心里的寂寞。母亲就会问:斑鸠哪去了呢? 怎么今天不见了斑鸠呢? 母亲一个晚上都会惦挂着斑鸠。直到第二天,斑鸠又在屋顶上出现,母亲就会喜出望外,对着斑鸠亲热地打招呼:喂,斑鸠儿,你回来了,回来了就好,你昨天是走亲戚去了吧?

我隐约猜到,在母亲心里,斑鸠是出没在高天大野,又怀乡恋土的远房亲戚,斑鸠反复诉说的是天地的一种情愫,是母亲心里那种难以名状的牵挂、感念、温润和安稳的心境。斑鸠以朦胧的语言表达着母亲朦胧的情思。没有了斑鸠的身影和声音,母亲的心里,就会出现大片的空白和恐慌。看见斑鸠,听见斑鸠熟悉的话语,母亲就感到天地完好,日子有趣,心里安稳。

四

有鸟儿降临的屋顶是温暖、吉祥的屋顶。我的母亲,她一生受过许多苦,但是,上苍也给予了她一些补偿——母亲一生虽然缺这缺那,但她居住过的故乡老屋,从来没有短缺过鸟的身影,从来没有短缺过斑鸠那古老、温和、意味深长的话语。

如今,在我们水泥的城市和钢筋的屋顶,除了密集的电线、电波、尘埃、雾霾和机械的尖叫,我已有许多年未见过斑鸠,也未听见那古意氤氲的话语。我内心的空白和恐慌也与日俱增。

鸟是懂得美感的

我仔细观察过两种鸟,我发现它们是很懂得美感的。

斑鸠爱在屋顶上歇息,并发出悠扬的叫声,它们或结伴或单独停在那里,耐心地把一段古歌(也许是祖传的家训)反复演唱、朗读,有时整整一个下午就在那里做这一件事,就像我们专注地种地、数钱、打麻将、谈恋爱、做作业或玩电脑。而在有些屋顶,它们蹲一会儿,潦草叫几声就转身飞走了,而且很少再来这里。这是为什么? 通过比较,我知道了原因:它们不愿久待的屋顶,多是那些粗陋、灰暗的房子,屋顶也逼仄、平铺直叙,没什么起伏和特点。倒不是斑鸠嫌贫爱富,绝不是的,你看,即使过去那些贫寒人家简单的草房,斑鸠却喜欢蹲在草做的屋顶上聊天唱歌,它们喜欢草房的干净、柔软和芳香,而且,站在昔日的草上,能看见和欣赏田野及远山更多生长着的草色,这该是怎样的惬意呢。多数情形是,斑鸠选择的屋顶都明亮、大方、素洁、视野开阔;斑鸠还喜欢有适当装饰的那种屋顶,过去人们修房,无论贫富,都要在房檐和屋顶雕琢和装点些东西，多是喜鹊（暗示有喜）、蝙蝠（寓意多福），有时就是斑鸠的造型。你想，斑鸠与这么多同类在一起，甚至就与自己在一起，它会何等欣喜？而且它发现房子的主人把它们这些长翅膀的看得这么重，捧得这么高，它会不会有些感动呢？斑鸠不喜欢什么大富大贵，我很少看见富翁大款们的豪宅别墅上有过斑鸠的身影。斑鸠是朴素的、清洁的，甚至也是清贫的，在它眼里，任何对财富的炫耀、对权力的炫耀、对身份的炫耀，都如同猎人对猎枪和子弹的炫耀，这令斑鸠不仅惧怕，而且厌恶，所以躲之唯恐不远。通过观察，我略知斑鸠选择屋顶的审美原则：不论贫富，但论明暗，朴素、大方、开阔，是其首选。

野画眉体形简洁、娇小、精致，人们对它的生活方式和隐私所知甚少，我看见它的时候多是在河边、溪流边、水井边、水田边，或雨后原野上、道路旁的水滩边，这正是它饮水、进餐、玩耍的时候。它总是出现在有水的地方，说明它是水鸟的一种。在大一些的河边，有很多水鸟，但我几乎没见过它的身影，几次去海边，在东海、黄海和南海，我都留意有没有画眉，好像没有，至少我没看到。我看见它，都是在清浅、不起眼的水边，在小溪、小河、小水潭，在小小的水井边，在下雨后依然滴答着的屋檐下浅浅水沟里。记得我很小的时候，村头水井上一年四季总是蹦跳着几只小画眉，啾啾叫着，看见人来挑水并不走远，而是退在一旁静静看着那弯腰取水的人，好像为不能帮忙而不好意思似的。它们似乎知道人与他们共用着一井水，所以从来没有发现它们在井里丢下任何不洁的东西。不仅在水井,在所有画眉出没的水边,我都不曾见过它们随意抛下任何垃圾,只有地面上留下它们那细小的、令人怜惜的脚印,这细微的脚踏在任何事物上面,都不会造成伤害和疼痛,即使踏在花朵上,只会使花朵感到轻微的痒,感到春天手指的抚摸;即使踩在月光里,只会使月光误以为自己也有了体温,其实那是一只小小画眉通过它的脚向土地传递的小小的温暖。我至今还记得童年时,春天,屋檐上的冰凌化了,水一点点滴下来,几只小画眉沿着浅浅水沟排成一列,一边啄水,一边议论着什么,这是我听见的春天最清新的声音。去年回老家,特意看望村头那眼老井,井水仍很旺、很清,我感叹祖先真会看风水,他们能望见地层深处的消息。不期然地,我看见几只小画眉在井台上散步、戏耍,仍那么娇小、精致,好像还是我童年看见的那几只……是的,总是在小小的、不起眼的有水有人的地方,出没着这娇小、美丽、不起眼的身影,它陪伴着那些不起眼的地方的不起眼的寂寞,陪伴着那些不起眼的人们的不起眼的日子,因了它,不起眼的一切就有了别样的意味,值得长久注目和凝视。比如我吧,我常常觉得那些虽然不起眼但却干净、纯真的事物就特别亲切和有趣,比如小小野画眉和它喜欢的那些不起眼的地方。由此,我总结画眉的美学思想:奉行"小的,就是美的",崇拜清洁、清澈,善于在微观领域,发现美的存在,体会微妙诗意;不知不觉间,它们也成了诗意的一部分。

进城的麻雀

　　越来越多的失去田园和乡土的麻雀,也进城讨生活了,在繁华大街,在偏僻小巷,在饭馆门前、商店门前,它们奔忙着,抓紧每一次机会,啄食人类的残羹剩饭。有的麻雀夫妻,还带着自己的孩子,在人缝、车缝里寻找食物,令人为它们的安全揪心。有几次我在餐馆里吃饭,看着门外面毛色卷缩胆怯地跳跃着寻找食物的几只麻雀,心里竟有几分惭愧,觉得自己吃得太多太好了,而占去了自然母亲分配给别的生灵的那份口粮和营养,害得它们不得不四处流浪,靠乞讨觅食。当时,我真想邀请那几只麻雀与我一道共进午餐,我还真的用筷子捡了一些饭粒投向门外的地面,还自言自语说了声:请用吧,朋友,这本来就是你们的。当然,它们终归没有进来与我共进午餐,它们谦卑而礼貌,也许它们很不欣赏和赞成人类大吃大喝的生活习惯,却一直宽恕着多吃多占的我们。

　　也许,它们进城好几代了吧? 黄昏,它们就挤在路边的树上,议论着一天的见闻和遭遇,与灰尘、噪音、街灯一起过夜。我真想知道,它们有自己的窝吗?若连个简单的窝也没有,它们是怎样休息、怎样生育、怎样养孩子的?它们生病了怎么对付?它们的孩子若是失踪了,又该忍受怎样的痛苦煎熬?

我对鸟类学家有一个建议:应该走出整洁的书房和四季恒温的研究室,来到粉尘飞扬、噪音四起、险象环生的城市街头,跟踪观察一群或一家麻雀,研究它们如何迁徙、如何找水觅食、如何躲避伤害、如何筑巢过冬、如何养家糊口,它们之间如何交往、如何建立自己的社区,以及城市如何改变了它们的饮食结构、如何重新塑造了它们的反应能力和语言词汇?尤其应该重点研究:在麻雀的眼里,城市和乡村,谁更接近机械学和化学,谁更接近美学和诗学?当然,在城市,它们再也见不到举着竹竿吓唬它们别吃场院麦子的乡村大嫂大娘了,现在,到处都是它们无法啄食和消化的轮胎、钢筋、玻璃、塑料、水泥和垃圾。那么,在麻雀的心里,城市和乡村,哪里更多一些温情、美感和趣味呢?那些已经在城里生活了好几代的麻雀,肯定对城市的人和事有自己的感受和评价,它们想念乡村山野吗?它们有乡愁吗?它们中有没有逃离城市重新返回乡野的?它们在城里长大的孩子们,还知道它们祖先漫长的乡村生活史吗?

因此,我建议鸟类学家们:应该研究麻雀生活方式的改变和种群的变化,研究它们究竟喜欢城市还是更留恋乡村,研究它们在城市与人类和别的生灵的交往方式和伦理关系,研究它们非正常死亡的几率,研究它们的健康状态、生存感受与幸福指数,研究它们在失去田园温情和自然诗意,而只有经济学和消费学的城市里,它们是否也有无家可归无枝可依的悬空感和迷茫感呢? 还可以建立一个新的学科:城市鸟类学——这不仅有生物学、生态学意义,也有社会学意义,对人类演化史的研究也许有着重要的参考价值。

鸟儿与玻璃幕墙的幻象

一只鸟飞过去,几只鸟飞过去,一群鸟飞过去。

它们看见了对面有同样身姿、同样编队、同样速度的鸟,也从那似乎比天还蓝的蓝色深处,急切地向它们飞过来。

就要与对面飞来的鸟相遇了。你如果长着翅膀,此刻也在天上飞,你肯定能听见这些鸟们激动的心跳,你会看见喜悦鼓起了它们的每一片羽毛。

一只鸟飞过去,几只鸟飞过去,一群鸟飞过去。

一只鸟飞过来,几只鸟飞过来,一群鸟飞过来

就要相遇了,就要与蓝色深处飞来的另一些自己相遇了。

空气中响彻狂喜的声音。

突然,叭叭叭——

鸟们纷纷从半空坠地。

有的无声地死去,有的哀鸣着挣扎。

玻璃幕墙上的幻影骤然消失。

只有一些血迹、几片残羽点缀着这虚幻的幕布。

在死去或受伤的那一刻，也就是与玻璃幕墙撞击的那一刻，是它们真实的身影与虚幻的投影重叠的那一刻。

身影与幻影同时陨落。玻璃幕墙仍然无动于衷地放映着天空的幻象。

单纯的鸟未必有复杂的想法，无论对自己的飞翔或死亡，单纯的鸟或许都是一样单纯：单纯的飞翔，单纯的死亡。

然而鸟的这种死亡方式却令我感到惊心动魄。

被虚拟的生存图景诱惑，被美丽的幻影诱惑，在迷狂的追逐中，把生的戏剧推向高潮。

血肉迸溅的那一刻，这被梦想放纵的鸟，仍然陶醉在与幻影重叠的狂喜中。

它们是在极乐中归于最后的寂灭。

至死它们都不知道它们已经死去。

它们把最后一次心跳献给了迎面飞来与自己拥抱的幻影。

它们自己杀死了自己，它们自己向自己交出了自己。

它们追逐着一个深不可测的梦的幻影，它们飞进梦中死于梦中。

在梦中，它们做了自己的献祭。

我不能对这种死亡做唯美主义的解释。

死，总是令人伤心的事情，也是令鸟伤心的事情。

完全可以平安地飞行,平静地繁殖,平淡地觅食,直到老死,或病死。

然而这些被天空、被云霞、被生命的幻象诱惑和挑逗的鸟,总是喜欢奇迹,崇拜梦,追逐远方和幻影。

最后死于一块巨大的虚幻的玻璃。

身影被幻影一把抓住,又一起坠落。

而梦的布景仍然高高矗立,预演着奇迹和种种幻象。

我真想尽快掌握鸟语,告诫鸟类:这闪着蓝光的不是天空,不是远方,而是尖锐、冰冷、僵硬的人造玻璃。

我真想告诫它们:还是到有时晴朗有时晦暗的天空去飞行,到有饥饿也有野果有同伴也有鼠蛇的山野去飞行,万万不可相信这虚幻又坚硬的玻璃。

然而我无法掌握鸟语。

我无法阻止随时会发生的坠落和血的悲剧。

那一夜我做了一个梦。梦见时间直立起来,变成了一个巨大的玻璃幕墙,闪烁着诱人的幻象。

无数的人长了翅膀疯狂地飞起来。

羽毛和羽毛摩擦着,心和心摩擦着,目光和目光摩擦着,他们争先恐后全都向闪烁着幻影的玻璃幕墙飞去。

他们好像看见了彼岸和极乐世界。

满天空拥挤着推搡着呼啸着疯狂的羽毛,火一样燃烧的羽毛。

幻影渐渐逼近,渐渐重叠。

我声嘶力竭想告诫这些疯狂的鸟形的人,但我怎么也发不出声音。

最后我终于用双手捶着自己的胸膛喊出了四个字:

小心玻璃!

我把自己喊醒了。

深夜的黑屋子里，久久回响着我在梦中喊出的惊恐的声音——

小心玻璃,小心玻璃,小心玻璃……

致远逝的乌鸦

你是如此袒露你与黑夜的血缘关系。

你一次次对白昼说:我是黑夜的孩子。

一枚枚黑色的飞梭,穿插于昼夜之间,把时光织成一件完整的衣裳。

在我们的时间之外,经历另一种时间,然后用自己发明的语言,说出我们不知道的真相。

在我们的文化之外,掌握了另一种文化,对于你,不过是通俗的常识,对于我们,很可能是晦涩的巫术。

我们恐惧墓地,尽管我们日夜兼程,注定要投奔那里。但是。出于狭隘的理性和自欺欺人的自恋,我们总是千方百计绕开那最终的陷阱,或者用华丽的修辞去装饰它。

而你,却把墓地当作修道院和会场。

你就在那里经常自己与自己辩论,有时,就大声与远处的人类辩论。

当你们安静下来,黑云一样盘卧在树枝上和墓碑上,这时候的碑文就显得特别深刻,是你在旁边提示一种更为庞大的存在。

是你在照料着我们的身后,使我们在不再存在的时间里,变成一种哲学的存在,变成一种更有意味的存在。

这也就是你为什么喜欢落日,为什么总是在黄昏集体出场——

你从远古以来,就一直主持落日的仪式,而落日,把多少命运和记忆,一起带进了黑夜深处。

对我们早已熟视无睹的落日,你却始终投注巨大的悲情,从落日的背影里,你好像看见了无数事物正在离去。

世上有的是快乐的鸟儿,现实的鸟儿,忙于吃吃喝喝寻寻觅觅说说笑笑的鸟儿。

世上很少有你这样特立独行的鸟儿。

你们生来就是忧郁和深刻的,有着宗教般的肃穆品格。

你注定不会成为宠物,养在金丝笼里,供在华丽客厅里,模仿那些阿谀的话语。

你注定不会飞进皇家园林,盘旋在权力的头顶。黑夜展开的伟大词典里,没有一个词是用于趋炎附势的。

你在废墟上夜夜出没,代代研习,这使你惯于用废墟的视角俯瞰繁华,远眺喧嚣。你提示我们:最伟大的建筑师,都在为未来准备废墟。

你总是低调地介入我们不免有些张狂的日子。

你总是以似乎不祥的语气为狂暴的车轮发出警示。

你总在快乐的白天撩起黑夜的一角衣襟。

这就是你不被喜爱的原因。

你们走了。

没有了你主持的隆重葬礼,落日是那么潦草地收场,光明的火神,沦为自生自灭的野火。

没有了你那深奥的旁白,没有了你投下的阴影,我们的筵席是如此贫乏和浅薄。我们的酒令仅仅是饱嗝的另一种形式,失去了隐喻和象征。

我终于发现:失去了你,夜晚变得更黑了。

你这不祥的物种,你这忧郁的鸟儿,没有了你,空荡荡的天空,显出更大的不祥。

偶尔,我一个人站在黄昏的荒野,代替你主持夕阳的葬礼……

唐朝的那些鸟

"众鸟高飞尽，孤云独去闲。"（李白《独坐敬亭山》）

"两个黄鹂鸣翠柳，一行白鹭上青天。"（杜甫（《绝句》）

"山光悦鸟性，潭影空人心。"（常建《题破山寺后禅院》）

"羽毛新刷陶潜菊，喉舌初调叔夜琴。"（齐己《早莺》）

"闲几砚中窥水浅，落花径里得泥香。"（郑谷《燕》）

"惊飞远映碧山去，一树梨花落晚风。"（杜牧《鹭鸶》）

…………

从一首诗飞向另一首诗，这些鸟们，始终飞不出诗的领空。

偶尔从诗里飞走，一转身不见了，但是，它们不会失踪，它们就藏在诗的附近，你会从某篇散文里，听见它们的叫声。

即使那寻常的麻雀，也曾在驿站和旅馆的窗前，惊醒过困倦的诗神。

即使一片水中掉落的羽毛，也曾抚摸过激流里远行的客船。

即使寂静月夜里的隐隐鸟啼，也曾陪伴过离人的愁思。

从农夫头顶飞过,从樵夫头顶飞过,从征人头顶飞过,从僧人头顶飞过,从思妇头顶飞过,从牧童头顶飞过,从村庄街市、山川大野飞过……

从一切之上飞过。

它们都在沿途与诗相遇,被诗挽留。

诗,一次次珍藏了它们的身影。

它们的鸣叫声,一次次为诗押韵。

我相信,我头顶的每一寸天空,都被那些诗性的羽毛反复擦拭过,因此才有了深广的湛蓝。

现代的天空,已被欲望、被化学、被废气、被尘埃、被电子、被飞机、被导弹、被间谍卫星重重封锁和占领,经过技术、商业和暴力的大肆篡改和伤害,现代已经没有了真正的天空。

每次从飞机上走下来,我总要在行李袋里翻找,看看从空中、从云中带回些什么,看看能否带回一点诗,翻来翻去,除了抖出一些钱、一些商品、一些粉尘、一些疲倦,我没有找到半句诗。

我为此惆怅,辽远的天空,竟如此空空荡荡,看不见诗飞过的痕迹。

但一想起唐朝,我沮丧的心就感到一点欣慰。

毕竟,在唐朝的头顶,在农业的头顶,曾经是鸟影和诗意交织的天空。

当厌倦于飞鸟稀少,诗意无存的后现代天空,我总是穿越白昼的焦虑,在尘嚣暂歇的午夜,打开心爱的唐诗。

诗意之鸟就迎面飞来,带着月光和白雪。

鸟啼为我送来古时清音。

蜷缩、抑郁、荒芜、混浊的心,渐渐舒展、湿润、明亮、敞开……

然而,你就这样靠记忆里的羽毛,擦拭烟尘滚滚的日子?

你就这样靠从前的鸟鸣,为无韵的生活寻找诗的韵脚?

不朽的鸟鸣

数声鸟语，从云端落下，惊动了正午的寂静。

鸟羽剪辑过的天空，只剩下几片白云，渐渐地，云也散去，整个唐朝，只剩下阳光和无边的蔚蓝。

七八户人家的小村庄，升起七八缕炊烟，静静地交换着手语，静静地融在了一起，成为一小片暖云，最后，被远处茂密的林子收藏了。

荷锄的农人从阡陌走过，纵着走了一阵，横着走了一阵，头顶盘旋的云雀终于看明白了，这里的田园和生活，是四四方方的，当然，有些是不规则四方形。

驿站里，照旧有马匹交换着萧萧长鸣，有旅人交换着风尘和乡愁，墙壁上，总有些押韵和不押韵的留言，谁也不忍心擦去。

钟在早晨已经敲过，鼓要等到黄昏才响，此时的寺庙，佛静默着，仙静默着，读经的僧人，打坐的禅者，都感到一种无边的虚静，心，融入这虚静，遂体悟到宇宙乃是一颗无边的大心。流泉与松风,为微茫的心绪,简洁地做着注释,觉得根本没这个必要,遂也静下来,时间,终于静成太古。

渡口,这就看到渡口了。空蒙的河湾,满荡荡的河水似乎要从这里上岸,河里飘荡的云似乎也想从这里上岸,其实它们当然不需要上岸,水在河中,云在水中,就如同人在岸上。船来船去,人在交换方言和心跳,岁月在交换风声和水声。当一僧一道相遇在同一艘船上,他们从满河的激流里,看见了什么?

酒馆里,进来两个书生模样的人,他们从苍山古道一路走来,有些累了,但满眼的山川美景使他们总是处在喜悦和兴奋的心境中,他们叫来两壶酒,但并不酣饮,而是慢慢品着,慢慢回味着一路的风情意境。诗情是不需要用酒来浇灌的,诗情,满溢的诗情一直在心里荡漾着发酵着,酒,只是一种引子、一点气氛。此时,灵感或许就要大面积降临,或许,因为诗情过于饱和,在诗里写诗,如同在梦里做梦,反而不能从倒影重叠倒影的梦境里,打捞出诗的真身。他们需要在酒的陪伴下,让诗神休息,让诗情沉淀,他们举起杯子,轻轻碰了两下,轻轻呷了一口。这时,门外飘过数声鸟鸣,那么清脆清澈,他们不约而同愣了愣神,哦,或许,鸟鸣,正好为一首新诗押韵,而且是注定传世的好诗。

不朽的鸟鸣,从唐朝的这个正午,飘过……

鸟　语

一

即使愤怒的时候,它们口里也没有一句污言秽语。

比起满口阿谀、撒谎、诽谤的人类语言,它们的语言是纯洁的,语法是简洁的。

它们的词典里,从不收录影响心情和飞行的复杂多音节词。它们只使用露珠和雨滴那样透明的单音节词。

即使如此,它们仍然觉得自己的语言不够干净和凝练。它们认为,若是语言不洁,就不能表达自己清洁的内心,还会歪曲和污损了自己与生俱来的纯真天性。

每天清晨,它们都要赶在人类还没有起床之前早早醒来,也就是赶在还没有被人污染的短暂的夜与昼交接的清澈时光,抓紧复习和朗诵自己的母语;它们经常把语言带出人境和尘埃之外,带到深山密林,让溪水和泉水去过滤净化,去字斟句酌;有时,就把语言带到天穹的高处,让白云仔细提炼,让上苍在蔚蓝、清澈、宽广的语境里,对那被低海拔里的凝滞、黏腻、污浊的气流反复磨损、污染而失去生趣、灵气和深意的陈腐语言,进行重新铸造和严格修订。

你一定见过它们常常在暴风雨里俯冲、搏击的场面,那是它们在分担命运的险恶和天气的压力,从而多多少少减轻了我们灵魂的负担,它们也借此磨砺随身携带的古老语词,使之具有以一当百、以一当千的巨大象征性、表现力和穿透力。

由此,我们可以看出,鸟的语言虽然纯洁而简洁,但丝毫不意味着它们是采用一种过于简单的语言策略,去敷衍和搪塞生存的艰辛,回避世界的复杂和晦涩。相反,为了维护自己母语的纯洁性、象征性和感染力,它们是下了苦功夫的。

倘若它们一直混迹于人群和人的词典里,那么,有一天,突然有鸟儿开口说起污言秽语的人话,满口是虚与委蛇、趋炎附势的废话、套话、假话和垃圾语词,并且造谣、撒谎、诽谤、诅咒,当着你的面竟宣布你早已不在人世了——你被这些说人话的鸟吓了个半死,差点真的离开人世。

倘若它们一直混迹于人群和人的词典里,我想,出现上述可怕状况并非没有可能。

幸亏,鸟儿时常远离和逃离我们,拒绝与时代同流合污,拒绝与我们同台演出,在大野和高天,在人境之外和之上,它们保存了自己古老语种的纯洁和灵性,使我们得以在人的弥天喧嚣和万丈尘埃里,在几乎透不过气来的现代囚笼里,我们被囚的心灵,还能偶尔听到几声纯真天籁的问候和提醒。我认为,这是大自然在剥夺了它的剥夺者——人类的自由和自在之后,为我们保留的所剩不多的一点怜悯和施舍。这也是鸟儿对我们的恩情。

二

我不止十次看见:

当闪电的长剑在天空的胸膛划开惨白的伤口,匍匐的野草战栗着,树木在风里趔趄着委屈的身子,河流扭动着脊背惊恐地逃亡,青蛙和蚂蚁都躲进了暗处的洞穴。一种压抑和肃杀的气氛遮蔽了天地,除了雷电劈杀的刀光剑影和恐吓之声,再无别的声音。此时的宇宙,仿佛打开了一部恐怖辞海,从中读不到一个慰藉之词和温柔的暗示。

就在这时,我看见了几只鸟儿,它们出现在闪电的缝隙里,坚持着未竟的既定之旅;有的则是迎着雷电从地面起飞,仿佛要赶在此时接受上苍的凌厉教诲。

一束束闪电的强光,灌注进它们小小的瞳仁;而那摧枯拉朽的风雷之声,携带着宇宙之神的伟力,又在它们的性灵里铸进了怎样的记忆?

啊,我确信,那一刻,它们在风起云涌的天穹,一定窥见了我们这些一生都匍匐在尘埃里的人,从来不曾发现过的天上的深渊和秘密。

而当它们带着云絮雨痕从天上返回地面，舔着瘀血的伤痕，梳理凌乱的羽毛，它们却比任何一只普通的鸟看上去都更为普通，因为，它们那显得疲惫和消瘦的身体，比起别的鸟儿似乎更没有风度和神采。谁也看不出，它们是不凡之鸟，它们刚刚从惊险悲壮的苍穹的课堂里下课归来。

我确信，它们就是鸟群里的精神大师和语言大师。它们用刻骨铭心的生命阅历和风起云涌的苍茫内心，为自己的母语注入了新的内涵，使之更有张力和寓意，更具象征性和暗示性，从而刷新了自己所属的古老语种。这就决定了：在它们的语汇中，不可能有陈词滥调、矫情甜腻和腐烂无聊，这些语言的垃圾，都在旷野的露天课堂，在森林和闪电的语言现场，被及时删除了；在苍穹宽广的语境里，在黑夜的伟大词典里，它们一次次认领的，都是世界创生之初的神秘语言，都是可以拿来为更多被遮蔽、被污染、被扭曲的事物进行重新归类、重新命名的语言，那是用流行的语言绝对无法破译的体现天意和神性的与史前语言一脉相承的神话的语言、先知的语言、心灵的语言、诗的语言。

这就是为什么我们至今听不懂一句鸟语。

我们混浊的听力、浅薄的语感和失去灵性而过于庸俗化的理解力，根本无法领悟那从苍穹和星夜里生长出来、在露珠的明眸里和闪电的笔锋里反复提炼出来的语言的深湛含义。

虽然这世界已被海量的语言泡沫层层覆盖，在过剩的垃圾语言里,我们仍滔滔不绝地制造语言的垃圾。虽然我们知道,话说了千吨万吨,字码了千里万里,书出了千卷万卷,我们却说不出也写不出几句有新意、能暗示真理去向的话语。

我忽然想到:我们何不学习和借鉴另一类语种,譬如鸟语?

可是,我们至今听不懂一句鸟语。

鸟语注定是我们永不能掌握的一门外语。

但有一点可以肯定:鸟语虽然说了千秋万代,却没有一句是夸奖人类的。

鸽　子

曾经，在硝烟和弹火弥漫的天空，你冒死飞过，为我们搜集黎明的消息。

晴空的鸽哨，飘过恋人的窗口，抚慰了荒凉的心。

从一个大陆到另一个大陆，你是上帝的飞梭，从事着何等伟大的编织。

从一片海洋到另一片海洋，你是哥伦布，你是郑和，你是他们的先知，你比他们更早知道地球是圆的。飞了一圈又一圈，你重新返回原点，那么谦卑平和地继续做一只朴素的鸽子。

在高高的天空，你那飞翔着的小小心脏，使寂寞的上苍感到了一点奇异的温暖。

你一次次俯瞰低处的尘世，一定有着不同于人类的心得。你那么清楚地看见人不过是尘埃的一种。但你从来不说出口，你生怕伤害了人的那点渺小的自尊。

屈尊于我们低矮的屋檐下，你同情我们，但从不蔑视我们。你知道,我们不会飞,我们只能过这种琐碎的日子。

每当我看见你,我就看见了天空的灵魂。我总是不由得抬头望天,这时候,我就看见了无限,也想起了无限,琐碎的日子于是也似乎笼罩了深广的意味。

此刻,面对你,我却无话可说。

原谅人类吧,原谅我吧,亲爱的鸽子,可怜的鸽子。

此刻你是美食之一种,你叫清蒸乳鸽。

据说和平年代,更适宜精心烹调……

怀念翠翠

——我与一只鸟的缘分,并非虚构的故事

翠翠走了。

半年前,也就是1996年9月初,我用十元钱买回了你。你属虎皮小鹦鹉,羽毛翠绿,很小,握在手里如握一个小棉球,小得让人心疼。我心想你还是一个幼儿,如果你是人,你肯定还偎在妈妈怀里吃奶,我想你该有一个乳名,抚摸你那翠绿的羽毛,我就脱口而出为你起了名字:翠翠。我就叫你:翠翠、翠翠,你偏着小脑袋,眨巴着小眼睛,似乎认可了这名字。我又叫你:翠翠、翠翠,一边叫一边把小米撒给你。你吃饱了,就走出鸟笼,在客厅里散步,我伸出手,你就跳上我的手背,亲热地叫起来,我听得出你是在感谢我,对我们这个家表示满意。

这是你来我们家第一天的情景,至今我仍记得清清楚楚。我觉得我和你有着一种缘分,你来我家,有一种归家的喜悦;我有了你,也多了一份人世不能给予的快乐。翠翠,我从内心里喜欢你。

你是有灵性的鸟儿。每次我读书,你也飞到我的书桌上,你大约觉得我奇怪，对着一堆莫名其妙的纸页发什么痴？你偏起小脑袋打量我，见我仍对着白纸黑字发痴，你一定觉得这白纸黑字是有意思的玩意儿，就跳上书，啄那一粒粒字，不小心把纸啄破了，你终于尝到书的味道了，它是能吃的可口的食物。我不忍伤害你吃书的热情，就故意把书的边缘部分靠向你，我读白纸中间的黑字，你啄黑字外面的白纸，我们都在啄食宇宙中最可口的食物。那一天我在南窗下读《论语》，读到"子曰：多识草木鸟兽之名"，我就轻声喊："翠翠，翠翠，两千多年前的孔夫子也在惦念你呢。"你没有理会我，也没有理会圣人在说什么，只顾低头忙着吃书，品尝着纸页里的草木香气。更让人感动的，是我在写作的时候，你也陪着我，我凝眉沉思，你也低着头若有所思，仿佛在分担我思想的痛苦；我奋笔疾书的时候，你也好像松了一口气，快活地在书桌上走来走去，走着走着，忽然像发现了什么秘密，停下来，对着我的笔久久凝视，哦，你是知道了那一粒粒黑字是怎么落到纸上，你知道了你读过的那么多书都是这么写成的，就是那一支笔！于是你趁我住笔的时候，就用舌头舔那黑色的笔头，你是在责怪我为什么要把雪白的纸涂抹得那么黑，你是在制止我的行为，还是在研究我的行为？你一定觉出了这行为的滑稽和可笑：一个活生生的人，既不飞，也不叫，就会用黑字把白纸染黑，这么荒唐的事，还做出庄严神圣的神态，还说这是在从事灵魂的工程，灵魂的工程就是把白染黑？唉，翠翠，我不会飞，也不大会叫，我写字，就是在飞在叫啊。至于这由白变黑的过程，就像夜晚来临的过程，单纯的白昼就在夜晚变成了繁复幽暗的宇宙,纸就是这么染黑的。我怕你啄食了碳素墨水会中毒,就捧起你,用湿毛巾擦洗你的舌头,果然你的舌头都染黑了,要是咽下去这么多黑色,你会中毒死去。我忽然想到:就在我写字的时候,世上有多少笔也在写字啊,有多少白纸在变黑啊,有多少带毒的墨水在倾泻涂抹啊,有多少病毒在传播啊,我的小翠翠在阻止黑色的流淌,想挽救我笔底这些白纸们的清白,"知其不可为而为之",我的小翠翠有几分悲壮了。妻却说:小翠翠是你陪读的书童,它大约也崇拜那些黑字吧。我说,小翠翠一定不喜欢那些黑字,只崇拜那些白纸。我忽然感到写字的可笑和悲哀了:我这一辈子,就用这些黑字葬送那些白纸。白雪还不好吗?白纸还不好吗?白鹤还不好吗?为什么要染黑那好好的洁白?我想去飞,可是我没有翅膀;长着翅膀的翠翠不也和我囚禁在一处吗?翠翠呀,我写字就是在飞,那些黑字就是我飞翔的影子呀。"那么也让我飞吧!"我隐约听见你这么说着。这时候我好像才意识到,翠翠你有些可怜,你囚于人世,失去了山林和天空,失去了辽阔的大自然。

你是有感情的鸟。每一次我离家出门,你都要飞上我肩头,啄我的头发,像在为我整理发型;啄我的耳朵,像在叮咛我早早归来;临行时,你总要对我说许多我不大能理解的话,用比平时更恳切温和的声音。当我归来,你就飞到门口迎接我,欢快地唱着,照例要啄我的头发,啄我的耳朵,像是打扫一路的风尘。当我坐下来,你就飞到我的身上,啄我的纽扣,啄我的后颈窝,你对我耳朵下面的那颗黑痣特别感兴趣,每次总要耐心地啄啊啄的,据说这是颗福痣,可惜长斜了,要不我会大富大贵。你反复啄个不停,莫非是要校正它的位置,校正我的命运。翠翠,谢谢你的好心,我不要什么大富大贵,我有我的天命和天职,那颗痣不偏不倚,它就是我的痣。有一次,我为一件伤心事流泪,你急切地攀上我的眼镜架,啄我眼角的泪水,翠翠,你是否尝到了人世的苦涩?

你是有尊严的鸟。一次我喝酒,你也贪杯,啄了一口,不小心碰翻了酒杯,我大声批评了你几句,不让你接近酒杯,怕你喝醉了酒中毒,你从我的声音里听出了粗暴和厌烦,就默默地飞出了书房,钻进你的小阁楼——那只鸟笼里,整个下午你没发出一点儿声音,伤感孤独地蹲在笼子里,一副受了委屈的神情。我去看你,你也不搭理我,我说翠翠,翠翠,能原谅我吗,我不是厌烦你,是怕你酒精中毒呀。这时你才抬起小脑袋看了我一会儿,然后走出笼子,蹲在我的手中,对着我轻声说了几句什么,这才又返回笼子,啄食一个下午也没有吃一粒的那盒小米,我明白了,你受了委屈竟然不吃不喝,是闭门悔过不思饮食,还是对我的粗暴和不尊重你的行为表示绝食抗议?

翠翠,我终于发现了你致命的孤独。我的家并是你的家,我是你的主人,但我不是你的同类和朋友,虽然我一直真挚地喜爱你。无疑我们是有缘分的,我和你达到的那种人鸟相亲相契的情感境界,天下肯定不多。你给我寂寞的心带来了快乐,带来了来自大自然的亲切和惊喜;我也尽我所能地爱护你,但我无法解除你的孤独。我对你的爱里,掺杂了许多的自私,你以你的单纯慰藉了我,而复杂的我无法进入你单纯的内心,带给你单纯的快乐。我是丧失了单纯天性的社会生物和自然界的怪物,而你是大自然单纯的歌手和单纯的精灵。我已经无法回到一种单纯和透明的状态,无法进入一只鸟的简单心情。我发现了你的致命的孤独,你一次次攀上镜子,对着镜子里你的影子反复叫啊叫啊,反复扑啄镜子里那只鸟的羽毛和小嘴——反复扑啄你自己。可是那只鸟总也不从镜子里飞出来,只用与你相同的动作挑逗你捉弄你。你永远不知道是镜子在捉弄你。你和那只鸟隔着光年的距离,最近的却是最遥远的,你永远不能到达自己(正如我永远不能到达自己内心的远方)。世界不正是这面镜子,它永远以层出不穷的幻象诱惑我们,谁能到达镜子里的远方?你一次次对着镜子里的自己发呆。我为你的无知难过,又为你的无知庆幸:你相信镜子里有一只鸟呼之欲出,这迷信给了你活着的欣慰和活下去的诱惑,你相信总有一天那镜面会绽开一个口子,那只鸟会从口子里飞出来与你相会。我不忍心你对着镜子声嘶力竭地扑啄,就扣下镜子,于是你在镜子后面搜索起来,你相信那只不肯飞出来的鸟儿肯定是藏在镜子后面了,但是,镜子后面却没有那只鸟,镜子后面是一片空无。终于,你失望了,伤心地叫着,像在哭。可怜的、痴情的鸟啊,我的翠翠。

我想为你找个伴儿,但冬天没有鸟市,附近也没有养鸟的人家。妻说,把翠翠放了吧,放回大自然,让它做真正的鸟吧。我说:

这么小一只鸟,放生,无疑是放死。山林已枯萎了,它如何栖身?河水都污染了,田野里满是农药化肥,它如何觅食?那些饿极了的大鸟们,也会吃了它的。于是我们决定,等到春暖季节,为翠翠找一个伴儿。

春节刚过,这一天阳光格外晴暖,我在阳台上读书,翠翠歇在我的肩上,时而啄啄我的头发,时而梳理自己的羽毛。忽然我听见窗外一声鸟叫,就打开窗子,仰头寻找鸟的踪影,翠翠也从我的肩上跳到手上,眼睛望望我,又望望天空,好像在打量久违了的什么,好像刚刚从梦中醒来的样子,好像被那么蓝那么大那么高的天空震惊了——

忽然,翠翠轻轻啄了一下我的手心,清脆地叫了两声,翅膀一扇,飞了。

我如梦初醒般惊呼:我的翠翠,你就这么走了!翠翠,回来吧!

我举起鸟笼,高高地举向空中,向仍在对面天空盘旋着的翠翠暗示:这是你的家,回来吧。

在天空和鸟笼之间,再笨的鸟也会选择天空,何况灵性的翠翠。

你走了,我非常伤心,然而又禁不住为你庆幸:你终于回到了天空和大自然,终于做了一回真正的鸟。

然而庆幸之后又是长久的牵挂和忧心。

你大约已经死了,死于荒郊污水和烟尘迷蒙的市镇。

你离开了我的小牢笼,死于同样不自由的天地大牢笼。

然而毕竟你是幸运的,你是以一只鸟的形象死去的。

我庆幸,你毕竟高飞了一次;我悲悯,你毕竟死了。

庆幸和悲悯,交织成我对生命怀有的复杂情感。

翠翠,我们毕竟相遇……

没有一条不好看的鱼

鱼并不羡慕我们在岸上的生活，虽然我们自我感觉很好，乃至很幸福、很豪华。它们不仅不羡慕，也许还十分同情我们：那些在水的外面晃来晃去的两条腿的家伙，怕是快成可怜的干鱼了吧？

从古至今，没有一条鱼主动投奔我们，它们坚定地拒绝上岸。被我们强行拽上岸的，都死不瞑目。

我们在岸上，忙着织网，织网，依旧织网。然后，我们网鱼，同时认真用细密的网，牢牢套住自己。水里有漏网的鱼，世上没有漏网的人。

我们一直用刀子剖鱼，我情愿把这个动作理解为：我们试图寻找和研究鱼的心灵。但是很遗憾，我们总是忽略，也或者是真的找不到鱼的心灵，而只挖出了鱼的苦胆。那么苦，接近于苦不堪言。由此我猜想，苦汁浸泡的鱼的心里，怕也是很苦吧。

星光下的河流，是超现实的梦幻河流，此岸和彼岸，尘世与天上,已失去界限,而纯然是一个由幻象组成的天国。鱼在小河里游泳,同时也在天河里游泳,它们在迷狂的幻觉里,穿越时空,抵达无穷光年之外的宇宙。但是,我们这些现实主义的、过于现实主义的人,只看见现实的美味的鱼,而并不知道,鱼,与所有灵性的生命一样,其实是神游于宇宙沧海里的一种超现实的生命幻象。

该有怎样的对于美的信仰和对于美学的精深研究,才有如此唯美精致的艺术创造?这精雕细刻的玉的艺术,这镂金错彩的水的杰作,这银箔的极品,这波涛的韵律,这冰雪的雅集,这严格用对偶和排比的修辞手法精心推敲而成的隽永古诗。哦,水底一定有着无数的秘密艺术作坊,一定巡游着许多唯美的眼睛和匠心,在构思和运作着这庞大的水上行为艺术。然而,造物的严谨构思和唯美艺术,却被我们一次次粗暴劫掠,我们连看都不多看一眼,就立即将其刮掉、扔弃。看着那遍地疼痛的鳞片,我心疼,我惭愧,除此之外,却似乎无话可说。

世上没有一条不好看的鱼,真的,你看,它们多么标致啊。

第一次捉鱼

　　记得那是一个秋天的早晨,我一人来到村庄附近的谢家桥剜猪草。谢家桥位于一条穿越田野的溪流旁边,桥也只是一座古旧的小石桥,它却成了一个地方的名字,而被称为"谢家桥"的这个地方,也仅有一两户人家,七八亩水田。看来先人们起名字是很认真的,一个地方,哪怕只有一户人家,一棵老树,一方水塘,只要有人烟出没,先人们就要给它起一个名字,使它成为一个有名有姓的地方,不这样就好像对不起这个地方。

　　溪边草鲜而多,我一会儿就装满了一竹筐,于是开始玩耍。其时溪水已经断流,只有低凹处有一些小水洼。沿溪行走,忽然听见"啪啪"的声音,是什么东西击打水面的声音。我循声找去,看见一个水洼里,有一条鱼,是鲤鱼,它卧在水里,那水浅得已不能藏住它的身体,它的脊背就亮在水的外面,闪闪地发着光。

　　我走过去,伸手摸摸它的脊背,它紧张地动了一下,身子就翻过来,倾斜地仰卧着,太浅的水已不能让它彻底卧于水中,保持一条活鱼应有的姿势。它斜躺着,明亮的眼睛向天空呼救,其实它可能并不知道天空,它只是盲目地闪动眼睛。

我觉得这条鱼很可怜,没有爹,没有娘,没有兄弟,没有朋友,只有水是它唯一的依靠,可是现在水也快没有了。现在,这条鱼,这条小小的鱼,比我更小、更孤单的鱼,遇到了很大的困难,甚至有生命危险。

我应该帮助它,把它放进河里,让它在流水和波浪里,找到自己的伙伴,找到自己的快乐。

我应该捉住它,然后拿回家,杀了,煮了,吃掉它。何况,我是吃过鱼的,鱼肉很嫩,鱼汤很鲜。何况,一个孩子的身体里,是需要填进很多东西的。

放了它,把它放进河里……

捉回它,把它捉进锅里……

救它吧,它多么可怜……

吃它吧,它多么鲜嫩……

最后,胃的需要战胜了心的愿望。

我捉回了它。

当它在刀子的光芒里被剖成两半,我看见了它那殷红的心。

它的眼睛始终圆睁着,我相信它并没有看清什么,一双水里的眼睛,习惯于环视柔软的水草,它不知道岸上有多少坚硬和锋利。

肉很嫩,汤很鲜。

但我知道鱼的心里很苦,它的苦胆,一碰就破,倒出来全是苦水。

不要想这么多。享用的时候,吃的时候,不能多想,想多了,会影响胃口和消化。

但我无法不想。

我第一次邂逅的这条鱼,它那走投无路的困境,它那无助的眼睛。

这是我第一次亲手捉鱼,这是我第一次向世界伸出尖利的手指。

以后,我以及我们大家都渐渐习惯了,只管享用,只管吃,别的什么都不想。

享用的时候,吃的时候,不能多想,想多了,会影响口感,影响快感,影响美感,尤其对于一个富翁、绅士或成功人士来说,想多了,还会影响优雅的风度和体面的形象。

于是,我们大把地捞鱼,捞一切可以捞的东西,大口地吃鱼,吃一切可以吃的东西,包括吃人。

我们吃得肠肥脑满,吃得天昏地暗,吃得心安理得。

我时常想起:在童年,在秋天的谢家桥,那第一次捉鱼……

鱼　鳞

　　这精致、细密、严谨的工艺,这亮晶晶的杰作,这古老的活的银箔。鱼的一生都在水里度过,在健谈的水里,鱼是虚心的、一言不发的学徒。鱼把它一生的阅历和经验都记录在它单纯的身体上。在水里,收藏着比地面上更多的光,月光、阳光、闪电的光,还有水自身的光,以及从岸上投进去的各种目光,鱼把这一切光仔细搜集起来,保存在自己的身上。在匆匆流泻的水里,在危险的波浪和不明底细的漩涡里,鱼是怎样一边挣扎着与水周旋,一边平衡自己,那么精确地、不差毫厘地雕琢自己? 如果鱼能够反观自己,它肯定会为自己意想不到的完美而震惊和晕眩。

　　站在河岸上,站在鱼的身边,抬起头来,发现银河也是一条鳞光闪闪的鱼,在无穷天宇中游动。我发现鱼与银河有一种近似的、对应的关系。鱼最大限度地汲取了黑暗中的光亮,尽力把自己修筑成透明的宫殿——也许鱼经常游动在银河的倒影里,无所不在的光的幻觉启发了它的灵感,它时时刻刻镶嵌和打磨自己——用身体里的光和想象中的光，把自己打造成一条精致的银河。即使在混浊的水里，鱼也能摸着黑把自己设计得尽可能接近一种完美的状态。

这精致、细密、严谨的工艺，这亮晶晶的、液体与光的杰作，这鲜活的、凝固的古典音乐——

我们就这样一片片刮掉你们？

我们就这样对待生命？

我们就这样欣赏？

我看见满地都是疼痛的心，满地都是圆睁的眼睛……

—动物记—

第五辑

对不起，虫儿

萤火虫

我不喜欢华丽喧闹的电子霓虹。

它把夜晚照得一览无余,有时又涂抹得花花绿绿。

黑夜就应该是黑夜的样子,把黑夜弄那么亮、那么花哨,有这个必要吗?

在人造的白昼里,我既感受不到世界的辽阔和神秘,也体验不到内心的宁静和深邃。

以人工篡改天意,以机巧冒充智慧,这是自诩聪明的现代人类的狂妄和放纵。殊不知,我们以几道浅薄的人造光河,劫持了亘古的夜色,却拦截了盛大星空的降临。

于是我们自囚于伪造的白昼,消磨着矫情的时光,再也看不到天河的浩瀚,听不到宇宙深处那永恒彼岸对心灵的呼唤。

现代人为什么越来越浮躁嚣张、浅薄势利? 也越来越无根无依、深陷彷徨迷惘?

我以为与黑夜的缺席有关。

我们昼夜浸泡在消费的店铺和市场的池塘里,灵魂都支付给了时髦的泡沫。

没有了黑夜的教诲,我们荒废了心灵的功课,忘却了生命的真相,我们在一览无余的白昼里,填写着一览无余的消费日志,疏于照料的灵魂却荒草疯长、颗粒无收。

总之,我不喜欢那华丽喧闹、颠倒黑白的电子霓虹。

越是貌似显赫夺目的,在我的心里,越没有位置。

因为,那貌似的显赫与夺目,遮蔽了真正的伟大和崇高。

一切貌似显赫夺目的人与物,都是横亘在心灵之路上的障碍和陷阱,阻隔着我们走向诗与真理。

所以,我常常与所谓的文明霓虹背道而驰,逃出伪白昼,走向真夜色,在无边夜色和盛大星空笼罩下,惊叹着先民们的惊叹,沉思着诗哲们的沉思,梦想着小时候的梦想。

有时,我就静静地捧起一本古书,沿字里行间的幽径出走,神游于史前静谧无边的大地。

有时,我闭起眼睛,就看见童年的那种灯。

它们提着小灯笼,在外婆用神话布置的星空下,又布置一片飞翔的星空。

它们自带发电设备,一边发电,一边穿越世界。

在幽暗的纸页上,一遍遍默写光与火的祈祷文。

它们是一种完全光芒化了的生命。

除了用于发光,它们没有多余的脂肪。

它们是一种彻底灵魂化了的物质。

除了燃烧的思念，它们没有多余的肉身。

在星光照不到的暗处，自己布置爱情的星空。

它们把身体里极少的能源，都用来提炼晶莹的语言。

然后在黑夜的稿纸上写诗。

从《诗经》、楚辞、唐诗、宋词、元曲、《红楼梦》、鲁迅……一路读下来，那些漫长的叙述和吟咏之夜，都因它们及时出现，而有了明亮、温润的段落。

那是值得反复逗留的段落。

蜜　蜂

人有思想，有很高尚和很邪恶的思想。蜜蜂没有思想，只有蜜，花朵教诲了它的心灵，除了酿蜜，蜜蜂没有别的杂念。

人有祖国，热爱和亵渎，都有各种理由。除了忠诚，蜜蜂没有多余的想法，它始终眷念着自己的女王。

人会迷路，会顽固地把一条路走到黑。蜜蜂总能找到爱的专线，在复杂的气候里，迅速飞向心爱的花木。

人会堕落，在醉生梦死中腐烂。蜜蜂也迷恋缤纷和温暖，但迷恋的结果，却使蜜蜂更加爱上了酿造的事业。

人会被收买，灵魂和肉身，都会以高价或廉价出卖。但我断定，永远不会有哪位帝王和富翁，能够收买一只蜜蜂，做他的奴才或仆从。

人向蜜蜂献出很多赞美的诗篇，蜜蜂不读诗，不理解诗，就像诗本身并不理解诗。趁诗人忙着写诗的时候，蜜蜂抓紧采蜜。

人把这个地球当作游乐场，醉生梦死，了此一生。蜜蜂不止一次对此做出纠正，它认为这花开花谢的地球，其实是一只挂在天上的蜂箱。

蚕

我无法将柔软、细腻、华丽的丝绸,与故乡的桑园,与幽暗、闷热的蚕房,与蠕动的傻乎乎的蚕联系起来。

但是,千真万确,这华美的丝绸,就是从桑园走来,从蚕房走来,从蚕的身体走来。

小小的蚕,将自己的生命全都化作丝,织成茧,在空阔宇宙里,为自己建造一个私密的小小宇宙,然后化为蛹,化为蛾,化为虫,一次次死去,一次次复活,演绎着一首无声而悲壮的史诗。

但这精灵般的生命却被视为虫的一种,即会抽丝结茧的昆虫,我们对之是多么不礼貌不尊敬啊!但是我又无法另外为之命名。我只好就叫它们蚕吧,我坚决不称它们是虫。虫,你才是虫!

看看,这小小精灵身上蕴藏了多少美德——

世上没有懒惰的蚕,我们看见的都是勤劳的蚕,至今也没见过哪只蚕会不劳而获,或不织茧,或织一个不合格的豆腐渣破茧,在中途溜走,躲进灯红酒绿的花花世界里醉生梦死。

世上没有贪婪的蚕,我们看见的都是本分的蚕,至今也没有见过哪只蚕会独占大家的桑园,独吞大家的桑叶,或者在蚕房里包养二奶、三奶、N 奶,恨不得把漂亮的春蚕全都占了……不,蚕没有精英富豪贪官污吏们多吃多占的习惯,每只蚕都平等地分享着它们无限热爱着的春天。

世上没有邪恶的蚕,我们看见的都是善良的蚕,至今也没有见过哪只蚕伤害另一只蚕,或伤害别的生灵,比蚕更小的蚂蚁、蜘蛛、跳蚤,都做伤害的事,唯有蚕,一生一世都怀抱着善意,倾吐着纯洁的情感。

当然,你也可以说这是因为蚕还是没有充分进化的生命。你说的不错,是的,蚕还没有进化出懒惰、贪婪,还没有进化出邪恶。一定非要有了我们身上那些不好的品行才叫进化吗? 索性,蚕就不要进化了吧,这个世界的恶已经饱和了,蚕,你就不要再进化出新的恶了。

依我看,比起我们这些充满恶习的人类,每一只蚕,都是完美的蚕。

在丝绸店,我想起桑园,想起蚕房,想起蚕,想起丝绸之路,想起我那后山坡上采摘桑叶的妹妹,想起进化和文明。

无穷的情丝,织成这华美锦绣,装饰了历史,装饰了一个热闹的星球。

而它们对这一切却浑然不知。生生世世重复着劳作和牺牲的循环。

我对那小小生灵怀着肃然起敬的感情，同时又生起几分惭愧。

　　丝绸店，是蚕的业绩展览馆，是蚕的灵魂纪念馆。

　　我们穿上丝绸，与蚕的礼物肌肤相亲，不妨理解成对这伟大生灵的一种缅怀方式……

节节虫

一节一节的,总共有七八节车厢。

它们驾着"怀古号"列车,驶向春天。

世上有的人,要是做了列车的列车长,一定会把沿途的金银财宝装进车厢,偷偷运回家。

而它们,春天的女王,乘坐生命列车,只是观赏和赞叹这辽阔国土。它们不拿土地的一血一汗一针一线。

直到列车开累了,才在一片草叶面前,恭敬地停下,请求允许为列车加一点水。

然后,全速向春天深处驶去……

蜻　蜓

蜻蜓飞过池塘,水波不兴的一塘死水,有了活气,继而,蜻蜓连续点水之后,池塘便活了过来,涟漪轻颤,思想起,它想起自己曾经是雨,去过天庭和云端,见过树叶和花蕾,清点过鸟的羽毛,反复磨洗过闪电的古剑,它想起它曾从空中跳下,一次次打湿过小孩子仰起的脸,在他们鼻梁上倒立,在脸上打滚,与他们开玩笑,在他们掌心里冒充珍珠,逗他们乐,然后从指缝溜走,后来,就到了这里。

蜻蜓点水,其实,是蜻蜓用点穴法,点击春天,点醒池塘。池塘记起了往事,彻底醒了过来,遂做出一个决定:若是今天下雨,就趁机跟随雨水漫出去奔跑,重访故友,重游旧地;若无雨,大旱,就蒸发,揪着太阳的胡须返回天空,在云端睡一觉,然后,跳下,一边跳一边眯眼辨认方向,辨认低处的村庄和孩子们的动静,尤其要找到那个站在家门前院子里、仰着脸等雨的孩子,一定要落在他的脸上,去年,在他的左脸上多落了一些雨点,今年要在右脸上多落一些,就落十点或十三点雨吧。去年落下时,看见他右脸有个酒窝,能多存放一点天上的东西,却把很多雨落到左脸了,还没站稳就掉下去了。今年呢,就只在他左脸落几点,要瞅准右脸连续落许多雨点,盛满他的酒窝,带回去让他爹爹放进酒窖里酿酒;给他的鼻梁上空投四粒就行了,蹦蹦蹦蹦,连续在他鼻尖敲四下,他感到有点凉,有点疼,他伸手还没摸到我们,我们已经走了。于是,我们在地上,看见孩子低下头也在地上找我们,但是,他已经找不到我们了,我们顺着溪流走远了……

路过池塘,蜻蜓低飞。

蜻蜓低飞,一定有雨。雨就要来了。

蜻蜓是做什么工作的?

在古时,蜻蜓是祈雨的司仪,是雨神雇请的先知,蜻蜓担任这个神职,达一百万年之久。

在现代,蜻蜓是天气预报员,是草地生态和河流环境的专业研究员;兼职:飞行表演员,为儿童上演飞行特技;为齐白石等画家义务做模特,让他们画荷塘蜻蜓,下笔如有神。

差一点忘了蜻蜓最重要的工作:

蜻蜓是普及自然美学的草根美学家,是推广诗歌的浪漫诗人。

虽然,蜻蜓不读美学,但它天生熟谙美学,它一直驭着美感飞行,喜爱在草地盘旋,在花园访问,在水边漫游,凡它到达的地方,都能引起一阵惊喜的顾盼或静默的凝视,使深陷于实用、功利和焦虑中的人们,有了片刻的走神,在这什么都不想、什么都不图的走神的时刻,人们体会到生命本身的虚幻性以及悠远、空茫的意境。它也不读人类的诗,但是,蜻蜓,它是大自然的最经典的诗句,诗人的许多诗,不过是把蜻蜓飞过的幻影,顺手拈来,敷衍成句,直至成为佳句,诗人抄袭着自然,也抄袭蜻蜓的意象。仅举一例:"泉眼无声惜细流,树阴照水爱晴柔。小荷才露尖尖角,早有蜻蜓立上头。"(杨万里《小池》)

但是,蜻蜓从不指责诗人抄袭。

蜻蜓从诗人头顶飞过,蜻蜓说:我也在抄袭并扮演大自然的一个梦,我只抄来那个长梦的短短片段和细节,你们又抄袭我,同时抄袭你们自己的内心,而你们的内心,也是大自然存梦的地方——说到底,你们也是在抄袭大自然。

我们,一边在宇宙的梦境里飞行,一边做梦,甚至,我们在梦中梦见自己的另一场梦。

我们是什么呢?

蜻蜓说:我们都是梦中之梦。

草鞋虫

穿过草鞋的人，才觉得这名字起得好。

远古那个穿草鞋的人，一边走路，一边为它起的名字。

草鞋认识草鞋虫，草鞋虫也认得草鞋。

劳动的人和劳动的虫，都穿着草鞋。

草鞋见了草鞋，是客气的。

草鞋不欺负草鞋。

有时，草鞋踩上了草鞋虫，会踩疼，但踩不死。

同病相怜，同根相惜，都是草嘛。

所以，古时候，地上虫子多，草鞋虫也多。

草鞋出门上路，就看见草鞋虫也在赶路。

草鞋一路上走着就不寂寞和劳累。一气走了几千几万年。

如今的塑料鞋和钉着铁掌的牛皮鞋，可不认识什么草鞋虫。

一辈子偶尔遇见一只，咔嚓，就踩死了。

在水泥、轮胎、钢筋、铁鞋之间，草根难以存活，草本事物纷纷灭绝。

　　草鞋虫,已经供在新编词典的神位上了。

　　词典编纂者显然没见过草鞋虫,他画的插图,我怎么看都觉得不像。

毛毛虫

毛毛虫走路一耸一耸的，脊背上就鼓起一道道世界屋脊。

它们总是兴冲冲地赶路，好像前面已经预定了宾馆，它们揣着公文包，尽量走直线直奔那里，要如期进行一次预约好的商务谈判和友好结盟仪式。

可是，路面上总是险情不断，战车、坦克、导弹——也就是那些鱼贯而出向弱者频繁发起攻击的皮鞋、钢铁、轮胎们，绝不顾惜它们柔软的情怀，残忍地碾过它们细小的身体，它们不停地死于非命，化为尘泥。

那些幸存者好不容易绕到一个似乎安全的大陆，却忽然，眼前出现一片大西洋（在我们眼里，其实是一个小水洼），它们停顿片刻，眯了眯眼睛，急忙收拾起沮丧的心情，转身，正欲另寻出路，却看见海湾一侧，有一棵树枝凌空越海横过对岸，啊，天无绝人之路，哪位天神及时架起了跨海大桥？

看着它走在惊涛拍岸的浮桥上，我体会着毛毛虫跨越天险的悲壮心情,我为它担心,同时也被它感染着。

这场面产生的感染力,超过那些动辄投资数亿元拍摄的电影大片好多倍。

看那些消耗巨资制作的烂片,我很少被感动,我深知那是技术和金钱堆积起来的眼球快餐,我心里一开始就是拒绝的,看完,我顶多惊叹人类挥霍的本领和造假的技艺确实前无古人,而它对心灵的触动却少而又少。因为它根本就不是出自心灵,而是出自技术。出自心灵的才能抵达心灵,出自技术的,纵然很精致精良,但技术绝不会感动心灵。

毛毛虫用整个生命和全部激情上演着生命史诗,且是现场直播,从古至今,没有收过一分钱出场费。

当我后来再次见到它们,它们已经出落成漂亮的蝴蝶了。对此我却一点也不出乎意料。因为,春天的全权特使,负责大地审美基因传播和花园景观布置的首席美学家,如此唯美和重要的工作,就应该由它们来担当。

看过它们被无端踩死碾碎的悲惨身世,看过它们跨海越洋的悲壮场景,你就会认同:那些真正触动心灵的美,都是从卑微和苦难中涅槃而来。

屎壳郎

少年时的一天,我到山里砍柴,黄昏,挑着一担柴捆小跑着下山,又饿又渴又累,两腿发颤,满身是汗,摸一把湿漉漉的身子,手里净是盐,下身很憋,想尿,挤出的却是一小股黄汤,我身体里的水都被太阳蒸发到天上去了。

真想把柴捆扔了,空手回家,若是大人生气不让吃饭,不吃就不吃,饿死算了。

当时,心里很苦,只感觉活在人世,挣口饭吃,太苦太难了。

我把柴捆放在山路边的石坎上,坐下来歇息,这时,我看见了它们,三五个错落排成一路,正在将牛粪滚成一粒粒圆球,沿山路往上推去。

其中一只滚着滚着,可能用力过猛把腰闪了,不小心一个趔趄,那粪球轱辘辘滚下去好远,在路边草丛里停住。它急忙连滚带爬追下来,又耸起脑袋撅起屁股将那粪球往上顶。

它远远落在它的伙伴们的后面,但是,它仍然吭哧吭哧推粪球上山——真的,我似乎听见了它吭哧吭哧的喘息声。它很快赶上了那支运送口粮的队伍。

远处,夕阳差半竹竿就要落山。我眼前的这些傻兄弟,却在固执地将芳香的粪球,将随时都可能坠落的太阳,顶住,顶住,不许它落下生存的地平线。

向上,与下坠的夕阳保持相反的方向,它们像匠人打磨宝石、像上帝打磨星星一样,坚持把自己珍爱的口粮——把散漫的牛粪,精心打磨成巴黎卢浮宫展出的中世纪神父们祈祷时佩戴的神圣念珠,并且一定要把它们推上山去,储存在北斗七星一眼就能看见,而天敌不容易发现的那个由古代苔藓掩护的隐秘位置。

看着我的傻兄弟可笑又可爱的模样,我扑哧一声笑了,笑,在落日转身远去的山上,在我少年的脸上,持续至少有三分钟之久。

这是笑意在我脸上停留最长的一次。

忘不了,很多年前,在黄昏的山上,我的那些憨态可掬的傻兄弟,它们及时出现在一个颓唐的贫穷少年面前,它们热爱生活,热爱食物,热爱牛粪,它们任劳任怨,意志顽强,它们坚持把下坠的夕阳往上顶,它们相信它一定会变成第二天的旭日。

它们顶着顶着,就把那一度失踪的笑,把那终于从苦闷里绽开的比较有趣、比较有内涵的笑,一点点顶上了我的脸,而且持续了三分钟以上——足够把一个开心的故事讲完的时间……

虱　子

我要说说虱子了。你若是恶心，就一翻而过吧。

但是我忍不住要说说它们。

我记起这样的场景：那还是在童年，每当农历三月，暖春时节，正是民间所说的"春捂秋冻"的时候，村里的婶婶、婆婆、奶奶们，总爱聚在某一家阳光照得最足、最敞亮的院子里，相挨着坐一起拉淡话、拉家常，嘴里有一句没一句地说着，手里紧一阵慢一阵动着，有的为家人缝衣补鞋，有的为孩儿书包绣花，也有的只做一件事，就是趁着阳光暖和，脱下棉袄底下贴身的衬衫，捕捉那在她们身上制造奇痒的虱子。

那捉虱子的婶婶，手里不停地发出脆响，还要说上一句，龟儿子好胖啊，把我都吃瘦了。接着又是几声脆响。这响声很有感染力，也有传染性，大家都觉得自己身上痒了起来，于是纷纷停下手里的活儿，脱了衬衣捕捉那在她们身上流窜的小东西。

润娃的母亲，我们一直把她叫老李婶婶，她脸上有一些麻子，有人背后叫她麻子李,人很能干,爽快,眼睛也尖(指视力好),她这时就成了大忙人,上年纪的婶婶婆婆奶奶们,眼睛不好用,有的因为常年在烟熏火燎的厨房里做饭,就害了红眼病,她们看不清也捉不住藏在衣缝针脚里的小东西,这个叫她帮忙抓特务,那个叫她帮忙捉汉奸,老李婶婶像一个作战参谋和侦察员,从这件衣服转战到另一件衣服,歼敌无数,战功累累,大家都夸她帮了大忙。

我是见过虱子的,它模样貌似木讷忠厚,肉肉的,憨憨的,还有点像琵琶,但它并不演奏音乐,它是沉默无声的,它爱躲在衣领、衣缝、裤腰上,有的还喜欢在裤裆里安家,以吸一点血谋生,以制造奇痒为艺术爱好,繁衍很快,一只母虱子在生育期一天产虮子就达几十个。

民间有句古语:宰相身上也有几个虱,可见过去虱子的普及程度。相传宋朝宰相王安石在朝廷奏事,一只虱子在他的大胡子上爬来爬去,皇帝看着笑了。后来有人在文章中写到这只虱子:"曾经御览,屡游相须。"再如成语"扪虱而谈"的典故:《晋书王猛传》里说,桓温入关,王猛一边捉虱子,一边和他谈论治国平天下的大事。现代诗人闻一多先生在西南联大为学生上课时,忽然停下来,向学生道歉:对不起,我这里有一个小东西,果然就从脖子后面捉住了一个小东西,然后接着讲他的"唐诗研究"——由诗转入虱,再由虱转入诗,诗人闻一多和他的学生们就这样在虱与诗之间转换着空间和情绪。由此可见当时生活、工作环境的艰难困苦,也佐证了我们的生命是可以凭着我们高贵的灵性升华到诗性和神性的崇高天穹,但我们也不得不随时返回到琐碎、麻烦的生活,返回到有虱、有痰迹的庸常地面,对那小东西皱皱眉,挥挥手,然后,继续诗意的沉浸和漫游。

多数情况下,虱子是贫困的见证,是穷人的贴身骚扰者,它虽不像跳蚤、蚊子那样嚣张狠毒,但作为寄生虫之一种,尤以本就消瘦缺血、营养不良的穷人作为其血库和营养基地,而且还传染疾病,虽不十分可恨,但也实在没什么可爱、可亲之处。

前不久回老家,才知道老李婶婶已在前年秋天去世,她活到八十多岁高龄。她在她那一代人中,还算年纪偏小的,比她年长的都已不在人世了。我当时心里一颤,想到,那曾经于苦中作乐、穷中拾趣的乐天知命的一代人都走了,她们,是多么清贫、质朴、厚道的人啊。

搜索记忆,总有一些情景让人泪流满面,也总有一些情景让人心酸伤感。许多貌似盛大庄严的场景我都忘了,但我这一生都忘不了那个琐碎卑微、不登大雅之堂的场面:在清贫乡村暖融融懒洋洋的春天,一群善良的妇人围坐一起,她们口里说着家长里短柴米油盐,手里握着的也不是什么命运、财富或幸福之类贵重的物件,她们手里能捉住的,只是那些出没在岁月皱褶里的小东西。嗨,这小东西,竟一时成为话题和事件,成为春天里的一个有趣细节,她们那戏谑的笑声和质朴的容颜,成为贫寒岁月里的一个温暖的补丁。

臭臭虫

当有人想捉它，或有谁欺负它的时候，它就放出一点异样的气味，无非在示意：请你住手，请你放我一条生路，请你仁慈一些，好不好，先生？

当你仍然不住手，行为更放肆，它就放出更尖锐些的气味，那是它身体里负责外交事务的机构发布严正抗议。

面对强敌如林、虎狼环伺的生存环境，它也只有这点筹码和手段，它就这么一点点化学武器。

没有盔甲，没有长矛，没有利齿，没有任何仇恨的意识和攻击的念头。从远古至今，它没有研发任何武器；从远古至今，它始终把这个世界看作一个散步的草地。

它柔软的心肠里，只有对青草的思念。

你看看它那青绿的肤色，它差一点就真的成了一片草叶了。

就像一个一辈子只读诗，而不读任何坏书、不读任何厚黑学、不动任何不良念头的人，它最终把自己变成了一首纯诗。

可就是这样一种青草般纯真的生灵,你惹它,你欺负它,你闻见了那气味,闻见了那声抗议,你就断然宣布:它真臭、真坏,它是害虫,而且非要弄死它不可。

在此,我要问一句:它有恐怖组织和霸权主义坏吗?它建造攻击性最强的航空母舰了吗?它实施空天一体化、一小时打遍全球的毁灭性战略了吗?它在你家门口海域里建造导弹发射基地了吗?

是的,恐怖组织和霸权主义不臭,恐怖组织和霸权主义浑身抹着正义的香水。

但它们在祸害全球,你又能把它们怎样?

那么,放开它吧,放它到草地里去。

蟋　蟀

　　2012 年深秋的一天晚上,大约晚八点左右,我家客厅隔断上放置的那盆绿萝里,发出唧唧唧唧的声音,妻正好在隔断附近沙发上读《中国人的心灵——三千年理智与情感》一书,她捧着书走到隔断下,听了一会儿,惊喜然而压低着声音说:"盆里有一只蛐蛐,没错,就是它在叫呢。"

　　我中断了我正在写的一篇文章,轻轻走到隔断下,听它那清脆、清新,也显得十分凄清的琴音。

　　它每次演奏约二分钟到五分钟不等,就停歇一会儿,有时停的时间较长,以为它休息了,然而却又演奏起来,而且音量比方才更高、更亮。

　　妻索性放下了书,放下了那三千年理智与情感,而把她的理智与情感,集中在这个秋夜,这只秋夜里鸣叫的蟋蟀。

　　我也停下了那篇写了不到一半的文字,心里隐约觉得,这孤独蟋蟀的鸣叫才是有感而发的,我那篇写得很不顺的文字,未免有点无病呻吟。

　　我们就议论和猜测这只蟋蟀的来历。养绿萝的盆子放得那么高，它怎么上去的呢？它又怎么知道这儿有一盆绿萝呢？我猜想，一定是初夏那次我在花市买回的绿萝盆里，就藏着它，它那时还是儿童或少年，发育不成熟，胆子也小，还没有制作好自己的琴弦，也不懂演奏的艺术，它就怯怯地悄悄藏在土里。我们以为养着的就只是一盆草，谁也没想到那静静生长渐渐蓬勃的绿萝根下，藏着一个静修的歌手、古代的琴师。

　　此后连续几天里，它每天都依照大致相同的作息时间表，晚八点左右演奏，中间也有停歇，午夜（十二时）后，是长时间的停止，夜半三四点左右再演奏一两小时，天亮前后，则谢幕休息，天地一片静默。

　　这个夏天，每晚我都在书房凉席上睡觉。与隔断上的蟋蟀比邻而居，有它演奏的这一段日子，我的夜读时光，不仅愉快，而且读书也读得深入，我特意将《诗经》里"风"的部分，反复诵读并默想体会，力求还原数千年前先民们的生存情境和生态场景，那乔木、苤苢（车前草）、木瓜、椒聊、桃夭遍地生长的日子，那蒹葭苍苍、白露为霜的日子，那求之不得、寤寐思服的日子，那蟋蟀在堂、岁聿其莫的日子……我想，正是这笼罩着无边神秘、茂长着无尽草木的大地，灵光初降，文明开启，先民们睁开赤子的灵眼，敞开纯真的诗心，他们惊讶地看到和听到的，都是诗性的意象和声音，都是生命的美丽与忧伤。

当我诵读《唐风·蟋蟀》"蟋蟀在堂,岁聿其莫""蟋蟀在堂,岁聿其逝",哦,隔断上那蟋蟀,它提高了音调,声音格外恳切而凄切,它把我拉回到几千年前的夜晚,它在努力再现公元前的神秘时光。时间流逝,万物代谢,世事变迁,但是,也有一些东西没有变,没有弃我而去,你听,此时,蟋蟀在堂,蟋蟀在我堂。还是那只蟋蟀,还是公元前那只蟋蟀。

　　午夜,蟋蟀休息,古琴静止,琴声回旋之后的静,是一种有深度的静,如同海潮过后的沙滩,它的寂静里沉淀着一种渊默、古老和苍茫的意境。被蟋蟀之声点化过的我的屋子,弥漫着的就是一种意味无穷的静。我觉得这屋子不是坐落在现代嘈杂僵硬的城市,而是坐落在时间之外的某个深山幽谷。

　　蟋蟀在堂的那些日子,我睡眠沉酣,常常一觉到天亮。偶尔也在半夜醒来,听听隔断上安静岑寂,心想,它还在公元前睡着,睡在它地老天荒的混沌里,这样想着,就觉出时间概念的相对性和虚妄性,其实宇宙是没有时间的,只有无始无终的混混沌沌苍苍茫茫,时间只是人为了生存和记忆的便利而发明出来的方便尺度。请问,这蟋蟀是哪个时间里的蟋蟀?那些星斗是哪个年代里的星斗?那条银河是哪个世纪的银河?这样想着,心绪就渐渐滑进时空的背面,而抵达那没有时间的洪荒远古,心,在梦境里沉潜,在无限里泅渡,抵达那无际无涯的茫远空阔。有时醒来,恰逢蟋蟀正在演奏,于是就和着它的韵律,吟几句《诗经》句子,继续恬然入梦。

终于，八月末的那天晚上，琴声静默，我想它也许累了，它该歇歇了。等一等，看明天它是否重新演奏。

第二天，依旧琴声静默。

第三天，依旧琴声静默。

我确信蟋蟀死了。

妻子捧着那本《中国人的心灵——三千年理智与情感》，许久不说话，我知道她是在默默悼念，默默送行。

一只蟋蟀从公元前一路走来，一路鸣叫，穿越了《诗经》、楚辞、唐诗、宋词、元曲、《红楼梦》、聊斋，它凄切的韵脚，穿过数千年夜晚，穿过连绵的梦境，终于抵达我们的夜晚，我们的梦境。

抵达我们时，它已经是一只孤独的蟋蟀。

此刻，我们以三千年的理智与情感，默默怀想……

蜗　牛

蜗牛是慢的代名词。

当我们说谁像蜗牛一样，那就是说他太慢了。他就要被淘汰了，就没机会升官发财、成名谋利了，就完蛋了。

快，再快，更快，飞快，是这个不断加速的世界对每一个生灵发出的急迫口令。

我们每天听到的，都是催命的吆喝。

别人催我们的命，我们催别人的命。

深陷时代集体狂躁症而不能自拔已经多年，我不止一次出现幻觉和幻听。记得那个午夜，市声终于弱了一些，人也好不容易静了下来，渐渐睡了，又似乎没睡，就听见地球的古老转轴，发出断裂扭曲的声音，我床底下的地板随之颤抖起来，并急遽下陷。

就懵懵懂懂想：那老旧的地轴转了多少亿年了，却从来没有上过润滑油，是不是因为过度干燥和长期磨损导致断裂呢？又想，可能不是这个原因。以前，从洪荒远古，一直到我那坚持续写农耕族谱的先人还在世的年代,地球一直是匀速旋转,靠上帝或盘古老先生第一次推动制造的惯性,它围绕着一个神秘的轴心,若无其事地做着慢悠悠的均衡转动。而现在,地球已被某个厉害物种折腾得千疮百孔,面目全非,该物种集恐龙的凶猛、饕餮的贪婪、狐狸的奸猾于一身,且脑袋镶满芯片,浑身插满天线,从而窃听了天庭的机密,又用高科技全副武装起来,昼夜不停地向地球发起全面进攻,猛烈的火力直指陆上、海上、天上,可谓立体化作战,全天候进攻。进攻的速度愈来愈快,火力愈来愈精准,直捣天的高处、海的深处和地的深处——如今,月球上的环形山脉也即将被多国矿业公司插上旗子;地球的地壳即将被掀开,眼看就要把地心掏出来吃掉。地面上,已看不清该物种的面目,因为他们都坐在汽车、飞机、摩托、火车、动车、坦克、军舰、装甲车里,你看不见该物种的自然姿态和生命真相,你看见的是气势汹汹横冲直撞的机械化军队,在横扫地球的每一道经纬、每一寸地面、每一个水域、每一座山脉。你想,地球怎么受得了这般摧残蹂躏呢?那最初按照均衡与美的原理、按照太初之道设计的地球的转轴,怎么受得了这般凶猛酷烈的颠簸、震荡和打击?那在地质演化史里,在种族脉搏里,在精神现象学里,按照均衡与美的原理、按照太初之道转动了亿万年的地球转轴,终于扭曲、断裂,终于,在这个昏暗的夜半,我床底下的地板开始颤抖、倾斜并急遽下陷。

这个情景断断续续持续到天亮,我好像醒了,又似乎没醒,我惶恐地翻身,揉揉眼睛,想看看地轴断裂后地球散开、崩解的样子,心想,完了,反正都完蛋了,心里很乱,但奇怪,却没有多么强烈的末日感,心里似乎反而有了"终于来到末日"的怪异轻松感。末日就末日,那就看看末日的样子吧。我下了床,推开窗,嗨,没事,没事,一夜天崩地裂,原来都是梦。

天已亮了,我弯下腰仔细检查房间,床底下地板并没有下陷,也没有裂缝,地球还健在,亲人还健在,大家都健在,梦里梦见的那物种也都健在,此时窗外,各种发动机开始突突突启动,各路机械化军队又要出发了。

走出门,骑自行车去郊外,我要抚慰一下我那受惊的心。

来到被房地产业蚕食后仅剩下的一小片田野,停下车,我沿着一条田间小路散步,一边心疼地欣赏几千年古典田园诗残剩的这一点点断简残篇,一边寻找着潜意识里渴望看见的东西,这时,我看见了它:蜗牛。

它慢悠悠地行走在时代之外、时间之外,行走在我们的地理之外,与现代保持着相反的方向,它漫步在史前的大地上。在我们被所谓的幸福假象层层包裹着的深深的迷惘和痛苦之外,它体会着它那不受时间和速度压迫的小小的纯真的幸福。此时,它正在史前的那一片草地上,缓慢地走着,走着,依旧走着。它的旁边,公元前的那几朵喇叭花,刚刚开始吹奏,喇叭丝带上,佩戴着三颗采自《诗经》里的透明露珠。

我长期压抑、急跳的心,终于渐渐缓慢、平和下来。

我走在它的附近,像失去方向感的迷路者,跟随着一位古代的先知。

它默默调整着我的心跳和心境,它改变着我正在构思的一首诗的思路和节奏。

此前,没有一本名著、没有一个上级、没有一句当代名言、没有一位心理学大师,能缓解我紧张的神经系统和紧张的内分泌系统,能让我真正走出时代的集体狂躁症病房,能让我真正静下来、慢下来,能让我真正像一个自然的孩子那样回到自然母亲的怀抱。

而此刻,它做到了,它让我静下来、慢下来,它让我回到一个生灵的本来状态。

至少在此刻,它就是我的古典名著,是我值得尊敬的上级,是改变我心境和行为方式的一句醒世名言,是有效治疗我精神狂躁症的草根名医。

它改变着我对生命和时间的理解。

在急剧变迁、江山不可复识的大地上,能看见古老的事物,是幸运的。

它的慢,让我慢下来,静下来。

我想,不怕被疯狂的时代淘汰出局,安于做一只自在的蜗牛,缓慢地呼吸和行走,仔细欣赏沿途的青草和露珠,是一种莫大的幸运。

装死虫

难道它知道死亡的噩耗越来越密集？

难道它刚刚从同伴的丧礼上致哀归来？

难道它嗅到了不远处轮胎飞转的不祥气息？

难道它刚刚从一双坚硬铁鞋旁侥幸逃离？

此时，我摆脱公路的追赶和纠缠，绕到郊外一片野地上独自散步，我要让心绪静下来，构思一首缅怀乡村和大自然的诗。

低下头，我看见了它。

浅黑色，毛茸茸的，但并不胖墩墩，胖瘦适宜，它伏在我右脚边，静静地，一动不动。

它静静伏在我 42 码的皮鞋附近。

危险！从黄昏的大海里又驶来两艘导弹驱逐舰。

它吓昏过去。

不，它吓死过去了。

生物学家说它是在装死。

哦,在死亡与死亡的夹缝里,它这样保全自己的生命。

在随时面临的死亡面前,它通过佯装死亡,而躲避死亡。

在庞大的命运面前,一个弱小者,它仅有的反抗武器,只是向命运声明:我已死,勿让我再死。

我行走在诗的思路里的脚步,停下来,停在一只虫子面前。

停在生物学所揭示的生存真相面前。

我那构思了一小半的诗,停在生物学的现场。

此时,诗学默默地接受生物学的启示。

因了生物学的加入,诗的过度抒情化倾向有所节制,诗的高亢、豪华的调子低了下来,渐渐低到泥土和生命之根的附近,低到与死亡只差一小步的一只虫子附近。

我尊敬你,也感谢你,这静静伏在一首诗旁边的虫子。

当然,虫子,你也应该感谢诗。

多亏是我带着一首诗在此路过,而不是别的,比如,带着拆迁进度、创收增幅、快速发财全攻略、大地硬化水泥化钢铁化指标,等等。

当我的鞋子向你逼近过来,你以为看见了两艘战舰隆隆驶来,其实是它载着一首诗,一首诗载着我,从而得以与你邂逅,并在你面前停下来。

你让这首诗敏感地发现了一只虫子那不为人觉察的战栗和疼痛,以及我们根本不能体察的大自然那晦涩的、有苦难言的内心。

这首诗从而不是我的一厢情愿的自恋和自我膨胀的意象化表演,也不是对滥情的浅薄渲染和空洞语词的混乱排列。

这首诗从而有了一只虫子和逐渐暗下来的黄昏天色共同构成的那种浑茫、低回、隐忍、孤寂、苍凉、荫翳的意味。

虫子醒过来,愣怔了片刻,若有所悟,急忙走了。

它在一首诗里越走越深……

非礼勿动虫

有一种虫子,一旦遇到攻击和袭扰,就立即停下来,以静默表示抗议,以身体语言提示:

"非礼勿动!"

我私下将之命名为非礼勿动虫。

非礼勿动!

远在孔夫子之前,它就一直信奉这一古训。

当然,它不知道谁是孔夫子,但这并不妨碍它遵循大地的古老伦理。

它从来没有爬上谁家的餐桌,不曾有过与人类共享午餐的想法。

它从来没有乘人不备钻进谁的衣兜或侵入谁的账户,掏走或套走不属于它的钱财或宝贝,对一部分人类的特殊嗜好,它是看不起的。它根本不稀罕那花花绿绿的被叫作钱、被视为神物的废纸。整个原野都是它的国家,它有访问不完的绿叶和泥土,它每天只需两粒露珠的零花钱，可上苍却慷慨地把每个早晨的钻石，把遍野的露珠都给了它。

比起它极有限的实际需要，大自然的供给已是无限的阔绰。

仓廪实知礼仪。正道直行，顺乎天命，恪守一只虫子的礼仪，谦卑地走完平常的一生，是这只虫子的信仰。

然而，各种鞋子、各种轮胎向它粗暴地碾来。

"非礼勿动！"

它一次次的提醒和示意，没有说服大地上的任何一只鞋子和轮胎。

它们反而越来越粗暴了。

非礼勿动！非礼勿动！非礼勿动！

它至死都在提示这古老的伦理。

跳　蚤

天才的跳高冠军。

轻而易举,你一个弹跳,就到达了很高的海拔。

在那样的高度,你像王者检阅芸芸众生,至少达一秒钟之久,你是至高王者。

没有一个帝王,到过你那令人眩晕的至高王位。

喜欢登高望远,但从不蔑视低处。

高低贵贱,都是习惯于匍匐在等级樊笼里的人类的偏见。

你以小小身形,划出无畏的生命弧线,挑战森严的等级秩序。

高与低,亮与暗,你纵横跨越,一一将之打通。

从高僧的法衣、皇帝的龙袍,到流浪汉的乱发,都曾是你巡游的国土。

如果我们不以自己身上的痒和它可能携带的病菌为之定罪,而把它看作一种生命形式,看作永恒运动着的宇宙的一种精致的微缩造型,那么,我们会否对它产生一种惊讶和赞叹呢?

没有喝彩和掌声，就那么孤独地跳了数百万年。

你一个个弹跳，跨越了多少王朝和大陆？

甚至可以追溯的全部人类文明历史，都活跃着你那不受欢迎的渺小身影。

你制造的奇痒，使我们知道在疼与痛之外，还有一种不好忍受、难以命名的感觉：痒。

苏东坡曰：处贫贱易，处富贵难；忍痛易，忍痒难。

无疑，你的形象一直是负面的，但你的存在也曾丰富了我们对生命现象的认知，丰富了我们的联想和语汇，为我们增加了若干个生动的比喻和贬义词。而随着你的消失，与你有关的语词、比喻也将消失或变得费解，"我播种的是龙种，收获的却是跳蚤"，如此著名的警句，孩子们也许已听不懂了：跳蚤，跳蚤是什么玩意儿呀？

我有好多年不曾看见过它了。

见多了那些跳来跳去的庞然大物，说实话，我真的很烦。

有时，竟想见见那失踪了的小不点儿，或许要有趣一些。

天才的跳高冠军啊。

谢谢。它不需要谁来向它颁发桂冠和奖金。

那是它的行为艺术，偶尔逗你一乐。

好久不见它了。

没有了它，世界固然少了一些病菌，我们身上固然少了一种痒，但同时，也似乎少了一点趣味，一种惊愕，一个话题。

蜘　蛛

　　我牢牢记得多年前读过的一篇写蜘蛛的文章。那位昆虫学家写到:有一种母蜘蛛,在孵卵期间,它每天清晨早早醒来,先要仔细查看周边地形,再返回驻地。等到日出之后,大地有了暖意,温度适宜的时候,它就把藏于隐蔽处的卵一只一只搬运到向阳的地方,悬挂在它提前布置的丝网上进行晾晒。当太阳升高,温度越来越热,也许会烫伤那娇嫩的卵,母蜘蛛又将卵一只一只搬运回原处。经过反复观察,昆虫学家发现,母蜘蛛在每一次逐个搬出和搬回那几十个卵的时候,都是严格按秩序进行的,即先搬出的先搬回,后搬出的后搬回,以保证它们每一个都能晒到同样多的阳光,都能均衡地得到上苍的一份慈爱。为了使自己的记忆不出现差错,母蜘蛛将悬挂在丝网上的卵排列成行,一行满了,另起一行,行与行数目相等,对得很齐,上面的卵正对着下面的卵,丝毫不乱。这说明,它知道自己不会给孩子取名字,知道自己不会为它们打上可以辨认的记号,它知道自己的能力有限,又没有什么文化,所以它就用了这种笨办法,用规整的排列、直观的数学,牢记先后次序,牢记自己孩儿们在阳光下所处的位置,保证孩儿们晒到同样多的太阳,保证不把自己的哪个娃娃亏待了。

自读到那篇文章,已三十年过去了。几十年里,我心里一直保持着对这生灵的一份敬意,我从没有伤害过一只蜘蛛。以我书房为例,每年都有前来访问的蜘蛛,除主动离开的之外,留下的都成了我的芳邻。我读书,它们织网;我写作,它们产卵;我吃饭喝水,它们捕捉飞虫。我们比邻而居,相安无扰,各自过着各自的生活,体味着卑微的悲喜忧乐。每当沮丧颓废的情绪向我袭来,我抬起头,就看见,啊,在这幽暗的墙角,我那孤寂的芳邻,正在耐心编织着它古老的乌托邦梦想。于是我对它生起了尊敬,同时,觉得自己应该专注于自己内心认同的生活,而不该老是东张西望左顾右盼。

我不伤害蜘蛛和生灵,而是最大限度地尊重它们。这倒不是因为我比别人更多了"无缘大慈,同体大悲"的佛性,而主要是因为,我面前的这些活物,虽非圣物,却也是灵物——它们不仅会吐丝,会编织,会养育,它们中的一种,据说还会精心安排它即将出生的孩儿们在适宜的时刻晒太阳。它遵循的育儿方法是什么呢?这就是,严格按照爱的伦理,按照均衡原则,让孩儿们都领受到上苍温暖的关照……

蚂　蚁

　　　　多年前,父亲病逝,我们按照他生前的愿望,土葬
　　了他。一生草木间呼吸,泥土里劳作,生于土,眠于土,
　　化为土,厚土厚德,万物生焉,无有尽矣。父亲,你天长
　　地久……

　　　　　　　　　　　　　　　　　　　　——题记

在父亲的坟头,我看见了它们。

它们在一个隐秘土洞里钻出钻进。

我跪下来,眯着眼,向洞口深处看去。

我想看见里面的动静。

我想看见时间深处的情况。

这是一个几乎比无限还要深的时间隧洞。

它们在搬运什么呢?

它们是否在搬运,搬运我的父亲?

呀，我的父亲已经变成一些细小的秘密，它们正在谨慎搬运。

在"先父千古"的碑文后面，这严肃的仪仗队，以它们的庄重仪式向千古致敬。

它们在搬运千古。

它们要把上一个千古搬运到下一个千古。

墓碑附近，一簇迎春花正在含苞，一些野草透出细微绿意，一棵小柏树已有了第三圈年轮。

我的父亲正在变成别的什么。

排着肃穆的队列，它们默默搬运。

我能为父亲的"身后事"做些什么呢？

除了埋葬，我为我的父亲做得太少了。我几乎没有做什么。

比起我，它们才是真正的守灵者、守墓者。

它们在细心安排我父亲的后事。

它们想得很远，它们在安排我父亲千年万载的后事。

它们夜以继日地与命运做着神秘的交接仪式。

它们向更深处的时间转移着时间的颗粒，我父亲的颗粒。

它们这样处理我父亲的后事，我不仅没有意见，我还很感激它们。

它们做着我根本无法做到的事。我对已故父亲的所谓慎终追远，所谓孝心，仅止于短促的尘世仪式，仅止于"头七""周年""清明"，而它们，则守护着我父亲离开尘世后的百年、千载、万古……

我那往生净土的父亲，由它们悉心照料，我的父亲一定会到达很远很远的净土,到达时间的遥迢彼岸。

我久久地注视它们。

它们正在把一些细小的秘密,从时间搬进时间,从记忆搬进遗忘,又从遗忘搬进记忆,最后,连同它们自身,都搬进永恒的混沌和无尽的轮回,搬进邈邈洪荒。

它们在为我父亲尽孝,为土地尽孝,为岁月尽孝。

它们把细小的秘密搬进时光的秘密海洋。

它们在搬运永恒。

它们在为永恒执勤。

它们在为天地服役……

蚱　蜢

能飞,能跳,能演奏音乐,比我的本事大多了。

至今,我不曾驾驶自己在空中飞行过一毫米。

你们一边飞行,一边吹口琴,向为你们提供午餐的大地空投音乐。

我理解,这是你们所能想起来的最好的感恩仪式。

体型如此匀称、健美,不用化妆,个个是天生的绅士美女。

波音飞机卖到数亿美元一架,天价啊。

据说生命无价。毫无疑问,你们是生命,你们也无价。

比起人操控的机械的飞机,你们是有灵性的飞机。

人驾驶不了你们,你们是神驾驶的飞机。

此时,你们,数千架次降落在我父亲的田园附近。

拿什么款待这些神兵天将呢?

唉,我的父亲叹息数声。

父亲说,孩子,你看,它们长得多好看啊。

我说,是的,这般俊俏、这般富于美感的生灵,怎么竟是害虫呢?

父亲叹息着说:它其实也没想着害人,它与我们一样,饿了就要吃点东西。可我们就这点土地,就这点粮食,就这点秋天的光景,没多余的东西款待它们啊。

父亲叹息着,朝它们挥起了手中的扫帚。

我也拿起一把扫帚为父亲帮忙。

它们在秋天的飞行出事了。

我和父亲制造了数千架次的空难。

在空难现场,我们庆祝五谷丰登……

钻木虫

钻啊,钻啊,它一头扎进一根几千岁的古木深处,钻研着它所渴望的食物的结构。

(而此时,历史学家一头扎进古籍深处,钻研着社会和历史的结构。

距历史学家不远,江畔,山顶,静静坐落着一座天文台,天文学家正一头扎进星云深处,钻研着时间和空间的结构。)

钻啊,钻啊,它剖开年轮,在脆薄的部分,那该是民国,它闻到了刺鼻的火药味;终于穿凿到了清朝、明朝,它停下来,看见锈蚀的箭矢横亘其中,它尝到了铁腥味和血腥味儿;它不得不稍微拐了个弯,嗨,歪打正着,它一下打通了宋唐,味道不错,它定在那儿,大口嗅那幽香。它毕竟是个喜欢穷根究底的家伙,不会就此停在迷魂的时光里,它继续钻研,钻研,穿过沉闷的云烟,凿开坚硬的阻隔,终于进入了旋涡和秘密的中心,那是公元前,一颗柏树的种子,于荒野里绽开小嘴,准备对晦涩的史前黎明说点什么,准备对那个叫"轩辕"的身影说点什么,却不小心吐出了一叶芽尖。终于,在这里,无尽的时光有了落脚、藏身和定居之地。

它倒撅着屁股,在历史烹调的豪华盛宴里陷入了迷狂。

它当然不知道,它这数天里夜以继日的钻研,其实已经打通了一部中国通史。

它大约被浓得化不开的沉郁气息憋得险些窒息,那是数千年积攒的气息,虽然好闻,也难免有些呛鼻。

终于,它倒撅着屁股从历史深处退行出来。

此时,我还没有看见它的尊容,我只看见它战栗着渐渐退出的臀部。

我兴奋地等待着……

苍蝇在庄严的时刻

那天，我在会议室里看见了难忘的一幕。

这当然不是王室或朝廷的会议室。但会场上肃穆森严的气氛，比起王室或朝廷举行的内阁会议，有过之而无不及。

会议室正在宣布几位官员的任命书。

台上坐着大大小小的头儿，台下坐着老老少少的群众。

几个名字就要变成官衔了。以后，就再不能随便直呼其姓名，而要尊敬地称呼：王什么长、张什么主任、黄什么主席、李什么老总……了。

这是多么庄严的事情，多么重大的场合啊。

大家都睁大了眼睛，屏住了呼吸，竖起了耳朵，等待着知道是哪几个名字将扶摇而上，变成云，变成霞，变成耀眼的星，然后神圣地降落在几把椅子上，然后，这名字消失，变成王什么长，张什么主任，黄什么主席，李什么老总……然后几顶神气活现的帽子和表情，将在一些不大不小的角落，出演，游荡，招摇，甚至得意忘形,自命不凡,不可一世。

就在这庄严、森严或严重的时刻,突然,我发现几只苍蝇,旁若无人地闯进了会议室。

它们从主席台上飞过的时候,其中一只敏锐地发现了麦克风上有好吃的食物——往日的口水和正在喷吐的口水沾在上面,声音一缕缕散去,口水们集结在这里,细菌们集结在这里,那只苍蝇发现人类已经为自己准备好的午餐,于是就停在上面,大口大口地吮吸起来,又一阵口水喷吐过来,连同那雷一样轰鸣的人的声音喷吐过来,这幸福的苍蝇只好一边咂嘴一边转移就餐的地方——从一只麦克风转移到另一只麦克风。它幸福得几乎晕眩过去,有这么一长溜可爱的嘴巴喷吐唾液喷吐细菌,它今日可以美美地饱餐一顿了。

而另两只苍蝇没有在麦克风的林子里逗留,它们好像吃饱了,又好像并不十分贪吃,虽然麦克风上有着好吃的食物:口水、油腻、漂亮的语词、肥大的数据、从口腔深处溢出的十分难闻又十分好闻的气息。

它们穿越麦克风,旋舞着,追逐着,欢快而急切地寻找一个更合适的地方。

它们似乎有着比进餐、比人类正在进行的庄严的事情还要重大十倍百倍的大事。

它们终于落脚到主席台正中靠右第二个桌子上。

桌子上铺着红布,它们就停在桌子背面——面向台下的那一面——垂下的红布上。

一只苍蝇围着另一只苍蝇旋舞着,歌唱着——我在台下第三排坐着,我看见了那只苍蝇优美的舞蹈,却没有听见它的歌唱,但是看得出来,它在边舞蹈边歌唱。

我终于看见了伟大的一幕。

那只舞蹈着的苍蝇爬上了另一只苍蝇的背,扇动着翅膀,波浪一样起伏着。下面的那只苍蝇也扇动着翅膀,波浪一样起伏着。

我似乎听见了它们幸福的呻吟。

那庄严的红布,是它们幸福的婚床。

那只贪吃的苍蝇,仍然在品味和鉴赏食物,在麦克风与麦克风之间,在口水与口水之间,在细菌与细菌之间,它鉴赏着不同口腔的不同或相同气息。

那一对幸福的苍蝇仍在做爱,沉浸于单纯迷狂的旋涡里。

在它们附近,它们之外,人类在进行庄严、森严而且严肃的仪式,在宣布几顶帽子,要降落在怎样伟大的头顶上。

而我始终没有听清麦克风们在说什么。

直到会议散去,直到红布撤走。

抬起头来我看见——

几只苍蝇盘旋着飞上天花板。在彩色的天花板上,它们倒撅着屁股,消化着食物和爱情的记忆,一边用复眼目送着人类——

这些用口水和细菌喂养它们的、庄严的一群,渐渐走远……

国贸大厦 48 楼的七星将军

入住国贸大厦 48 楼,开一个没什么意思的会。无非是吃饭、听报告、学文件、看发言(因为没怎么听,只看见不断有人在台子高处上上下下念稿子,故曰看),然后又吃饭、睡觉,又开会。除此之外,我在会上会下抱着几本书读着,这使会议变得可以忍受,而且对本来无聊的会议心生感激,让我忙里偷闲好看书,当然,忙其实是不忙的。在此类会上读书,读的效应蛮好:周围的声音若大,就当是海潮或林涛,你就像置身海边或林间,你读书就读得更安静而深入,偶尔从书里抬起眼,见身边净是礁石和树木,而且是彩色的,都在陪读,何其隆重也;周围的声音若细小或无声,那更如月夜静读,恍然天人合一,此时书与你合一了。

那日会后,我打开房间的窗子,朝外俯瞰仰望,本来是谦逊百姓,此时却居高临下俯视着,我觉得对不起海拔 48 楼以下的人民群众。他们如蚁群般奔波劳碌,其实并不知道他们劳作的一部分果实正被藏在高处的胃口们分割着吞噬着消化着。又仰望,想看见鸟,最好从我窗前飞过,让我近距离看看它飞翔的姿态和眼神,想听它亲口向我传授一点关于天空的秘密、飞的秘密,以及它在空中发现的地上的秘密和人群的秘密。

然而,没有鸟。应了那句否定的话:有个鸟(根本就没有的意思)。倒是看见广场上飘起几只风筝,有像龙的,也有像鸟的,这些塑料做的、纸糊的生灵们,装饰着空荡荡的现代天空,慰藉着孩子们的眼睛。

我收回有些失望的眼睛,低头,我看见窗台上移动着一个活物,一个真的生灵。是一只瓢虫,背上镶嵌着七颗彩色的星星,闪闪发光。被孩子们尊称为七星将军的,就是它。它正在如我一样居高临下地俯瞰着,不停地调整姿势和方位,犹豫着,徘徊着,也似乎恐惧着。

我注视它,研究它,发现它在惊慌地找路。向上,显然不可能去天空飞行,短期内它不大可能进化成鸟类;向下,返回故土,可这笔直陡峭的钢筋、水泥,尖锐滑溜的玻璃、塑料,它如何行走? 谁也不可能给它送一架数百米长的滑梯,虽然它是一位七星将军。

将军啊,你是怎样爬上来的呢? 是否你昔日的草地、花园、密林被人占了,你无家可居,于是你借着风的魔力登上高楼,占领了这座高地,你要为收复失地发起最后的冲锋。到了高地,你才发现你既无一兵一卒,也无一弹一枪,粮草已无半点,退路亦无半步,你真正是弹尽粮绝、走投无路了。

我想帮将军一把,在我很小的时候,就认识了将军,它是我在世上认识最早、印象最美好、最亲切的将军,也是有生以来我认识的唯一的将军,且是七星的,军衔不低。但它没有杀戮记录、没有嗜血恶习、没有傲慢架势,它爱好绿色,平易近人,尤近儿童,它是一位热爱和平、热爱儿童的将军。记得童年时,我就被它那华丽的形象迷住了,我曾经把它放在我的衣服的前胸,多好的扣子,而它是有心、有眼、有鼻、有耳的,说不定还会做梦呢,谁能制造这样高级的扣子呢? 只有大自然能制造出来。于是我意识到大自然是何等的能干啊。这是我最早的自然观,虽然简单些,但那看世界的最初几瞥,却是刻骨铭心的。

没想到,我童年的那颗华美扣子,我记忆里的七星将军,此时却孤零零困在这里。我想帮将军一把。但怎么帮它呢? 让它飞天,它不是鸟,天上也没有它的一寸领空;留在城里,,城里寸土寸金,没有露水的钢筋水泥又怎能养活这可怜的将军? 请它到我家做客? 我家是有几盆花木,悬在上不接天下不挨地的高楼阳台,将军喜爱的露水和绿叶,在我这里都是如此寒酸、匮乏和可怜。我尚且无露水可饮,无绿叶可赏,我又何以款待将军?

怎么办呢?我如将军一样无计可施了。我琢磨着援救的办法。开会时间到了,我只好去开会。出门时又看了一眼将军,它还困在那里——海拔48楼的高度。孤独的将军啊,等会儿再见面吧,让我在会场里继续想办法,在那用高科技武装的环境和氛围里,我也许灵感迭出,会想出援救你的办法,说不定还是高科技的办法呢。等会儿见,亲爱的将军。

开完会，我回到房子，急奔窗前，将军已不见了，查遍房间，没有它的影子。

它到哪儿去了？它不是鸟，天上没有它的一寸领空，它不可能移民天上；它是土地的子孙，它是漫游于草木、露水、月色、花香里的和平将军，它一直穿着那套远古流传下来的军装，它保持着军人的传统风度，它喜欢在绿色的原野散步，四周是虫声合唱的古老军歌，偶尔还有蝉儿吹奏的军号。它喜欢忽然出现在孩子们面前，让他们惊奇、惊喜、惊叹，并且在他们的衣服上充当华丽的扣子，落在他们的肩膀上做肩章，让他们也当一会儿将军，而且是七星将军。

土地，那是它永恒的领地，它一定是回去了，回到了土地。

然而，它怎么回去的呢？我伏身窗台，向下，向海拔48楼以下望去，我一阵眩晕。

它可能是跳下去了。那么小的它，从这么高的海拔跳下去，我不忍想那情景。

它一定是跳楼自杀的。当然，它那么小，即使自杀一千次也没有谁注意。

在庞大冷漠的天空下，在庞大僵硬由机械组装的现代铁笼里，它是太小太小了，太不算什么了。

然而无论它再小，哪怕小得看不见，它仍然是生命。何况它是我尊敬和喜爱的七星将军，曾经，它做过我童年的纽扣和肩章。

它可能也知道我想不出援救的办法，它肯定看见了我与它对视时满脸忧愁的表情。

走投无路的将军,跳楼自杀了。

我默默低下头,悼念将军⋯⋯

为蚂蚁让路

我扛着行李远行,在路的转弯处,有一个水滩,蚂蚁们正在排队饮水。

我若只顾赶路,无视他们的存在,双脚踩下去,也许,一个王国就土崩瓦解了。

兴许是天意,就在这个瞬间,我的眼睛向下,我看见了他们。

与我保持相反的方向,他们排着整齐的队伍,在他们的宇宙里,在史前的洪水刚刚退潮的间隙,他们,这朝圣的队伍,膜拜着新发现的生命源头。

我的双脚犹豫了一会儿,接着停下来,我礼貌地,而且怀着尊敬,我站在他们面前,与他们保持着大约五厘米的距离。

仅仅隔着五厘米,我因而不是他们的死神,我因而成了他们的欣赏者和祝福者,在永恒的长路上,我因此改写了时间残暴的属性,我成为宇宙中最温柔的一瞬,最无害的一个细节。

仅仅隔着五厘米,一个我暂时不能与之对话的种族,得以保全他们的母语,不因我的闯入,而中断他们的神话和信仰。

仅仅隔着五厘米,一个我根本无权也没有能力治理的王国,得以保持完整的国土、江山、伦理和政治制度,而且继续繁荣兴旺。

仅仅隔着五厘米,他们那孤独的女王,避免了亡国的厄运,她的黑皮肤的臣民仍然忠实于她,在庞大的王国上奔走、劳碌、寻觅,维护着这古老的共和。

想一想,这么多表情一致、服饰一致、信仰一致、技艺一致的黑色的、颗粒状的生命,也在这他们根本不理解的庞大宇宙里,为了一个简单的信仰,围绕一个孤寂的中心,忠心耿耿、风尘仆仆地远征着、辛苦着、历险着,想一想,这该是怎样惊心动魄的奇迹?

我礼貌地为他们让路,怀着敬意,我注视着他们在水洼边——在他们的大陆上新出现的大海边,排队饮水、洗脸,互相礼让并互致注目礼,然后带着湿润的心情,一边感恩,一边返回他们祖国的内陆。我目睹了整整一个王国的国家行为:在新生的大海边取水,并重订契约,确认对国家和女王的忠诚。

我真想请求他们中的某一位,为我领路,带我访问他们的国家,去拜见他们那德高望重、才貌双全,又难免有些孤独的女王。

然而我根本不具备这种能力和资格,这是一件比到遥远的外星会见另一种智慧更困难的事情。

我能做的,仅仅是礼貌地停下,为他们让路。

李白与唐朝的虫子

当然,作为写诗的人,我不会向任何一只虫子请教有关交往、喝酒、吟唱、行走等方面的学问,而事实上它们的确有着秘而不宣的学问。

当然,它们不会写诗,也不知道唐朝在什么地方,李白何许人也。除了无条件地尊敬泥土、草木和露水,它们从不向任何帝王脱帽致礼。

我因此对这些貌似无知、实则深谙大地伦理和百科知识,同时保持着特立独行品格的虫子们,产生了由衷的尊重和怜惜。

此时,蛇仍在传说里冬眠,蟋蟀仍在《诗经》的某些句子里复习古老的韵律,我的总也停不下来的脚前,行走着这么多可爱的虫子。

我不忍心踩踏了它们,我总是小心地绕过它们,因为,作为一个总是走在路上的人,我比谁都知道,至少我比唐玄宗和高力士知道,虫儿们行走的重要性,一点也不低于我行走的重要性,甚至比我的行走更重要更急迫，我只是行走在一首诗的空茫意境里，在别人看来是游手好闲的闲逛，而虫儿的行走，却事关它们种族的兴亡和孩子的安危。跋涉过阵雨之后那片泥泞的险滩，它们，要趁着春光正好，迁徙移民，要在那片古老林子里，重建它们的家园和社稷。

我低下头默默凝视着它们，并深情祝福着它们。

我轻轻地与它们告别。

然后，我向唐朝的远方走去。

而在许多路上，勤苦的虫子们，早已比我提前到达……

蚯蚓，把自己低到尘埃里

勤恳的地下工作者。

但不是间谍，不属于任何特务机构，没有丁点阴谋和算计。

除了对泥土的深情和感激，没有任何别的杂念。

几乎没有智力，土地怀里的孩子，有土地时时刻刻传道授业解惑，你不需要土地之外或土地之上的智力。

无边无际的土地有着无边无际的智慧，你不屑于在大智慧之外玩那些可笑的小聪明，小智力。

土地之外的智力，总是在索取着土地；土地之上的智力，总是在蹂躏着土地。

你拒绝远离土地或高于土地的智力，你生怕那多出的智力伤害了土地。

这就是为什么你看起来似乎弱智。其实你才是真正的大智若愚，大慈若愚。

你生怕你多出的部分，会带给土地和万物不良的触碰和不安的动静,所以,你不长牙齿,怕咬疼了什么;你不长足趾,怕踩伤了什么;你不长毛须,怕骚扰了什么;你不长鼻腔,怕染污了什么;你从不发声,永不言语,你怕自己语无伦次的表白,影响了土地浑厚深沉的叙述。

你没有父亲,没有母亲,没有兄弟,没有姊妹,因之,你没有爱情,没有婚姻,没有家庭,没有朋友,没有任何社交生活和伦理亲情。你是泥土的孤儿。你是彻底孤独的生命。你承受的孤独是我们根本无法承受的,也是所有哺乳类生命和无脊椎生命们都无法承受的。你小小的纤弱的身上,承受着宇宙规模的孤独。

有人独处一星期,竟然会患抑郁症;独处半年,竟然有自杀倾向。而你,亿万年孤独地在泥土深处修身养性精耕细作,何曾有过抑郁苦闷?何曾有过轻生厌世?在土地博大浑厚的教堂里,你是虔诚的牧师,你是谦卑的圣徒,你是为天地默默服役的苦行僧。

没有父亲,没有母亲,你就认定土地为你的亲生父母,世世代代做土地的忠实孝子,从无半点忤逆。

没有爱情,没有友情,你就认定土地是你的至爱亲朋,世世代代与土地深情缠绵,永如初恋。

你无性繁殖,不借助性欲的冲动而生长和繁育自己,因此你是万物中彻底摒弃了淫邪之念、占有之欲的纯洁生命,你生在最低处的土里,但你的生命无比高贵,高过了最高的星辰。

你从自己生长出自己,从自己生长出的自己身上,自带着亘古的情愫、苦恋和对于土地的宗教信仰。这柔软的心肠里婉转着亘古不变的思念和情感,除了这柔肠,你没有一丝多余的脂肪和皮肤,你就是一副献给土地和上苍的最干净缠绵的柔肠啊。

你也是这个星球上最无害的生命。泥土是你的工作室、厨房、静修的禅房,泥土是你的书卷、床榻、食物,泥土是你的礼堂、教室、广场,泥土是你的修道院、摇篮和墓地。

你从没有想过要在泥土之外,去霸占一座镶金镀银的豪宅,或者走进人类的豪华餐厅,与他们共进午餐——不,你拒绝与他们共进午餐。那膨胀着太多欲望伤害着天地万物却不以为耻反以为荣的贪婪虚妄的人们,你在地底早把他们的结局看得一清二楚,蹂躏土地的必将被土地埋葬,掠夺万物的必将被万物覆盖——这是土地的定律和逻辑。你作为地下工作者,你在地底见过太多的帝王、富翁、强盗、掠夺者和多吃多占者的枯骨和颗粒,这些蔑视土地蹂躏土地伤害土地的,终将都被土地一口吃掉,无形无影,无声无息,而他们终于变得安分和安静的颗粒,还要交给你一点点审阅,一点点教化,一点点劝说和开导,才把那些身世复杂的混浊颗粒转化成优良的泥土。

你是隐居于土地深处的传教士和先知,你是大地的私淑弟子,亿万斯年苦修冥思,你洞悉生命之真谛,你知晓命运之奥义。

当你从泥土里默默走过自己的一生,我那种庄稼的父亲一次次看见并瞻仰了你那干净的蜷缩在土里的遗体,我不识字的父亲说,哎呀,它真是泥土的好孩子好孝子,它走过的地方,泥土那么松软,亮油油的,还冒着香气,它一口口吃下泥土又吐出泥土,从它的心肠里过了一遍的泥土，是最有营养的好土，用这样的土塑一个神，那神也会变成活神仙的；从这土里长出的粮食，谁吃了谁就会有一副好身板，也有一副好心肠。

在我的老家李家营的田野里，我无数次看见过你匍匐在泥土里的谦卑身影；2005年，我去西藏，在海拔五千多米的纳木错湖附近的山上，我不经意间竟看见了你在一丛野草里露出半截身子。你蠕动着，缓缓行走在缺氧的蓝天下，似乎在丈量什么。我望了一眼雪山之上高而蓝的无尽苍穹，哦，我忽然明白了，你其实是在丈量你与我的距离，丈量你与苍穹的距离，顺便也丈量我们短促的生命和永恒的距离。而丈量的结果，却出人意料又在意想之中，其实，你与我没有距离，你与苍穹没有距离，我们短促的生命与永恒也没有距离——你那移动着又安静下来的细小身影，给出了言简意赅的答案：你与我们，与这一切是同一的，是一回事。

从低处的平原，到巍峨的高山，到处都是你深藏不露的劳碌的身影。比起我们这些踩着飞轮狂呼乱叫四处折腾的怪物，你才是这个星球的真正主人和孝子贤孙。你无微不至地翻耕、摩挲着每一寸泥土，才使古老的大地保持了鲜活如初的容颜。我们哪一个人的故园，不是你在照料，我们遗忘了的地方，都由你留守呵护。我们的家园并非托举在神灵的手上，是你那百转千回的柔肠，缠绕着这个星球，也缠绕着我那小小的村庄。

把自己低到尘埃里去——说这话的，有谁真正做到了？放低一点身段，就生怕别人看不见，生怕市场看不见，生怕少赚了，你让他低到尘埃里,那不是活埋他吗?那不是让他去死掉吗?做不到啊,人世匆匆皆过客,过眼烟云也迷眼,没有几人真把自己低到尘埃里,虽然大家无一例外都是尘埃。

但是,你真正把自己低到了尘埃里,真的,你一直都在尘埃里,默默地,暗中护佑着我们,也等待着我们……

对不起，虫儿

清早起来，我在阳台水池洗漱，打开水龙头，用手接了水开始洗脸，这时，一只很小的飞虫儿飞了过来，大约是渴了一夜，它想喝点水，就停在池子边，沐浴着从高楼缝隙里洒过来的晨曦，与我同时临池，享用这清晨的甘露。

此刻，同样的水，对于我，是保洁；对于它，则是保命。那么，这清晨的水，就是拯救它生命的甘泉，是自天而降的恩典。

我已经看见它了，它啜饮着水，仿佛还回味着，啜饮一阵，就停下来，微颤着变换身姿，欣赏着忽然出现的湖光水韵，仿佛喃喃低语表示感激，然后又俯首啜饮。可能有回甘的美感吧，它因此欢喜，欢喜这清晨的湿润、慷慨，感激这神一样细微的爱，它所不理解的那位神，竟然为它—— 一个细小虫儿，刚睁开眼睛，就及时送来清凉的甘泉。

它没有语言，没有歌喉，假如它有鸟儿那样的歌喉，它一定开始了水边的歌唱，它的歌声感染了诗人，于是诗人们开始赞美它——它感激和赞美清晨的甘泉，诗人则感激和赞美它的歌声——合起来，就是一首清晨的颂歌和自然的赞美诗。

然而，它太小了，它没有语言，没有歌喉，它不是鸟，它只是一只很小很小的虫儿，虽然，它感激上苍的款待，感激这自天而降的甘露和大河——对于小小的虫儿，这不大的水池和水流，就是令它惊叹的大河。

面对这清晨的大河，流淌着甘泉的大河，一只虫儿内心的欢喜，该是多么的盛大？它对上苍感激的心情，又该是多么的盛大？

然而，它没有语言，没有歌喉，来表达自己的欢喜、感激和礼赞。一只虫儿，对于自天而降的生命甘泉，对于奇异的神的恩典，它无以回报，它最隆重最诚恳的感激仪式，仅仅是：停下来，伫立水边，回味这甘泉，回味这恩典，然后，默默地凝视并感激，久久地回味和回想。

我看见了它，它伫立着，它小小的身子微颤着，它欢喜着，回味着，它凝视着，这流淌着甘泉的生命大河。

一种蒙受了奇异恩典的巨大欢喜，笼罩了一只虫儿的小小身躯和内心，它战栗着，它沉浸于这盛大仪式，这是它仅有两天的短促生命里的重要时刻、神圣时刻。

虽然我看见了它，看见它沉浸于这感激的仪式，但是，我要洗脸，我要去上班挣钱，我得抓紧时间洗脸。我继续拧开水龙头——

突然，大河涨潮，一个又一个浪头打过来。一只虫儿的神圣感恩仪式，骤然被打断。

那沉浸于奇异恩典并深怀感激的虫儿，立即被浪头冲走，无影无踪……

我一个愣怔，急忙关住水龙头。然而，一个生灵，消失了。消失于我制造的洪水。

我低下头，似乎是默哀、缅怀，似乎在自责。

我心里掠过一阵难过。

我感到对不起它……

动物解放 | 后记

前些时候，我到一家现代化养鸡场去参观。这是一次痛苦的经历，当时心里难受，过后仍然难受。我们的所谓参观，只是在袖手旁观生灵的痛苦，袖手旁观它们生不如死的惨状。

为了把成本降至最低，使利润最大化，数万只鸡被关押、囚禁在逼仄的空间里，每只鸡仅占有一页小三十二开作业纸那么大一点地方，就在这一页"作业纸"上，它们不能走动，不能转身，就那么呆滞地站着，被迫做那痛苦的"作业"。站着，站着，这一站，就是一生。

它们的一生是多长呢？在过去，自然放养的鸡，至少要到两年左右方可食用，若能得享天年，鸡的寿命可达到十年左右。而在现代化养鸡场，在鸡的"集中营"里，肉鸡顶多活五十天左右就被宰杀；蛋鸡，因为它们是下蛋的"机器"，可以多活些时日，一旦过了产蛋高峰期，则立即被宰杀，成为快餐食品的肉馅。

它们的食谱，体现了人用智力篡改自然之道，剥削弱小生命已经无所不用其极。鸡的饲料里，添加着激素、抗生素、镇静剂（为防止它们因拥挤、肥胖、亢奋、烦躁、压抑而疯掉）等多种化学物质，鸡吃着这些精心配制的毒药般的食物，只能按照化学的命令和商业的意志，在极短时间里快速长肉、快速下蛋，为加害于它们的人类生产源源不断的蛋白和脂肪，完成一种"肉体机器"的指令性宿命。

它们休息和睡觉的权利也被完全剥夺，生物钟彻底被人篡改，为了让它们时时刻刻进食和疯长，灯光二十四小时一刻不停地照着，它们从没感受过夜色带来的安静和安全的感觉，长明的灯光和失去睡眠的生活，使它们几乎全都患上了严重的青光眼。它们像瞎子一样在冷酷的光亮里遭受着黑暗和光亮的双重折磨。它们瞎着眼睛忍着剧痛为我们源源不断生产蛋白质和脂肪。

它们短促的生命里，没见过一缕阳光，没见过一片绿叶，没见过一滴露水，没见过一个异性，没有舒展地伸过一次懒腰，没有自由地奔跑过哪怕片刻，没有舒畅地鸣叫过哪怕一声，它们活着，不曾有过丁点快乐。

作为与人类相守数千年的温顺可爱动物，鸡沦入如此悲苦、可怜的境地，我一边看，一边暗自叹息，并为自己吃蛋、吃肉自责不已。

看着这样的现代化的鸡的"集中营"，若是你以前不相信世上有地狱，现在你只能说，你不仅相信了，而且看见了真实的地狱。

鸡如此，那些专供吃肉、挤奶、制革的猪呢？牛呢？羊呢？驴呢？马呢？与鸡一样，它们都是关押在地狱中的囚犯和奴隶。除了供我们役使和宰杀，它们作为生命已经没有任何野性的快乐和天赋的自由，除了无条件服从和服务于人的欲求，其作为物种的生命特性和生长过程，已被人彻底掌控和剥夺。更有甚者，有人或为了口腹之乐，或为了追逐暴利，竟丧失起码的怜悯之心，不择手段地残害动物：曾几何时，活吃猴脑竟成了一些新兴"贵族"们的时髦；为了得到新鲜的"补阳"之物，有人竟残忍地从活驴身上割下阳具；为了源源不断取得胆汁，活熊身上竟然被人常年插上导管。

还有，美丽的孔雀，慈爱的袋鼠，善良的麋鹿，神秘的小青蛇小白蛇，这些曾经带给我们激赏、感动、心疼和偶尔的惊悸的大自然的生灵，如今也纷纷被商业饲养，被市场宰杀，被利润烹调。

多少次读"聊斋"，印象最深的是那充满人情味的林妖狐仙，想不到，在蒲松龄笔下出没的妩媚多情的精灵，如今已成为养殖产业被计入 GDP。在时尚而倜傥的狐皮大衣上，在红烧或油炸的狐肉里，我分明知道，大自然最后一点荒野，最后一点秘密，最后一点诗意，都被投进滚烫的消费欲火里，化为一点虚荣，几盘美食，一阵饱嗝，随风而逝。

如今，除了旅游景区里被刻意挽留的一些贵族式动物，天空中稀疏的几只麻雀，鱼塘里被激素催肥的鱼，鸟笼里学舌的囚徒鹦鹉，玩具般供人娱乐和把玩的格式化宠物，此外，你见过莺飞草长、令人心胸为之怡然的春景吗？你见过鸢飞鹤鸣、使人情怀为之激荡的夏景吗？你见过大雁在天空写它们的美丽十四行诗的感人秋景吗？你见过乌鸦在积雪的旷野集体出动为夕阳送行的苍凉冬景吗？

几乎一切飞的、跑的、爬的动物(除了濒临灭绝不得不强制保护的),都被视为可吃的、可制作皮革的、可消费的"资源"(而不是生命),几乎都被纳入我们那致命"目的"——即以消费和享乐为唯一目的的盘子里。而在我们的"目的"之外,在我们的欲望"盘子"之外,几乎已经一物不剩!那些野性的、生动的、斑斓的,世世代代陪伴我们,带给我们无限美感和诗意,令我们对大自然的丰富和神奇产生无尽想象和惊奇的生灵们,有多少已经带着血泪和恐惧,头也不回地走了,而且,一去不归……

没有哪一种动物对不起我们,是我们对不起它们。

当我们蔑视上苍,丧失悲悯之心,无视生灵蒙受的巨大苦难,为了我们一己、一时的所谓"目的",剥夺它们的生命过程和目的,当自然和生灵们不再有活着的目的了,当万物的生路都被我们阻断了,那么,我们活着的所谓"目的",又是什么呢?我们的生路,又能延伸多久呢?在一个自然生命不断凋零,大地生机不断萎缩,只有垃圾、废气、污水、沙漠无限增长的匮乏、枯竭、险象环生的世界上,人类的存在又有什么诗意、美好和希望呢?

英国一位关注动物生存状况的作家在二十世纪七十年代写过一本《动物解放》的书,他痛切地指出,人为了自己的福利,而剥夺动物的天然福利并把动物置于苦难的境地,是不道德的,是反自然、反宇宙的,最终也有害于人类自身。因为,人与万物共处于一个统一的生物场或生命场里,在这个共同的"场"里,强势的一方若总是无节制地加害于弱势的另一方,加害者从被害者身上赚得了短暂的好处和收益,虽然,直接受害者承受了最大痛苦,但是，共有的生物场、生命场(也即生物链)的痛苦总量增加了，每一种生物和生命承受的痛苦也就随之增加。当生命场的痛苦总量大到极限，则生命秩序将彻底崩溃，所有生命就将消亡。作者深刻地指出，即使人能够在动物们的苦难深渊里暂时获得富足的生活，这种生活却是完全缺少道义和美感的，没有任何高尚可言，而且根本不可能持久。扭曲了别的生命的过程，剥夺了别的生命的基本权利，人其实也丑化了自己的生命过程，恶化了自己的生存处境，最终也丧失了人自身得以存在的广阔生命背景。

如何缓解大自然承受的重压而使之永葆生机？如何减少动物的痛苦而使之像生命那样活着，而不是作为工具和奴隶被奴役被剥削被压榨？作者提出了解决的方案，一是改善动物的生存环境，恢复它们的天然福利，停止对动物的一切施虐行为，即使有的动物为了人的生存不得不死去，也应该尽量让它们无痛苦死亡；二是人类要尽量少吃肉而多吃素，这样就减少了动物圈养和宰杀的数量，一些动物就可以不为人而只为自己活着，亦即只为自然而活着，它们就可以回到野外生活，重新成为大自然的成员(而不是人的奴隶)。这样，被人彻底洗劫了的沉寂、单调的自然，将因此恢复生物多样化的原生态，反过来，人类也可以从重新变得丰富生动的大自然那里获得更多的生存支持、生命感受和审美体验。

我对作者深沉博大的善良情怀和闪耀着理想主义光芒的生态主张，深为感动和共鸣。

正如马克思所说："无产阶级只有解放全人类才能最后解放自己。"这是从社会学角度说的；从生物学角度来说，人只有让动物从被奴役、被压迫、被剥削的悲惨境遇里得到适度解放，亦即只有降低和减少动物们承受的巨大痛苦，让它们获得一定的福利和自由，人类与生物界和大自然的对立、紧张关系才会因此而得到缓解，自然和生灵的痛苦总量将因此有所减少，这样，适度优化了动物的生存环境，其实也就优化了大自然，最终也优化了人的生存环境和质量。爱因斯坦说过一句十分感人的话："人类应该把爱心扩大到整个大自然和全体生命。"若能如此，在宇宙面前，人类呈现的就是一种善的存在、美的存在和道义的存在，是一种有着更高觉悟和终极关切的存在，而不是恶的存在，贪婪的存在，暴力的存在，人就不再是万物的浩劫者和别的生灵痛苦的根源。从而，人的觉悟也就成为宇宙的自我觉悟，人的善行也呈现了自然的伦理并有助于自然的修复，人的形象也就成为宇宙中闪耀着道德光芒的动人形象。当人类不仅拥有智力，同时又懂得节制和适度使用自己的智力，把智力锁定在伦理的半径之内，而不是无节制地放纵和滥用智力，以至于智力变成了暴力、破坏力和毁灭力，在利己的同时懂得利他、利众生、利万物、利天地，那么，人就进入了民胞物与、厚德载物、替天行道、与天合一的高尚、慈悲、智慧、圆融境界，成为宇宙和大自然中的正面能量和有益环节，从而，人类成为自然秩序、生命诗意、宇宙生机的呈现者和维护者，而不是自然和生灵的加害者和毁灭者。

李汉荣